# スカイ・イズ・ザ・リミット

ラッパーでもDJでもダンサーでもない
僕の生きたヒップホップ

市村康朗　公文貴廣

DU BOOKS

SKY IS THE LIMIT
by
Yasuaki Ichimura and Takahiro Kumon
Published in Japan by Disk Union Co., Ltd.

風になびく旗について言い争う僧がいた。
一人は旗が動いていると主張し、
もう一人は風が動いていると言って譲らなかった。
そこに通りかかった慧能が言った。
「旗が動いているのでも風が動いているのでもない。
動いているのはあなたがたの心だ」

『無門関』

ROMEROSP
FUTURE SHOCK
ZEEBRA
真っ昼
SOUL SCREAM
ZEEBRA
SOUL SCREAM
The positive gravity
神輿
FINEST ZEEBRA
おはよう日本
OZROSAURUS
Yokohama
AREA AREA
zeebRa
THE RHYME ANIMAL
ZEEBRA
FUTURE SHOCK SINGLES
SYNCHRONICITY
BABY GIRL
DJ PMX
NO PAIN NO GAIN

Contents

# ブルックリン物語

たとえばゲトーで「オシャレ」という言葉は、奇抜な格好をしているとか、ブランド物の服でマネキンのように着飾ることを示しているわけではない。お気に入りのスニーカーを磨いたり、Tシャツやデニムにアイロンをかけたり、自分の手の届く範囲の、日常の当たり前のことにちょっとした手間ひまを費やすことによって、毎日にいろどりを添える工夫ができる人のことをいうんだ。

お金があるとかないとかの世界観に惑わされるのは、もうやめにしようよ。精神的な豊かさがともなわなければ、いつまで経っても幸せになんかなれやしないんだから。

きらきらに輝く商業的なヒップホップには、誰もがうんざりしているだろ。だから老婆心ながら言わせてもらいたい。

「Wisdom worth more than gold.（知恵には財宝以上の価値がある）」のだと。

## Brooklyn

今となっては世界中どこの都市で過ごしていたとしても、街を行き交う人々の洋服にあしらわれた、このなじみのあるロゴを目にしない日はない。

911のテロ以降、この街はマンハッタンからの民族大移動にともなって急ピッチで進められた都市開発と治安整備により、ファッショナブルなイメージへと生まれ変わった。しかしその一方で、貧困にあえぐ人々が暮らす一部の地域では、今日も以前からのリアルなブルックリンが存在し続けている。

〝人種のサラダボウル〟と称されるニューヨークに暮らす老若男女に語り継がれる口伝のようなセリフがある。

「If you can make it here, you can make it anywhere in the world.（ここで当てられたら、世界中どこに行っても通用する）」

僕がニューヨークのブルックリンにたどり着いたのは、1990年代の初めの頃だった。

街の匂い、頬を撫でる風の感触、古いビルディングと近代的な建築物とが入り混じった景観。あの頃感じたひとつひとつの感覚は、今でも棋譜を読み上げるみたいにありありと思い出すことができる。

当時、世界でもっとも巨大な街ニューヨークに棲《す》む若者たちは、すべからくヒップホップの有する強大なエネルギーに永遠の未来と無限の可能性を見いだしていた。かくいうこの僕もご多分にもれず、その渦に飲み込まれていったひとりだ。

ブラックカルチャーは日本人の常識からかけ離れたところにあり、それまで白人が創り上げてきた文化ともちがった種類のもの。同じアメリカ合衆国内の共通言語でも、彼らが用いる英語は、喋り方からアクセントに至るまで多元的で、それぞれの文化が互いに共存しながらも、決して混じり合って同化することはなかった。

寡黙、実直、勤勉を美徳とする日本文化とは毛色を異にし、当時のメディアでは語られる機会が乏しかったブラックカルチャー。僕が本当の意味でそのブラックカルチャーに惹かれていったのは、高校時代に仲良くしていたブルックリン出身の友人タリーブの実家のベースメントに入り浸るようになった時期に始まる。

日本にいた頃はもとより、アメリカの州立大学で白人の学生たちに囲まれていた際にも自分の居場所を見つけかねていた僕は、間近で目撃した本場ニューヨークのヒップホップカルチャー（黒人文化）に瞬く間に魅了されていった。

ブルックリンの黒人コミュニティに棲息《せいそく》している彼らには、貧しくとも血の通った優しさがあった。彼らはゴリラの森に迷い込んだチンパンジーのような僕に、人と人との距離感、人生の厳しさやそれを乗り越えていくために必要なたくましさ、そして今なお愛してやまないヒップホップを、魂のレベルにまで刻み込んでくれた。

今も昔もニューヨークに暮らす若者たちは、みんなそれぞれが何者かになろうと必死にもがき続けている。ラッパーにダンサー、DJにグラフィティ・ライター、デザイナーやスケーターと、さまざまな地区《ボロウ》からひっきりなしにやってくる。

彼らは異国から訪れた僕と、地元の友だちのように分け隔てなく接してくれた。毎晩のようにクラブだったりスタジオに顔を出しながら、パーティープロモーターや映画俳優なんかに引き合わせてくれた。たとえお金がなくとも見つけられる楽しみを常に求める彼らは、みんなが街でリンクするための仲間同士のネットワークを何よりも大事にしていた。

自分の持っている才能を世に知らしめるため、瞳を輝かせながらさまざまなプロジェクトに参加する彼らの前向きな姿勢に接していくうちに、僕もいつしかこの文化の一部に加わりたいと強く願うようになっていった。

コミュニティのなかでひと足先にデビューを果たしている人間は、まだ何者にも成り得ていない連中から羨望の眼差しを受けることとなり、そのことを理解したうえで当事者なりの立ち居振る舞いを身につけていく。

インターネットで世界中の情報がリンクする以前の世の中だったから、有名か無名かは関係なしに、誰もが街に出て「自分が何者であるかを確かめる」ためにエネルギーを放っていた。その若くして夢を抱く者たちの熱量こそがヒップホップだった。

「ヤス、今俺が挨拶してた、あいつが誰だかわかるか?」

道端で出会った知人とブラック特有の握手とハグを交わして別れた後、友人は僕に訊いてくる。

「あいつはレコードディールを何処そこのレーベルと結んだ」とか、「今度、誰某のツアーに参加するらしい」なんていう話に、「ラルフローレンのモデルだよ」とかいう、目を向けているだけで眩しくなってしまう説明を付け加えながら。

早熟だったラップグループのブッシュ・ベイビーズ、ディゲブル・プラネッツ、ローリン・ヒルを擁するフージーズ。彼らのように次世代のスターと目されてストリートの支持《プロップス》を得ていた連中は、コミュニティのなかで特別扱いを受けていた。だから当然ながら、クラブのエントランスでも列に並ぶことなく、顔パスでなかに入っていった。

僕が紛れ込んだニューヨークで繰り広げられる好奇に満ちた日常は、そんなふうにシネマのなかのワンシーンのようにカラフルなものだった。けれどもいつも傍らにいた友人のタリーブは、世界一の大都会に出てきたばかりで浮かれ調子になっている僕とは全然ちがった目線で世の中を見据えていた。彼はことあるごとに、「いつか俺もあいつらみたいに勝ちあがってみせるから」と息まきながら、ポケットのなかに忍ばせていた小ぶりなノートにラップのリリックを書き溜めていた。

ニューヨークの友人たちは、ヒップホップやブラックカルチャーを丁寧に教えてくれた。時には僕らの親の世代が聴いていたレコードを流しながら、歴史背景、文化の成り立ち、奴隷解放後も長らく認められることのなかった人権などについて語ってくれた。

高校時代からの友人だったタリーブがアルバイトをしていたニクルブックスという本屋は、黒人文化を学ぶには最高の学び舎だった。店はフラットブッシュ・アベニューというブルックリンのど真ん中に位置していて、黒人作家の文学作品や歴史関連の書物を豊富に取りそろえていた。当時のニューヨークのヒップホップシーンがハード路線だったにもかかわらず本屋でアルバイトをしていた彼は、ヒップホップの教養や知性の大切さを信念を持ちながら教えてくれた。

メディアが発達した1960年代にブラウン管のなかで洗脳の如く繰り返された白人優位主義。そしてそれに対抗するように高まりを見せたアフリカ回帰思想。

キング牧師やマルコムXといった公民権運動の活動家を筆頭に、ジョン・コルトレーン、マーヴィン・ゲイといった音楽家たちの生き様を礎に形成された現代の黒人文化。

アフロヘアーやドレッドヘアーといったファッションが、黒人特有の縮毛を自虐ではなく肯定として表現したもの（白人では決して真似ができない）だという話は、日本に生まれ育った僕にはあずかり知らぬことだった。

アメリカ合衆国のすべてが（その領土も含めて）世界中から奪ってきたもので成り立っているなか、ヒップホップこそが唯一無二のアメリカ発祥の文化であること。そして近い将来、世界中の若者がこの文化にのめり込む時代が必ずやってくる。僕がニューヨークで知り合った友人は、そのように主張する一方で、「これはあくまでもブラックのカルチャーだ。日本人のお前にはお前を育ててくれた文化背景がある。お互いが無理やりに自分たちの世界観を押し付けないところに妙味があるんだ。それぞれが自分のバックグラウンドに誇りを持ちながら、多様性を理解してお互いを尊重《リスペクト》し合うのがこの街の在り方だ」と話してくれた。

今日の視点で振り返ってみると、いみじくも彼の言葉のなかに僕がニューヨークで学んだ精神的文柱《バックボーン》が凝縮しているように思える。

けれども当時の僕にとって、それは到底受け入れられない事柄だった。「アフロアメリカンじゃない自分も、このヒップホップ文化の一部として生きていきたい」というのが本音だったからだ。

僕は悩んだ。ヒップホップを体現したい日本人は、将来的にどのような生き方をするのが正解なのだろう？　たとえ英語でラップしたとしても、根っこの部分が日本人の僕は受け入れられないかもしれない。

いつだったか僕が友人に心のなかのもやもやをぶちまけてみると、彼は端的にこう答えた（当時の僕は学生ビザで入国していた留学生だったから、いずれ日本に帰るか、あるいはそのままアメリカで進学もしくは就職するかを決断しなければならないという差し迫った問題もあった）。

「日本語でラップするのだってありだし、この文化にはラップする以外にも貢献や参加する手段はいくらでもあるだろ。お前は俺たちと一緒にこの文化の成り立ちを今この瞬間、目にしているじゃないか。日本でも同じことをすればいいだけのことさ」

ヒップホップはアメリカだけの文化、という概念を持っていた僕は、彼の言葉を耳にした瞬間、雷に打たれたような気分だった（ハイスクール時代からアメリカに留学していた僕は、すでに当時の日本のシーンで日本語を用いたラップが試行錯誤されていることを露ほども知らなかった）。

「そうか、ニューヨークで毎日見聞しているのと同じことを東京でやればいいだけか」

ヒップホップ・カルチャーを純然たるかたちで日本に持ち帰ることが自分の人生に課せられた使命のように感じられたのは、この時が初めてだった。

ヒップホップが産声をあげた本場のニューヨークでさえ、当時はヒップホップに特化した専門のラジオ局は存在しなかった。

「ラップ」の曲を取り上げるメディアはあっても、「ヒップホップ」という文化そのものは、紹介される機会が与えられていなかった。

そんな時代、ニューヨークのヘッズたちにとって、とても貴重な番組があった。日曜の夕方にニューヨークのローカル局で放送されていたヒップホップのミュージックビデオ紹介番組、『ラルフ・マクダニエルのショー』がそれだった。情報に飢えていた僕らは、毎週番組を録画して、みんなでテープが擦り切れるまで繰り返し観ていた。

『ラルフ・マクダニエルのショー』と並んでもうひとつ忘れられない番組が、木曜日の深夜から早朝まで、3時間以上ぶっ通しで放送されていた、『ストレッチ・アームストロングとボビート』というカレッジラジオの番組だった。この番組の進行役は、白人DJのストレッチ・アームストロングとボビートというラテン系のMCのふたりで、メインストリームの音楽番組ではかかる機会のないアンダーグラウンドな楽曲を、ゆるいトークを交えながら、ひたすら流し続けるという構成だった。

カレッジラジオというアメリカの大学のラジオ局は、世相を反映する羅針盤のような役割を果たしていた。番組のスポンサーの意向だったり大人の事情を抜きにして、音楽好きの若い世代がトレンドや新たな才能を見いだす場として成立していた。眠い目をこすりながらでも聴かなければ、翌日の休み時間にみんなの話題から取り残されてしまうくらいに重要だったこの番組は、のちにドキュメンタリー番組にも取り上げられている。

タリーブに教えてもらったその番組で特に印象に残っているのは、初めてナズのラップを耳にした時のこと。

その日も僕はいつものようにチルしながらだらだらと番組を聴いていたのだけれど、イントロが始まった途端に思わず椅子から飛び上がってしまった。部屋の窓際に置いてあったラジオの前に駆け寄った僕は、ボリュームをあげた後もその場から離れられずに耳を傾けていた。けれどもその時は生放送のラジオ番組ということもあって、誰の何という曲かわからないまま、ただ時間だけが過ぎていった。

翌日学校から帰ると、タリーブが僕の部屋を訪れた。

「おいヤス、昨日のラジオを聴いたか？」

タリーブはそう言って懐からカセットテープを取り出し、鼻息の荒いまま窓際のラジカセに突っ込んだ。何度か巻き戻しと早送りを繰り返して曲の頭出しをした後に流れてきたのは、前日の深夜に僕がスピーカーにむしゃぶりつくようにして聴いていたあの曲だった。

「ナズっていうラッパーの曲だ」

サビの部分の〝ワールド・イズ・ユアーズ〟の箇所を口ずさみながら、タリーブはいつも彼がそうしてくれるように、バースで何を言っているのかをこと細かく説明し始めた。

「おい、聴いたか？　『俺はクラック中毒がパイプなしでは生きていけないように、ヒップホップの中毒者だ』って言ってるぜ。どんだけ痺れさせるライムなんだよ」

興奮したタリーブは、巻き戻して繰り返し曲をかけ直した。するとそのうちに、今度はジュージューがカセットテープを持って現れた。

「お前も聴いただろ」と言いながらジュージューはタリーブと一緒にブチあがり、何度も何度も巻き戻しては、ナズのリリックをふたりで口ずさむという現象が起きた。

散々騒ぎ倒したふたりが帰ると、今度はエルフがやってきた。体が丈夫じゃなかったエルフは、普段から物静かで声を荒げないタイプのグラフィティ・ライターだった。

ところがいつもはクールな雰囲気を身にまとったエルフでさえ、この日ばかりはちがっていた。辛口批評で、滅多にラッパーを褒めない彼までもが、唾を飛ばしながら、「昨日のラジオは聴いたか？」と切りだしたのだから。

「ヤス、ナズは若い頃からメイン・ソースとかサード・ベースの作品に客演してた、俺たちとほとんど同世代のラッパーだぜ。これはニューヨークが新たな時代に突入する兆しだ」

ナズのリリックを噛みしめるように口ずさんでいるエルフの輝く瞳は、彼の発する言葉以上の説得力をはらんでいた。その日以降、僕らが集まるたびに話題にのぼるのは、ナズのアルバムがいつリリースされるのかという話だった。

そして満を持して発売されたファーストアルバム、『イルマティック』が店頭に並ぶ頃には、周りにいる連中は誰もがリリックを諳んずることができるくらいに楽曲を聴き込んでいた。

DJプレミア、Qティップ、ピート・ロックなど、当時アンダーグラウンドでいけてるとされていたプロデューサーが勢揃いして制作された10曲入りのアルバムは、ヒップホップ専門誌の批評コラムにおいて5本マイクの高評価を得た。ニューヨークのストリートを、ハードでありながら知的に、そして詩的にまとめあげた『イルマティック』のインパクトは強烈だった。

## THE SOURCE

『THE SOURCE』というタイトルの雑誌は、文字通り僕にとっての教科書だった。

僕はそのヒップホップ専門誌を毎月欠かすことなく発売日に購入すると、隅々まで（それは文字通り広告ページに至るまで）熟読し、わからない言葉や不明瞭な言い回しを周りの友人たちに教えてもらいながら、今シーンで何が起こっていて、どんなアーティストが何を考えているのかを、それこそスポンジが水を吸うように吸収していった。

破竹の勢いだったウータン・クランのなかでも、ひときわ輝きを放っていたメソッドマンのインタビューに、その後の僕の人生を決定づけたといっても過言ではないセリフがある。

「どうだいメソッドマン、大物になった気分は？」

インタビュアーの定石通りの質問に対し、彼はこんなふうに答えた。

『何を言ってるんだ？　俺はまだポーン（チェスの駒のひとつ。将棋で例えるなら「歩兵」）だぜ。これから着実に一歩一歩前に進みながら、ラッセル・シモンズ（メソッドマンのデビュー契約が約束されていたヒップホップ業界の老舗レーベル「デフ・ジャム・レコーディングス」の社長）のようにキングにならなきゃならないんだ」

記事を読みながら、「これだ」と思った。僕が本当になりたい自分とは、「キング」なのだと。

「意識」というのは不思議なものだ。自分が「こうなりたい」というイメージを具体的に抱いて、そこに「意識」というスポットライトを当てることによって、必要な物事が自然と引き寄せられてくるのだ

『THE SOURCE』編集部にて、トラジェディ・カダフィと著者

から。

別の号の『THE SOURCE』には、メアリー・J・ブライジやジョデシィを擁するアップタウン・レコードでインターンとして働いていたパフ・ダディ（ショーン・コムズ）がハワード大学（ワシントンD.C.にある黒人の大学）で行なったバスケットボール絡みのイベントの記事が載っていた。当時の彼はそのイベントを足がかりにして、アップタウンの親会社からレーベル契約を引き出し、ヒップホップ業界に打って出ようというところだった。

「そうか、ステージに立つ以外にも、この業界にアプローチする手段はいくらでもあるんだな」

それからの僕は、表舞台に立つラッパーやDJだけでなく、レーベルオーナーやプロデューサーといった、ヒップホップ業界の「裏方」に関する情報収集にも重きを置くようになっていった。

## Street

ストリートってなんだろう？

エルフという名の体の弱いグラフィティ・ライターは、タリーブの地元の仲間のなかでもひときわ目立つ存在だった。良く言えば知性的、悪く言ったら理屈臭い、けれども嫌いになれない感じのやつ。

エルフは人の心を素手で鷲掴みするようなことを平気で口にする。愛情が強すぎる反面、楽曲やアーティスト評は辛口。

彼に一度だけ「まじでエルフは手厳しいよね」と言ったことがある。すると彼はいつもの涼しい顔で「それはそうだよ」と答え、さらにこう続けた。

「みんなは勘ちがいしている。名前が売れればすぐに金になる？ 冗談じゃない。いいかヤス、ゲトーに棲んでるやつらは、支持《プロップス》はくれても、金はくれない。地元の黒人たちから支持を得て、それを向こう岸にいる白人たちに届けて、そこで初めて金になるんだ。まだまだだよ、本当にコミュニティごと潤わせるには」

## 5%er

ウータン・クランのRZAやGZAなど、ヒップホップ文化の登場人物のなかには、哲学的な思想を背負った連中が少なくない。

彼らゲトー育ちの不良の背景には、マルコムXがスポークスマンを務めたネイション・オブ・イスラム《NOI》や、同じくNOIの流れを汲むファイブ・パーセント・ネイションといった運動組織の思想が密接に関わってくる。

タリーブに連れられて、「リリシスト・ラウンジ」というイベントに行った時のことだった。「お前はアジア人だな」と話しかけてきたのは、真っ黒な肌をした眼光の鋭い男だった。

「アジア人の細い目は、アフリカから中東を経て、砂漠を抜けて行ったために、環境に応じてそのようになった。お前らアジア人は、我々と先祖を共有する兄弟だ。だから我々はお前のことを受け入れて、GODと呼ぶよ」

多面的なヒップホップのなかでも、このような〝ゲトー・インテリジェンス〟的な相手はとてもスマートに感じられる。そしておそらくは鳩が豆鉄砲を喰らったような顔を浮かべていたであろう僕に向かって、彼はこう続けた。

「この世界の85パーセントの人間は真実を知ることもなく生涯を送り、10パーセントの人間はそれを知りながら何も行動を起こさない。真実を理解して行動を起こす残りの5パーセントの人間が我々なのだ」

その頃の僕は劇場を改築した「パラディウム」という大箱のクラブや、もともと地下鉄に通じていたトンネルを改装した「トンネル」といった遊び場に足繁く通っていたわけだが、ファイブ・パーセンターの連中に出逢ってからは、街の公園などでも行われることのある彼らの集まりに参加しながら、よりドープなヒップホップを吸収するようになっていった。

## Street culture

90年代も半ばになると、ヒップホップにはキッズの文化だけでは語りきれない要素が深く関わってくる。80年代の後半に西海岸で産声をあげた「ギャングスタラップ」とくくられる、強面の連中が表舞台に登場し始め、全国区で認知されていったからだ。

2パック、ノーティ・バイ・ネイチャー、ウータン・クラン、ナズ、ジェイ・Z、ザ・ノトーリアス・B.I.G.。彼らは次々とデビューアルバムを発表し、それ以前のニューヨークだけのローカル・スターとは別次元のセールスを記録しながら、全米はもとより世界中に名を知らしめていった。

もうその頃になると、僕はヒップホップを単なる音楽文化としてとらえてはおらず、その向こう側に垣間見える不良の世界、「ストリートカルチャー」に憧れを抱くようになっていった。

## Roommate

周りにいた友人たちは、ブルックリンのなかでもわりと奥のほうにある住宅街（繁華街から離れているエリア）で親と一緒に暮らしていた。けれども僕はもっとどっぷりとニューヨーク生活を楽しみたいという思いもあって、もう少し街の中心部に近いところに部屋を借りたいと考えていた。そんな時、モブ・ディープのマネージャーからホームパーティーの誘いを受けた。その時期の僕は、のちに『Ｈｏｔ 97』というヒップホップ専門のラジオ局で大ブレイクするＤＪファンク・マスター・フレックスの事務所にも出入りしていて、それなりのコネクションができ始めていた。

パーティーに足を運んでひと通りの挨拶を済ませると、彼は願ってもない話を切り出した。「ルームメイトを探している友人がいるよ」と。その場で紹介されたのが体格の良いライトスキンの黒人だった。時を経て、ニューヨークから日本に移住して子どもを授かり、東京の渋谷で床屋を経営している、月並みな言い方をするならば、「家族同然の付き合い」を続けている男との出逢い。もちろん当時はそのような未来が訪れることなど露ほども知らず、電話番号を教えてもらっただけだったけれども。

## Black capital

部屋を初めて訪問した時の様子は、今でも時々思い起こすことがある。マンハッタンから地下鉄に乗り、パラパラ漫画のように描かれたグラフィティを車窓から眺めていると、やがてマンハッタン・ブリッジに出た。

すこんと開けた視界の先にはブルックリン・ブリッジと摩天楼がパノラマのように現れ、同じ車両に乗り合わせていたラスタファリアンが担いでいるラジカセから、ボブ・マーリーの曲が流れてきた。

**この列車は栄光へと向かう列車だ……（This train is bound to glory…）**

ボブの曲をBGMにマンハッタン・ブリッジを渡った瞬間から、高校時代からの友人たちとはちがう、まったく新しい黒人コミュニティに入っていった。

銃やドラッグといった、コミュニティを蝕む社会問題を目の当たりにしていく日常が始まった。貧困に直面するアメリカ社会は、日々現実と向き合わなければならないということを僕に叩き込んでくれた。多様性やら協調性なんていうお題目を唱えるマンハッタンとはちがい、日本の土産話などをしたところで誰も興味を示さない。過去も未来もない。あるのは今この瞬間だけ。

アジア人が地域によってそれぞれの歴史を抱えているように、黒人もひとことでは言い表せない背景を持っている。褐色の肌の色合いはもとより、アフリカ各地、カリブ海地域、アメリカ南部、中部といった具合に、言語のみならず風習まで固有の文化を育んできている。ブルックリンはいみじくも〝黒人の首都〟と呼ばれるだけあって、世界でもっともバラエティに富んだ黒人が暮らす土地だと思う。

黒人以外にも、ユダヤ系、イタリア系、ラテン系などの人々が混在するブルックリンに暮らしていると、「お前はチャイニーズか？」とたびたび訊かれることになる。

いつだったか、たまりかねて（その日は虫の居所が悪かったのかもしれない）、「いい加減にしろよ、なんで日本人だってことがわからないんだ？」と訊ねてみると、僕のことを中国人呼ばわりした相手は目をパチクリさせながら答えた。

「じゃあ訊くが、お前にはエチオピア人とザンビア人の区別がつくのかよ」

カリブとひとことで言っても、イギリス領だったジャマイカに始まり、スペイン語圏（日本人が呼ぶところのラテン）のプエルト・リコ、キューバ、ドミニカ（この辺りは野球が非常に盛んだ）、あるいはアメリカ南部の一部を含めたフランス語圏のハイチだったり、その定義は広範に及ぶ。各地方に郷土料理が存在するように、それぞれの地域に固有の音楽があって、古くはサルサに、スカにレゲエ、メレンゲにカリプソ、バチャータ、デンボーと、人々の営みが存在するからには時代背景、社会情勢ごとに常に新しいものが生み出されていくのが世の習い。

したがって「ラテン」とか「ブラック」というのはあくまでも大きなくくりに過ぎず、中国人と日本人を同じ「アジア人」として語れないのと同じことなのかと、音楽というフィルターを通すことによって鮮明に見えてくるところがあった。

ブルース、ロック、ソウル、ファンクというアメリカ発祥の黒人文化と、カリブの音楽を融合させたのがマイアミ経由でニューヨークに産み落とされたヒップホップ。この南北アメリカ大陸に伸びた太くて長いラインを思い浮かべられるようになると、混血文化のさまざまな要素が入り混じったハイブリッドな音楽が今なお産声をあげ続けていることに合点がいくようになる。

## Giuliani

ジュリアーニというブルックリン出身の政治家が、中流階級の票を集めてニューヨーク市長に就任したのが1994年のこと。彼はそれまでニューヨーク市警が目をつぶってきた犯罪を徹底して取り締まった。

道端で、高級腕時計のコピー商品を段ボールの上に乗せたアタッシュケースに並べて売りさばく連中(やつらは警察が来ると、段ボールを蹴飛ばしながら商品が入ったアタッシュケースを閉めて人混みに消えていく)。サイコロとコップを用意して、あたかも手品をしているように見せかけながら観光客から金を騙し取る路上パフォーマー。売春婦。ドラッグディーラー。

「水清ければ魚住まず」の言葉通り、ジュリアーニの評判は芳しくなかった。彼の政策が生み出した負の側面として、それまで野放し同然だった犯罪者たちの手口はより一層巧妙になっていった。街角のリカーショップや日用雑貨屋の裏手でダイムバックと呼ばれる小分けしたウィードを密売するなど、手を替え品を替え彼らは生き延びていった。

取り締まりが厳しくなれば、仕事の効率化を図りたくなるのはどこの国でも同じこと。ストリートでドラッグを売りさばいて糊口《ここう》をしのぐ少年たちは、社会問題となっていたクラックの密売に手を出し、地元の大人たちを薬漬けにしながら手っ取り早く金を掴むようになった。

クラックというのは、高級ドラッグとされているコカインに重曹を混ぜた粗悪品のこと。クラックは即効性が高く、中毒になりやすい。一度手を出してハマってしまったら最後、一気にぶっ壊れてしまう。極端な話、家財道具を売り払ってまで手に入れたくなる。週末の深夜に、ブルックリンの街角を大人数で徘徊するクラック中毒者の姿は、ゾンビのように不気味なものだった。

## Queen Latifah

ブルックリンの〝ど真ん中〟で暮らし始めると、何かを学びに来ている外国人というスタンスは通用しなくなってくる。

「地元の連中に舐められちゃいけない」という感覚。日本でも進学や就職で地方から上京してきた人間なら、若干意味合いがちがってくるかもしれないけれども、似たような思いを味わったことがあるかもしれない。しかも当時のブルックリンでは、身なりに喋り方、それからちょっとした仕草や歩き方に至るまで現地になじみきらないと、いつ物盗りに襲われてもおかしくないという現実が付きまとっていた。

留学ビザで入国していた僕は、学校だけはさぼるわけにはいかなかった（留学生は学校を辞めた時点で帰国しなければならないという厳しい法律があったからだ）。しかしブルックリンのど真ん中で暮らすようになってからは、通学のたびにストリートでドラッグを売りさばく同世代のギャングたちに、僕が身につけているトミー・ヒルフィガーとかＦＩＬＡの洋服を狙われるようになって、ほとほと手を焼くことになった。

その日もやつらは警察署の向かいに建つ廃墟でクラックを売りさばいていた。自分たちの縄張りだけあって、ウエストに銃をチラつかせながらオラついてくる。

僕は襲われそうになった瞬間に大声を出しながら相手を突き飛ばし、走って家に向かった。だが、途中でやつらの仲間が道路の脇から金属バットをフルスイングしながら出てきたりと、その日はいつになく大騒動となった。

ようやくアパートまでたどり着いた時、2階に住んでいたクイーン・ラティーファ似のオバちゃんが、「ホワッチュードゥーイン！《What you doing!》」と大声で騒いでくれたことも幸いしてことなきを得たものの、これが毎日続いたらたまらないなということで、僕はルームメイトと夜更けまで作戦会議をすることにした。

## Franklin Ave.

ルームメイトに提案された選択肢はふたつだった——銃を買うか、ボクシングジムに通うか。そこで翌日は、昼間からフランクリン・アベニューというジャマイカンが多く居住するエリアへ出向いて行った。道端で「ジャマルスキー」という、レゲエとヒップホップのミクスチャー的なサウンドの先駆者に遭遇したり、数人の友人といつもの下世話な会話をしつつたどり着いたのは、とある雑貨屋兼酒屋みたいな店だった。

一見普通の店のようにも見える店内に入り、カウンターの痩せた黒人のオヤジを横目に奥に向かっていくと、サングラスをかけた肥ったオバちゃんが目配せをしてきた。彼女の無言の問いかけに対し、横にいた友人も無言のまま、こくりとうなずいてみせた。

友人のあいづちに示し合わせたかのようにカウンターの奥にあった扉が開けられた。僕ら一行が案内されたのは、ドミノ（麻雀のように牌を使うゲーム）の卓と冷蔵庫だけしかない殺伐とした部屋だった。冷蔵庫といっても、日本の一般家庭にあるような白物家電ではない。いつの間にか僕らの背後から現れた白髪混じりの男が指差す先にある、ホルスタインが丸ごと一頭入りそうなステンレス製の冷蔵庫の扉が開けられると、周りにいる友人が皆一斉に息を飲むのがわかった。

500
800
100
200

白髪混じりの男は、整然と並べられたマシンガンやオートマチックの拳銃を順番に指差しながら値段を提示してくる。

不思議に思った僕が首を傾げながら、

「ちょっと待て、なんでこのベレッタと隣のベレッタは値段が全然ちがうんだ?」と訊ねると、

「こっちのやつは〝前〟があるからな」と男は笑いながら答えた。

「前」というのはすでに事件を起こしている拳銃という意味だ。拳銃というものは弾丸を狙い通りに飛ばすために、筒の先端の内側部分にライフリングと呼ばれる螺旋が切ってある。その螺旋は人間の指紋のように、拳銃一丁ごとにちがった旋条痕を残す。したがって以前に事件を起こしたことのある拳銃を所持しているのが発覚した場合、どのような不利益が生じるのかを想像するのは難しいことではない。

まじかよ。

その時、僕の心のうちを察したのか、隣にいた友人が口を開いた。

「こいつ、昨日、近所のガキに襲われたから連れてきたんだけど、一回帰って考えるよ」

するとと扉の向こうにいた肥ったオバちゃんが現れて、能面のような表情を貼り付けたまま、

「冷やかしは御免だよ。買わないなら、とっととお帰り」と促された。

「そう言うなよ、ゲトーにホームステイしているこいつの社会勉強なんだからさ」

友人はそう言って僕の肩をポンと叩いてみせた。

店を後にした僕らは、数件離れた似たような佇まいの店でダイムバックを数個購入し（言わずもがな支払いは僕がする羽目になった）、家路に着いた。

部屋に戻ると友人は言った。

「いいか、ヤス。銃を持つからには、チラつかせて脅かすだけってわけにはいかないからな。出したら引き金を引く。足とか尻とかを弾《はじ》くだけでもダメ。アメリカは日本とちがって、ガキでもみんな銃とプライドを持っているから絶対に仕返しに来る。銃を出したら、殺す気持ちで頭なり心臓なりを撃たなきゃいけない。こめかみに銃を当てる仕草をしてどうする？　そこまで理解したうえで、明日もう一度銃を買いに行くか、ボクシングジムに行くのかを決めな」

是非もなかった。翌日は、早朝からブルックリン・ブリッジの麓にある「グリーソンズ・ジム」に連れていかれた。

道中、地下鉄の駅を降りてジムに向かって歩いていると、ビルの谷間から大きな橋が綺麗に見える場所に出た。ん？　これはもしや映画のポスターにもなっているところじゃないか？　そんなふうに少しテンション高めなままジムに着くと、エリック・サーモンにそっくりな黒人のおっさんが、「おうっ、待ってたぞ！」と前日に足を運んだ店の店主とは対照的な声をかけてきた。彼の清々しい声を耳にした僕は、銃ではなくグローブを手にしようと決意した自分の選択に間違いがなかったことを確信した。

汗の匂いと古い建物独特の埃臭さが入り混じったジムのなかには、鏡の前でシャドウボクシングをする数人がいるほかに、パンチを打つたびに奇声をあげる男がリングの上でスパーリングをしていた。

その様子を見て呆気にとられている僕と友人に対し、ジムのおっさんは、

「あいつは、マイク・タイソンのスパーリングパートナーをやっていたから、殴られすぎてちょっと頭がおかしくなっているんだ」と両方のまぶたに傷跡が残る顔を綻ばせながら説明を加えた。

「さてと」エリック・サーモンにそっくりなおっさんは続けた。「もし、通いたいのなら、マイク・タイ

ソンのようなスキルを身につけられるメニューをこしらえて、1時間コースで25。2時間だと40」

その値段がドルなのかセントなのか、あるいは月払いなのか週払いなのかもわからなかったけれども、僕は絶対に人殺しになるわけにはいかなかったし、何よりおっさんの人柄に惚れ込んだということもあって、「じゃあ、来週からよろしくお願いします」と言い残してその日は家に戻ることにした。

翌週からジム通いが始まった。トレーニングメニューは黄ばんだクシャクシャの紙におっさんの癖の強い字で箇条書きされていた。

毎日やること
腕立て伏せ25回を10セット
腹筋25回を10セット
ジムでやること
縄跳び3分10ラウンド（インターバル1分間）
シャドーボクシング3分5ラウンド（インターバル1分間）

僕がぼんやりとその紙を眺めていると、おっさんは訊いてきた。

「利き腕はどっちだ？」

「右だよ」

まず僕はジャブやストレートを手短に教えてもらい、次にリングに上がってフットワークを習った。体を常にリングの真ん中に向かわせたまぐるぐる回る、拳闘の基本中の基本だ。初めてスパーリングを経験したのはそれから数週間経ってからのことだった。

## NBA Jam

ジム通いが始まってしばらく経った頃のことだった。家に帰ると、ルームメイトが僕を襲ったことのあるドラッグディーラーとゲームをしていた。

「なんでお前がここにいるんだよ」

僕もそいつもほとんど同時に質問を浴びせかけていた。

「なんだよ、お前ら知り合いか？」

ルームメイトがそいつに訊ねると、向こうは向こうで、「なんでこの中国人がお前の家にいるんだよ？」

といった展開になった。

「こいつらだよ、いつも狙ってくるストリートギャングは」

僕の説明を聞いてようやく状況を理解したルームメイトは、涙を流しながら笑い転げていた。

「おい、いいか、こいつは俺の家族だ。二度と襲うんじゃないぞ」

ルームメイトがそう言うと、そいつは腹を抱えながら言い放った。

「俺と『NBAジャム』で戦って、お前が勝てたらな」

ゲームは僕の圧勝だった。

「おいおい大したことねえな」と軽口を叩きながらフルボッコにしてやると、

「仕方ねえな、お前らがツレ同士ってんなら二度と襲わねえよ。お前もフッドのニガだ。お前は今日からチャイニーズ・ニガだ」と言った。

「ちょっと待て、お前は今、ふたつの間違いを犯した。俺はニガでもなければ、チャイニーズでもないぞ」

と僕が言うと、

「じゃあ、なんなんだよ?」

「ジャパニーズだよ」

「ジャパ？　ジャパニーズだと？　ジャパニーズってのは中国のどこら辺にあるんだ？」

そいつにとって初めて見る日本人が僕だったというわけだ。

「お前まじでウケるな。チャイニーズだって滅多に住みつかないこんなエリアに暮らしてるだなんて、脳味噌がいかれてるんじゃねえのか」

翌日の学校帰り、いつもの廃墟の前を通ると、

「マイ・チャイニーズ・ニガ、こっちに来いよ」と前日に僕が『NBAジャム』で、ぐうの音も出ないほどに叩きのめしたやつに呼び止められた。

「こいつはフッド・ニガだから二度とちょっかいを出すなよ」

彼は仲間たちにそう言って紹介し、回していたブラントを僕に差し出した。

「お前、毎日どこに行ってるんだよ」

仲間内のひとりが尋ねてきたので、「マンハッタンにある学校だよ」と答えた。

「マンハッタンだって？　お前よくあんなところまで行くな。俺なんてブルックリンだけで十分だぜ」

「でも、たまには行くことだってあるだろ」

「ねえよ。あるわけねえだろ」

そんなことってあるのかよ。こっちはマンハッタンに憧れて、はるばる地球の反対側からやってきたというのに、車や地下鉄で20分もかからずに行けるところに住んでいるのに何やってんだよ、と思った。

「別にマンハッタンに用事なんてないし、必要なものは全部ブルックリンで揃うしな」

そいつは煙を吐き出しながら、こともなげに言ってのけた。

Stevie Wonder

その一件以来、学校の帰りがけには必ず連中のほうから声をかけてくるようになった。打ち解けて話してみると、決して悪いやつらではないように思えてきた。

ある日、連中がいつもいる場所とは少し離れたところで声をかけてきたことがあった。

「撃たれたんだ」

普段より口数が少ない彼らの視線の先の地面に広がっている、赤黒いシミがすべてを物語っていた。みんながうなだれているなか、顔なじみのひとりがそっと耳打ちしてくれた。

「頭にいかれて、鼻血だけじゃなくて脳味噌まで垂れてた。今、病院に運ばれていったけれども、多分ダメだな」

僕は撃たれたやつの名前を聞いて暗澹たる気分になった。あいつは結局、一度もマンハッタンに足を運ばないまま死んでしまうのか、と想いながら。

数ヶ月後、いつもの帰り道にサングラス姿のあいつがいた。

「チャイニーズ・ニガなのか？　なんか奇跡的に助かっちまったぜ」

拳銃で脳天を撃ち抜かれたというのに、当の本人はこちらが戸惑ってしまうくらいにあっけらかんとした様子だった。周りの連中も、そういった命のやり取りに慣れっこになっているからなのか、視力は失ったけど生きてるだけで最高だと言って騒いでいた。

「こいつのこと、(スティーヴィー・)ワンダーって呼ぶことにしたから、チャイニーズ・ニガもそう呼んでくれよ」

連中はなおもはしゃぎながら続けた。

「乱行パーティーをする時も、ブスを任せられるからラッキーだぜ。その時はお前にも声をかけるから一緒に笑い倒そうぜ、チャイニーズ・ニガ」

そうやって囃し立てる仲間をあしらいながら、ワンダーはブラントを僕に回すついでに言った。

「治療の関係で一度だけマンハッタンの病院に行ってきたぜ。でもあいにく、景色を目にすることはできなかったけれどもな」

## Juicy

純然たるブラック・コミュニティのなかでしか暮らしたことのなかった連中からしてみると、日本人のことが妙におもしろく感じられたらしく、彼らはことあるごとに僕を呼び出して遊びに引きずり回すようになっていった。

「チャイニーズ・ニガは、ビギーのことを知ってるか？」

「ビギーなら、このあいだマンハッタンのクラブで見かけたよ。バッド・ボーイのロゴが入った揃いの服を着てるやつらを、大名行列みたいに引き連れてステージに上がってたぜ。あのサントラの曲もかなり良いよな」

僕がそんなふうに答えると、ワンダーは得意げに言った。

「ビギーはそこら辺のラッパーとはわけがちがうんだぜ。なんでかわかるか？　ビギーはこの辺りのドラッグゲームを仕切っている、俺たちの兄貴分なんだ」

ビギーのデビューシングル「ジューシー」がリリースされたのはそれから数週間後のことだった。以来、全世界が彼のことを歴史として共有していくことになるのはご存知の通り。

もちろん僕も毎日家のなかで彼のアルバムを聴き倒していたわけだが、家から一歩外に出てからもほかの家の窓やすれちがう車のステレオから聴こえてくるのはビギーとウータンがほとんどで、その割合は6対4といった感じだった。

そんな当時のブルックリンで土着民化していく僕は日々葛藤していた。

自分はラップするわけでもない。ＤＪでもない。単純にアメリカで居心地の良い場所を見つけたくて、ここにたどり着いた漂流者。おもしろがりながらゲトーに住みついたところで、一体何になるのだろう。

ここにある底辺の暮らしから出ていきたいやつがごまんといるなかで、逆に少なくともここよりかは遥かに文化的な生活をうっちゃらかしてまで移り住んできた、物好きな人間。自分はとてつもなく無駄なことをしてるんじゃないかと思う反面、もう今さら帰れない、後戻りできないという感情が際限なく沸き起こってくる。でも、きっとこの経験は無駄にはならないだろうと自己肯定する生活が、それから後もしばらくのあいだ続いた。

## KRS One

「あ、あ、あ、明日、けっ、けっ、けっ、KRS・ワンがスタジオに来るぞ」

「なんだって？　よく聞き取れなかったよ。もう一度、落ち着いて話してくれ」

受話器の向こう側で興奮しながら話すのは、ルームメイトのスティーブだった。

当時、僕が暮らしていた部屋にはルームメイトがふたりいた。ひとりは業界人を目指すフリーな感じの男。もうひとりは「パワープレイ」という、クイーンズにあるレコーディングスタジオの受付をしている、地味めなスティーブ。

KRS・ワンは、問答無用で90年代のニューヨークのヒップホップシーンにおけるアイコンだった。もちろん僕自身のなかでも、「KRS・ワンこそがヒップホップのメインキャラクター」と言っても過言ではないくらいの象徴的存在だった。何しろ全寮制のハイスクールで生活していた頃には、ダビングしたカセットテープを繰り返し聴きすぎたために、テープが伸びちゃってラジカセのスピーカーから変な音が出たこともあったくらいなんだから。

初めてニューヨークのクラブに足を運んだ時も、ラインナップのヘッドライナーはKRS・ワンだった。ライブショウケースは、パラディアムという、めちゃくちゃいけてるクラブで行われた。パラディアムは古い劇場を改装した大箱で、誰がなんと言おうと、当時のニューヨークではナンバーワンのクラブだった。

その晩のパラディアムのステージには、バスタ・ライムス率いるリーダーズ・オブ・ザ・ニュースクールと、『ジャズ・マタズ』というジャズミュージシャンとコラボしたアルバムを引っ提げたギャング・スターのグールー、そしてKRS・ワンがブッキングされていた。

始まってみると、リーダーズのライブはとんでもない盛り上がり方だった。バスタがア・トライブ・コールド・クエストにフィーチャーされた「オー・マイ・ゴッド」のバースを放つと、パラディアムは異常なまでの熱気に包み込まれた。オーマガー、オーマガー、オーマガー、オーマガー。観客はリズムに乗りながら声を張り上げた。

最初のステージが終わると、グールーは舞台の袖から、マイクを握り締めて「ヨー」とひとこと放った。するとフロアの客は彼の声に呼応するようにしんと静まり返った。そして次の瞬間、ステージにグールーが現れると、歓声が一気にクラブのなかをこだまするこことなった。

僕はこの時、全身が粟立《あわだ》つのがわかった。たったひと声放っただけでその場の空気を一気にさらっていくグールーから、旬のラッパーの凄味を叩き込まれた。派手なアクションで煽るわけでもなく、ジャズのトラックに乗せて淡々とラップするグールーは、その名の通り〝神の化身〟のように感じられた。

それまではクラブといっても名ばかりの、田舎の小さな箱しか知らなかった僕にとって、1000人を超えるキャパのフロアがパンパンになるほどの観客から発せられる熱量は、めまいがするほどだった。

その天井の高いクラブにこもった空気を吸っていると、次第に自分がとてつもなく場ちがいな存在なのではないかという不安に似た感覚を覚え始めた。周りを見回してみると、そこにいるのは熱心な黒人のヒップホップヘッズばかり。年若い彼らは、このイベントをずっと楽しみにしながら、世知辛いニューヨークの日常をいなしてきたインナーシティ・キッズにちがいなかった。ほかには白人の女の子がまばらに見られるくらいで、観光客のようなよそ者はひとっこひとりいなかった。

そうやってライブの合間に周囲をキョロキョロと見回していると、パラディアムに一緒に来ていたタリーブとジュージューが、「こっちに来いよ」というふうに手招きをして、クラブの2階席のほうへと僕を誘った。

真っ暗な階段を上がっていくと、パラディアムの2階部分には、改築する以前の劇場時代に使用されていた古めかしい座席が無数に残されていた。

埃臭い座席を抜けていく途中、目深に被ったニット帽の上からパーカーのフーディーをすっぽりと被った男が半目を開けたまま酔い潰れているのが目に止まった。男は不意に近づいてきた僕が様子を窺《うかが》っていることに気がつくと、放っておいてくれと言わんばかりに目配せしてみせた。

しばらく進んでいくと、タリーブとジュージューは一旦立ち止まって僕のほうを振り返った。

「おいヤス。さっきブリブリになってひっくり返ってたやつが、誰だかわかったか?」

僕が肩をすくめながら、「わからない」と両手を広げてみせると、タリーブは自慢げに「レッドマンだぜ」と教えてくれた。

ジュージューは人目につかないところまで歩いていくと、胸のポケットからブラントを取り出し、慣れた手つきで裂き始めた。タリーブは小さなニッケルバッグの中身を手のひらに乗せ、種やら茎を取り除いてから横にいるジュージューに渡した。暗いせいもあって、お世辞にも上手く巻けたとは言い難い葉巻に火を点けると、みんなで回し始めた。こんなところで吸ってても大丈夫なのだろうかときょどる

クイーンズのパワープレイ・スタジオにて、レッドマンと著者。1994年

僕に、ジュージューは「大丈夫、大丈夫」と煙にむせながら言ってのけた。

「戻ろうぜ」葉巻を吸い終えるとジュージューは言った。改修する前から残っている前時代的な2階席のあいだを縫うように通り抜けて薄暗い階段を降りるのと同時に、低音の効いたビートがクラブの空気を震わせた。

『リターン・オブ・ザ・ブーンバップ』というニューアルバムをリリースしたばかりのKRS・ワンが登場すると、床が抜けるのではないかというくらいにフロアが揺れ始めた。ヒップホップのライブの真骨頂を肌で感じたのは、この時が初めてのことだった。次々と新曲が披露されるなかで、アルバムに収録されているブラントネタの曲がかかった時、隣にいたタリーブと視線が絡み合うかたちとなった。

そのような経緯もあったので、ニューヨークにおけるリアルなヒップホップの盛り上がりを体験させてくれたKRS・ワン御大と直に会うことができる機会を得た僕は、前日から完全に舞い上がっていた。

機転をきかせたルームメイトのスティーブが、「日本人のルームメイトがインタビューをしたがっている」という作り話をしてくれたおかげで実現した初対面を前に、僕は昂《たか》ぶる気持ちを抑えることのできぬままクイーンズに向かう地下鉄に飛び乗った。

スタジオに着くと、スティーブは早速KRS・ワンが作業をしているところへ案内してくれた。分厚い防音扉を開くと、エンジニアに指示を出していたKRS・ワンは微笑みを浮かべながら、「あとちょっとで作業が終わるから、少し待っていてくれ」と言った。興奮して自己紹介もままならなかった僕は、スタジオを出た先にあるラウンジでそわそわしながら待つこととなった。

スタジオから出てきたKRS・ワンは、分厚い手のひらで包み込むような握手をしてくれた。僕はあらためて、学生時代からBDPのアルバムを聴きまくってヒップホップに陶酔したことや、ニューヨークに来て初めて行ったパラディアムのライブの話などをした。

するとKRS・ワンは、「実はちょうど、君のような外国人と話がしたかったところだったんだ」という前置きをした後、アシスタントの男に言いつけて車から持ってこさせた大学のレポートのような資料を僕に手渡した。分厚い冊子の表紙には、「science of rap.（ラップの科学）」と書かれていた。

「これは世界中のヒップホッパーに向けて書いた原稿なんだ。アメリカ人以外の、まさに君のような人に読んでもらいたいと考えていた矢先だったので、本当に良いタイミングだった」

KRS・ワンはさらにこう続けた。

「ここには、『ラップとは何か』といった、ヒップホッパーとして理解しておくべき事柄が書き連ねてある。日本に帰った際には、この原稿を国内にいるラッパーや、ヒップホップ関係者に是非とも読ませてやってほしい。君にはこちらから一方的に外交官のような役割を託してしまい申しわけないが、袖振り合うも多生の縁と思って、どうかよしなに」

僕からすればKRS・ワン本人に会えただけでも涙モノだというのに、そんな大役まで申し付けられるだなんて感極まりなかった。

のちに帰国した際、バスタの興行の際に知り合っていたKダブシャインにコピーした原稿を渡すと、英語を理解していた彼は、「すごいなお前、KRS・ワン本人から直接こんなものを預かってくるなんて」と言って、相棒のZEEBRAにも渡して構わないかと訊ねてきた。これをきっかけに、キングギドラのファーストアルバムをリリースしていたPヴァイン・レコードのディレクターがこの原稿を出版したいと言い出し、KRS・ワンの志が日本でも日の目を見ることとなった。

## Up against the wall

いつものように10時頃になって目を覚ますと、ルームメイトのひとりがいなかった。

部屋には代わりに銃を持った白人がひとり。

「ルームメイトの友達だちかな？」

僕は何か悪い夢でも見ているのではないかと思い、再びベッドに戻ろうとした。しかし、そんな自由は許されなかった。

「アッパゲンスタウォール！《Up against the wall!!》」

男は銃口を向けて言った。

「ちょっと待てよ、ここは俺たちの家だぞ」と心の内でうそぶきながらも、僕は壁に手をついて大人しくした（寝起きに銃口を突きつけられる感覚を想像してほしい。心臓はバクバクいうし、呼吸だってままならないありさまだ）。

言われた通りに壁に手をついたのとほとんど同時だろうか。下の階のドアからも上の階からも（デュープレックス構造の部屋だったので、玄関がふたつある感じだった）銃を持って首にバッジをぶら下げた、いかつい連中が10人以上押し入ってきた。

「なにごとだよ」そんなことを思ったのもつかの間だった。後ろで銃を突きつけているやつの指示で、残りのメンバーたちが家中を捜索し始めたあげく、ほかの部屋で目的のものが見つからなかったからなのか、最終的に僕の部屋の荷物をすべてひっくり返し始めた。

「おいっ、なんで中国人がこんなところにいるんだ？」

こちらとしては「なんで朝目を覚ましたら銃を持ったお前たちがいるんだよ」と訊き返したいところだったが、もちろんそんなことを口にできる状況ではなかった。

「お前、こんなところに匿われながら涼しい顔をしてやがるが、一昨日の晩にチャイナタウンで起こった大捕り物で逃げ延びたチャイニーズ・マフィアの手下だろ」

「ちがう、人ちがいだ。そこにパスポートがあるから調べてくれ」

すると男は手下に指示してパスポートを広げながら、「お前ジャパニーズなのか？」と訊いてきた。

「留学生がなんでこんな汚ねえ場所で暮らしてんだ？」

「汚ねえは余計だろ。好きで住んでるんだから別にいいじゃねえか」

そうやって誤解が解けてきた頃になってようやく、入口のほうから聞き慣れたルームメイトの談笑する声が聞こえてきた。

自分が日本から来た留学生だということは通じているようだが、不安は残されていた。おそらく朝っぱらから家に乗り込んできたのは物盗りのたぐいではなく、司法当局の連中にほぼ間違いなさそうで（結局彼らは最後まで自己紹介のようなものはしなかった）、何か別の事件の容疑者の潜伏場所と勘ちがいしているようだけれども、部屋にはルームメイトが持ち込んだ多量のウィードとスケール（小分けして密売するための電子計量はかり）があったからだ。しかも僕の不安をよそに、途中で帰宅したルームメイトは、「そこで震え上がってるチャイニーズなんて知らねえから、しょっぴいてくれよ」なんていう軽口を叩き始めている始末だし。

それからしばらく簡単なアリバイ確認のような質問を受けると、最初に部屋に入り込んできたリーダーと思われる男がほかのメンバーに撤収の合図を送った。僕はウィードの件が心配だったから胸をなでおろすような気分だった。

ところが事なきを得るかと思われた頃になって、またしてもルームメイトが余計なことを口走り始めたので、僕は立ちくらみを起こしそうになってしまった。

「おい、てめえら。無実の善良な納税者の家にあがり込んで散々部屋のなかをひっくり返しておいて、片付けもしないまま帰るつもりか？」

すると捜査の指揮権を握っていると思われる男は、テーブルの上のウィードを指差してこう言った。

「今回は居直り強盗が潜伏しているという通報があったから乗り込んで来ただけだ。そいつで現行犯逮捕されたくなければ、生意気なことを言うな」


「こいつはおそらく大家の嫌がらせだな」

警察が引き払うと、ルームメイトは経緯を話し始めた。

「いつものように近所のリカーショップに葉巻を買いに出た時には、すでに警察が玄関の近くで待機してるのがわかったから、しらばっくれて表の通りでしばらく様子を見てたんだ。そうしたらすんげえ人数の武装警官が建物のなかに突っ込んでいって、通りは野次馬で人だかりができるほどだったよ。なんでこんなことになっちまったんだろうと思ってほかの野次馬に話しかけてたら、応援の捜査官が近づいてきて教えてくれたんだよ。『この建物のなかに強盗が隠れてる』っていう通報が入ったって。それを聞いて、すぐに思い当たるところがあった。3ヶ月も家賃を滞納してたら大家も追い出したくなるよなって」

もちろん僕は自分の分の家賃はきちんと支払っていたわけだが、どうせ叩けば埃の出る連中だろうと思って、警察に偽の通報をしてまで家賃滞納者を追い出そうとする大家には腹が立った。

そのうちに、ルームメイトは裁判所を通して居住者の権利を主張するべきだと言いだした。それを聞いた僕は、自由の国アメリカでそのようなことがあるなんてけしからんと空気を入れることにした（自分は毎月決められた期日に耳を揃えて家賃を支払っていたので気が大きくなっていたのかもしれない）。

「よし、じゃあ一発かましてやろう」

裁判所からの督促状が届いて、それまで僕が映画のなかでしか見たことのなかった法廷に足を運ぶこととなったのは2週間後のことだった。

開廷時刻は朝の9時だった。僕らの方針は裁判官の同情を引こうという子どもじみたものだったが、ある意味では正攻法ともいえた。法廷には日本からはるばる海を渡ってきた留学生の僕が行って、片言の英語で大家の専制君主ぶりをアピールすることになった。

「イエス、イエス、ミー、ジャパン、カム、カム、スン、スン」

5分も話さないうちに話はついた。

「払う気がないわけじゃなければ、もう帰ってもいいよ」

役人なんてものは世界中どこに行ったって、事なかれ主義というふうに相場が決まっている。

## 2Pac

シャキール・オニールの顔がプリントされたロングスリーブを着ていたナタリーとは、学校帰りに出逢った。デリカテッセンの前ですれちがう時に、「この辺りにデリカテッセンないかな」と言ってナンパすると、そのまま映画を観に行こうという流れになったのだ。

話のわかる女の子だなと思いながらふたりでブラントを回してアヴェニューを歩いていた。すると白地にブルーのペイントが施されたフォードのパトカーが近づいてきたので、僕はいつもの通り何事もなかったかのように喫いかけの葉巻をカーハートの袖口に隠してやり過ごそうとした。

だけどナンパが成功した直後の僕は、これからどうやってお持ち帰りをしようかなんていうはしたないことを想像しながら油断していたのかもしれない。あるいは、スパイラルヘアーをピンク色に染め上げたナタリーが目立ちすぎていたということもある。

警官は僕らの斜め前方でパトカーを停めると、日本車では助手席側にあたるドアを開けて（アメリカは右側通行）、銃を構えながら降りてきた。

「やべえ、ついてねえなあ」と思いつつ、僕は両腕を上げて後ろを向くタイミングで、一旦は袖口に隠した葉巻をできるだけ遠くに投げ捨てた。海の向こうでも、警官になって安定した人生を貪ろうなんて考えを起こすやつは性根が腐っていると、この時ばかりは心の底から思った。

僕が振り向きざまに投げ捨てた葉巻は、火種が消えた頃になって応援に駆けつけたほかの警官によって発見された。すると、その所有権を巡って、すったもんだが生じることとなった。

「これはお前のか？」と、まずは順当に僕が訊かれた。

「いや、知らねえよ。くれるんだったらもらっておくけど」と女の子の手前、粋がって見せると、

「じゃあ、これは君のかな」と、警官は次にナタリーのほうに水を向けた。

「このマリファナはこの男のだよね？　もし君が首を縦に振ったら、君だけはこの場で帰っていいけれども、もし首を傾げるようなことがあったら、ふたり揃って署まで来てもらわなきゃならないけど、どうする？」

もちろんナタリーは、

「そうよ、この人の物よ」と言い残し、その場を去っていった。

そのまま、お世辞にも座り心地が良いとは言えないパトカーの後部座席に乗せられて、警察署まで連行された。僕はこの時初めて、アメリカの警察署のドアが足で蹴り開けられる構造になっていることを知った。なるほど、確かに理にかなっている。手錠をしていたり、大騒ぎで暴れているような逮捕者をぶち込むには合理的な造りだ。

あーあ、面倒なことになってきたな、大使館に連絡されてしまうのかな、などといろいろなことを考えていると、身元紹介やら写真撮影は小一時間で終了し、すぐに放免されることとなった（マグショットと呼ばれる、被疑者が逮捕時にポラロイドカメラで撮影される写真は、なぜか記念で1枚だけ「お土産」という名目でもらうことができた）。

後日出頭した簡易裁判所では、認否を確認された後、罰金の支払い用紙を渡されてすんなりと事が済んだ。ところが建物を出ると、撮影用のカメラを携えたクルーが何十人も入り口付近に詰めかけていた。

「はて、裁判所に呼び出されたアジア人がそんなに物珍しいものかね」と首を傾げていると、彼らは僕の斜め後方に向けて、パシャパシャパシャッっと一斉にフラッシュを焚き始めた。

「ヨー！　パック」

カメラマンたちの声に驚いて後ろを振り返ると、包帯を巻かれた2パックが車椅子に乗せられたまま中指を立ててポーズを決め、移送車に押し込まれていくところだった。

2パックはデジタル・アンダーグラウンドのダンサーから始まり、主演映画『ジュース』の大ヒットによって全米で知名度を確立した（皮肉にも、劇中で演じたビショップの役柄を生涯をかけて演じ切ってしまうわけだが）。そしてラッパーとしても「アイ・ゲット・アラウンド」の成功により、順風満帆のキャリアを送っていた。

ところが、地方営業の際にレイプ容疑で起訴されてしまう。またそのスキャンダルの最中にニューヨークを訪れた際、ビギーのスタジオがある建物に向かうと、エレベーターのなかで鉛の弾を撃ち込まれてしまうという、ヒップホップ史上例のない悲劇が起きた。

テレビや雑誌といった当時の音楽メディアが、「2パックはビギーにはめられて殺されかけた」と連日煽り立てるなか、疑心暗鬼の2パックはレイプ事件で有罪判決を受け、刑務所に収監されていった。獄中の彼に多額の契約金を提示したのは、シュグ・ナイトが設立し、ドクター・ドレーやスヌープ・ドッグと契約を結んでいた西海岸を代表するレーベル、デス・ロウ・レコードだった。

出獄後の2パックは、ドクター・ドレーと二人三脚で、まるで水を得た魚のように数々の名曲をレコーディングしていった。しかし、東西のビーフにより、MGMグランドで行われたマイク・タイソンの試合を観戦しに行った際に凶弾に倒れ、ギャングスタラッパーとしての生涯を終えることとなった。

## Pitbull

ゲトーで暮らしている連中は、ラッパーでなくとも皆それぞれ自分の身を守るために武器を持ち歩いている。もちろん銃がメインだが、人気はやはり闘犬のアメリカン・ピットブル・テリアだろう。ピットブルはイギリスやフランスでは猿轡《さるぐつわ》をかまさないと野外に連れ出してはいけないという法律が定められているくらいに獰猛な性格をしている。

相手が銃を抜いたり、ナイフで切りかかってくるよりも素早く確実に襲いかかるピットブルは、飼い主にとっては最高のパートナーだが、見ず知らずの人間にとってはこれほど恐ろしいものもない。

僕はゲトーでヨークシャテリアだのチワワを飼っている人間には一度も出会わなかった。考えてみれば、小型犬が写っているヒップホップのレコードジャケットもあまり記憶にない。

## Spike Lee

僕がブルックリンで生活し始めた頃、音楽ではなく映画でアメリカのメインストリームを席巻する監督がいた。『ドゥ・ザ・ライト・シング』『モ'・ベター・ブルース』『ジャングル・フィーバー』など、スパイク・リーが発表する作品は大ヒットの連続だった。

黒人がメガホンを取り、黒人が演じ、黒人が鑑賞するためのリアルな現実描写。各方面からの議論を呼んだ『マルコムX』は、アメリカ映画界におけるスパイク・リーの地位を確固たるものにし、ハリウッドに対するカウンターとして広く受け入れられていった。作品の内容や、デンゼル・ワシントンにウェズリー・スナイプスといった俳優陣の名演技に関しては数々の映画評論に任せるとして、僕が声高に叫びたいのは、「40エーカー・アンド・ア・ミュール」という彼のプロダクションの名称の由来についてだ。

第16代アメリカ合衆国大統領エイブラハム・リンカーンは、奴隷解放を宣言した翌日に暗殺された。彼は生前にある法案を掲げていた。それは、すべての奴隷だった人々に40エーカーの土地と家畜を与えるという内容だった。しかしリンカーンが暗殺されてしまったために、彼が黒人たちと交わした約束は果たされなかった。その法案の名称を、スパイク・リーはプロダクションの名前に冠したというわけだ。

スパイク・リーは人気絶頂期に、彼が愛してやまない地元のブルックリンにショップをオープンさせた。周囲の人間は皆口を揃えて、「なんでマンハッタンではなく、ブルックリンに出店するんだ。あっちのリッチなエリアで商売をしたほうが確実に儲かるじゃないか」と進言した。

するとスパイク・リーは、

「何を言ってるんだ。俺がブルックリンに店を構えれば、ブルックリンに金が落ちる。さらにブルックリンに暮らす高校生のバイト先がひとつ増える。何より俺の本当のファンならブルックリンまで足を運び、地元を知ってもらったうえで経済効果を生んでくれる」と答えた。

彼の言葉はブルックリンを愛する多くのアーティストにも通ずるところがある。ビギーのリリックには、こんな気概が記されている。

**愛を分かち合うのがブルックリン流のやり方（Spread love, it's the Brooklyn way)**

独りで勝ち上がっても意味がない。周りも一緒に幸せにならなければ意味がない。

## The Notorious B.I.G.

レクサスがパーキングスペースに横付けされていたのは、まだ日が高い頃だった。

「よう、チャイニーズ・ニガ。こっちに来いよ」

いつもそこにたむろしている連中よりもふた回りは体の大きいゴリラのような男が真ん中にいるなと思ったら、なんとワン&オンリー、ザ・ノトーリアス・B.I.G.だったから、僕は思わずまじまじと見入ってしまった。

みんなでブラントを回しているところに混ぜてもらうと、いかつい取り巻きに囲まれた〝キング〟は

相応の立ち居振る舞いで紫煙を燻らせながら、

「これからマンハッタンで取材なんだ」

と張りのある声で話していた。ビギーが去ってからも、僕の興奮は長い時間冷めなかった。

そんなこともあってか、いつもより遅い時間まで例の廃墟で過ごしていると、みんなで囲んでいたブーンボックス（大きなラジカセ）からラジオ番組の『Ｈｏｔ 97』が流れ始めた。

「今日はすごいゲストが来ているぜ、ザ・ノトーリアス・B.I.G.だ」

司会の声を聴きながら、ゾクゾクゾクっと一瞬で全身に鳥肌が立つのがわかった。

「今や世界中の注目の的と言っても言いすぎじゃないけど、どんな感じだい、最近の調子は？」

番組の進行役が訊ねると、ビギーはすぐさま答えた。

「ブルックリン、かましてやったぜ！（Brooklyn, we did it!)」

その場でビギーの声を聴いていた連中は全員、涙目になって叫んでいた。

「俺たちに向けて言ってくれてるぜ！」

地元を代表《レップ》する者はこうあるべき、というお手本中のお手本をビギーはぶちかましてくれたわけだ。

## Rep

ラッパーは地元の看板を背負って生きている。

ノーティ・バイ・ネイチャーのトレッチはテレビに出演した際、「過激なヒップホップグループの行動だったり歌詞の内容が、青少年の悪いお手本になっていることについてどのように考えているか」というキャスターの問いかけに対し、

「冗談じゃないぜ。ヒップホップがなかったら、俺はストリートで悪さをし続けていただろう。もしもマイクを手にしていなかったら、代わりに銃を握り締めて、あんたの家に強盗をしに行ってたかもしれないぜ」と答えていたし、似たような内容の質問に対し、スヌープはこんな名言を残している。

「俺たちが舐められるとゲトーのやつらが舐められる。だから俺たちが格好をつけないとゲトーのやつらの格好がつかない。そしてゲトーのやつらが格好をつけないと俺たちの格好がつかない」

## Charles Oakley

ルームメイトに誘われてマンハッタンのクラブで催されるリリースパーティーに足を運んだのは、夜

の8時を回った頃だった。まだ早い時刻だったけれども、おろしたてのエアジョーダンに誰かの足跡を付けられてしまうのではないかとヒヤヒヤしなければならないくらいに、クラブのなかは人いきれでむんむんしていた。

モブ・ディープの新曲「ショック・ワン」が、フロアに設置されたスピーカーから流れ始めると、みんなのヴァイブスは一気にブチあがることとなった。そうやってパーティーが絶好調で盛り上がっていった時、パンッ、パンッ、パンッ！という爆竹のような音が連続して鳴り響いた。

なんの音だろう？　そう思っていられたのはほんの一瞬だけだった。スピーカーから流れてくる重低音とはあきらかに音色のちがう乾いた甲高い音の正体が、誰かが放った銃声だという事実に気づかされた時、クラブのなかは蜂の巣をつついたような状態となったからだ。

逃げ惑う人波のなか、ルームメイトは腰をかがめる僕に向かってこう叫んだ。

「ヤス、デブの女の後ろに隠れろ！」

身の危険が案じられる場でもユーモアを決して忘れない、彼の持って生まれた楽天性は尊敬に値する。

銃声はすぐに鳴りやんだものの（馬鹿でかいマガジンが装填された自動小銃でもない限り、鉄砲の弾なんてものはすぐに撃ち尽くされてしまうものだ）、クラブに詰めかけた人々の大半は店の外に出られずに閉じ込められたままだった。

「おい、ドアが開かなくなったぞ」

誰かが叫ぶと、場内はそれまで以上のパニックに陥っていった。

隣にいるルームメイトは、慌てふためく人々を落ち着かせるために声をかけていた。けれどもその甲斐も虚しく、いても立ってもいられなくなった連中が一刻も早く外の空気を吸おうと、非常ドアをこじ開けるために四苦八苦し始めた。

「この場が非常事態じゃなければ、一体いつが非常だっていうんだ」と声を張り上げながら、ようやく開いた非常ドアから表に飛び出したのも束の間、彼らはものの数秒で戻って来ることとなった。

「どうだった?」と誰かが訊ねると、「だめだ、このクラブ、完全に包囲されてる。表を見たら軍隊がいやがった」と別の誰かが答えた。

正面の入り口のほうに人が流れていき、みんなが外の冷たい空気を頬に感じることができたのは、それから30分くらい経ってからのことだった。

外に出てみると、クラブはパトライトを点けた数十台の警察車両と特殊車両に囲まれていて、マシンガンを装備した特殊部隊が虫一匹通さないぞと言わんばかりに道の端まで封鎖している状態だった。

修羅場からようやく抜け出すことができた歓びに胸をなでおろしている時だった。おそらくは僕らと同じようにパーティーに足を運んでいたと思われるチャールズ・オークリー(ニューヨーク・ニックスのＮＢＡプレイヤー）がすぐそばにいることに気がついた。

するとルームメイトは緊張感から解放されて浮かれ気味だったのか、

「よう、オークリー」と、大声で話しかけた。

プロバスケット界のスーパースターは、たとえどんな場面でも自分の置かれている立場を忘れたりはしない。彼は最前までクラブに閉じ込められていたことなどおくびにも出さない満面の笑みを浮かべながら手を振り返してくれた。

ところがその刹那、ルームメイトは、「てめえ、使えねえんだよ。とっとと引退しやがれ」と罵声を浴びせ始めたではないか。一難去ってまた一難とはこういうときに使う言葉なのだろう。これには流石のオークリーも眉間にしわを寄せた。

「おいっ、億万長者！　俺のことを殴ってみろよ。一発ぶん殴って、明日の新聞の一面を飾ってくれれば俺は有名になれるからさ」と、ルームメイトはヘラヘラ笑いながらやり始めた。

オークリーくらいのスタープレイヤーともなれば、街にひとりで繰り出すことなどあり得ない。僕らはあっという間に彼のすぐ横にいたボディーガードとおぼしき筋骨隆々の連中に取り囲まれてしまった。

しかしそこにはクラブの銃撃の件で集まった警察官たちがうようよいただけあって、

「何やってんだよ、お前ら、さっさとこの場を立ち去れ。オークリー、お前もスタープレイヤーだろ。

こんなクソガキの挑発に乗せられて、騒ぎを大きくさせられる前に帰っちまえ」とすぐに仲裁が入ることとなった。

あの時のオークリーの表情は、生涯忘れることができない。何しろマイケル・ジョーダン率いるブルズに負けた時にも見せたことがないような悔しがりっぷりを、ストリートで晒すことになったんだから。

後日、この時の銃撃事件は、クイーンズのラッパー絡みで起こったものという話が回ってきた。誰がどんな理由で、誰を狙ったという具体的な話までこと細かに伝わってきたが、テレビの報道番組では、それからしばらく経ってからも未だに犯人は特定できていないと報じられていた。

日本でも、渡世の人間が警察に泣きついたり情報を提供することはない。コミュニティのなかの情報は、当事者周辺の人間に共有されることがあっても、部外者(警察)には絶対に漏れるようなことがあってはならないというストリートの鉄則が垣間見える事件だった。

## Just playing

どうやって落とし込むか? ブルックリンで広めた見聞を。

アーティストではない自分がヒップホップのコンペティションに参加するには、ラッセル・シモンズのようにレーベルを持つ必要がある。では、レーベルを持つためには何をしなければならないのか？もちろんそんなことは、僕がニューヨークで通っていたコミュニティ・カレッジでは教えてもらえなかった。

まだ日本にはヒップホップのレーベル自体が存在しないのだから、誰もレクチャーなんかしてくれない。先立つ物すら持ち合わせない僕に残されていたのは、自分の想像力とわずかばかりに存在していた似たような生業を持つ諸先輩方の後ろ姿だけだった。

ニューヨークでは、縁があっていろいろな人と出逢うチャンスを頂けた。しかしヒップホップレーベルを日本で始めるにあたっては、音楽業界の人間とアーティストの両方とつながらなくてはならなかった。

ん？　待てよ。そうだ、ラジオ番組を持てば、その両方と関われるじゃないか。我ながら良いアイデアだと思った。

当時の日本には、アメリカのように一日中ヒップホップばかりを放送するラジオ局はなかった。それどころか、ヒップホップを中心にかけるラジオ番組すら存在していなかったから、「ひょっとすると、これは相当いけてるんじゃないか？」と妄想しながらデモ音源を作ることにした。

僕のなかではすでに番組のイメージ——ブルックリン訛りの巻き舌の英語を話す黒人と、現代風の流

ルームメイトのタムルーと著者

行り言葉を操る日本人とのかけ合いで回す小気味のいいテンポ——が固まっていた。

それを実現させるため、僕は90年代半ばにアメリカのMTVで人気を博していた番組ホストのドクター・ドレーとエド・ラヴァーのふたりを、放送局の裏口で出待ちすることにした。常識的に考えれば暴挙ともいえる行動かもしれないけど、彼らに連絡を取るためのコネクションを持ち合わせていなかったアジアの若者にとって、それは至極当然の行動だった。

日本ではまだ誰もやっていない革新的なヒップホップ番組についての説明を始めると、当時すでにスター級だった2人組のDJはいろいろとアドバイスしてくれた。腹を空かした野良犬が、うつろな目つきで地べたを見ながら歩いているような時間帯で、ふたりの吐く息が縁日の綿飴みたいに白かったのを記憶している。

安い費用で録れるスタジオを紹介してもらった僕は、新譜を中心に選曲して、かりかりと台本を書き始めた。ディレクターと放送作家を兼ねた僕の注文に、相方も根気よく付き合ってくれた。ところが日本に一時帰国した際に、完成したデモ音源を東京の主だったFMラジオ局に企画書とともに持っていったものの、門前払いされる日々が続くだけだった。

そんな感じでどうにも歯車が噛み合わない状況のなか、芸能プロダクションの世界に首を突っ込んでいた幼なじみから、ある人物を紹介してもらった。雑誌『ファイン』の編集長、大野俊也さんである。

あの頃の日本にはまだヒップホップの専門雑誌というものがなく、サーフィンやスケーターのシーンを紹介している『ファイン』が唯一、六本木のエロスや芝浦のゴールドなどで行われるレゲエやヒップホップのイベントを取り上げていた。

初めてお会いした大野さんは僕のバックグラウンドやニューヨークの話を熱心に聞いてくれて、「おもしろそうじゃん。『ファイン・ナイト』っていうパーティーの看板を貸してあげるから、そこでできることから始めなよ」と言ってくれた。もしも大野さんに出逢っていなかったら、僕の日本のヒップホップシーンとの関わり方も全然別のかたちになっていたにちがいない。

さて、看板を手に入れたのはいいけれど、何から手をつけよう？

ニューヨークのアーティストを東京に連れてくるにあたっては、何はともあれお金が必要になる。けれども僕には、イベントのチケット代金を回収するまでのあいだ、アーティストをブッキングするお金を立て替えておくだけの経済力がなかった。「だったら誰かにお金を出してもらわなきゃ。そうだ！『ファイン』に雑誌広告を掲載している企業に問い合わせてみよう」

思い立ったが吉日、さっそく『ファイン』に掲載されている企業に手当たり次第連絡してみたところ、ステューシー、ＦＩＬＡ、ムラサキスポーツの3社が、「いいよ」という快い返事をくれて、物販も含め、全部で１００万円くらいのお金を集めることができた。そのお金を握り締めた僕はすぐさま、

「レッドマンを連れてきます！」

と言い残して、ブルックリンに帰っていくこととなった。

しかし問題が起きた。ルームメイトも僕も、以前にパワープレイ・スタジオで録音していたレッドマンを訪ねた際にもらったはずの連絡先を紛失していたのだ。オンラインで簡単に誰とでもつながることができる時代ではなかったからこそ陥ったトラブルといえる。

途方にくれている僕を見かねたのか、ルームメイトは「ビギーのA&Rなら知ってるぜ。3000ドルでやってくれるはずだから」と提案してくれたが、当時の日本ではビギーはまだ認知度が追いついていなかったので、僕は再び腕組みをしながら深い溜め息をつくこととなった。

「だったらバスタじゃどうかな？　おとといの夜にバスタのマネージャーとストリップバーで知り合ったんだ」

ルームメイトはそう言って、電話番号が書かれたメモ用紙を財布のなかから引っ張り出してきた。

地獄に仏とはこのことかと思った。「リーダーズ・オブ・ザ・ニュースクールというグループを解散したばかりで、これからソロとしてのキャリアを積み上げていこうとしていたバスタと、その弟分のランページにしよう！」

翌日には事務所まで足を運び、話はすんなりとまとまった。

「よーし、来月の頭にはいけるぞ――」

僕が初めて仕事としてヒップホップを日本に持ち込んだ経緯はこんな感じ。「ファイン・ナイト」がきっかけとなってムラサキスポーツとの関係を構築したことから、ワンクールで3000万円の予算をかけたラジオ番組『ストリート・フレイヴァ』の制作にも漕ぎつけることができた。

そしてその頃の日本のアンダーグラウンド・シーンを引っ張っていた、ライムスター、キングギドラ、雷、ソウル・スクリーム、ラッパ我リヤ、また僕と同じ時期に帰国し、日本でも活動を始めたブッダ・ブランドのメンバーたちとの付き合いが始まって、日本のストリートで新たな物語がつむがれていくのだった。

Buy one,
Get one free

ヒップホップを心から愛してやまない人間なら、かの有名な演説は知っているはず。“I have a dream.”と叫んでいる、アフリカ系アメリカ人公民権運動の指導者、マーティン・ルーサー・キング・ジュニアの演説のことだ。彼が生誕した日は、アメリカ合衆国の国民の休日として定められている。

あれはたしか1990年のことだった。マーティン・ルーサー・キング・デーに、僕が通っていたチェシア・アカデミーの学生は、平和的な座り込み抗議活動を行なった。

僕たちはキング牧師の誕生日を特別な日ととらえていた。なぜならキング牧師がいなかったら黒人解放運動は別のところにたどり着いていたかもしれないし、そうなってくるとヒップホップが誕生しなかった可能性すらあるからだ。

抗議は公民権についての議論へと発展していった。それ以来、毎年学校側は、マーティン・ルーサー・キング・デーに、学生を教育するためのプログラムを開催するようになった。

当時のニュースは、全校生徒が授業をボイコットしている様子を世の中に伝えた。学校で行われた抗議活動の発起人は、フューチャー・ショックのコンピレーション・アルバムにも参加しているラッパーのタリーブだった。当時、コネティカット州においてキング牧師の生誕日が祝日として定められていないことに対して憤りを感じたタリーブは、全校生徒に呼びかけて学校側に抗議した。

彼がフューチャー・ショックの作品に参加した経緯は、いうまでもなく、僕たちが高校時代に同じ学生寮で暮らし、その後のブルックリンでの日々があったからだ。

僕が通っていた学校は、全米はもちろんのこと、ヨーロッパや南米、そしてカリブやアジアなど、世界中のさまざまなところからやってきた、やんちゃな連中がいるところだった。

生徒たちはそれぞれの部屋の壁に、好きなポスターを貼っていた。ティーンネイジャーが自分の部屋の壁にポスターを貼る文化は世界共通のものだ。大概が音楽関係のポスターであり、それは個性を主張する手立てのひとつだったともいえる。インターネットが発達していない時代、音楽はとても身近な存在だった。なかには、カセットテープのコレクションや、ターンテーブルとレコードを持ち込んでいる強者までいた。

寮で暮らしている生徒たちは、各自がさまざまなジャンルの音楽に精通しながら個性を発揮していた。僕はその時になって初めて、音楽は流行り廃りではないということを知ることとなった。ロックを聴くやつは何がなんでもずっとロックを聴き、ポップスを聴くやつはどんなことがあってもポップスを聴く。日本で生まれ育った僕にとって、そんな様子を目の当たりにしたことは、それまでになかった。

僕が通っていた日本の中学校時代の同級生は、みんなが流行を追っていた。テレビに出ている流行りの歌手だったりバンドを、みんなで一緒に聴いている感じ。右へならえ。回れ右。足踏み始め。前へ進め。全体止まれ。みんなとちがう動きをしたら、ほーら言うことを聞いていないからだと罵られ、眉をひそめられてしまう。揚げ足を取られたあげく、ペテン師扱いされ、あっちいけしっしっという具合に。

だから留学したアメリカの高校で、各自がそれぞれの趣味趣向で音楽を選り分けながら聴いている様子が、すごく新鮮に感じられた。毎日朝の7時になると、上の部屋から爆音のレゲエが聞こえてくる。隣の部屋からはラップ。ルームメイトはパンクロック。向かいの部屋はダンスポップで、斜め前からはヘビーメタル。そんな環境で僕が聴いていたのは、初めのうちは日本から持って行ったブルーハーツだった。

けれども寮生活というのは、放課後だったりに少しでも時間があったら誰かの部屋に遊びにいくのが当たり前だった。したがって僕は遊びに行く先々で、いろいろなジャンルの音楽に触れていくことになった。

ほかの生徒たちの部屋で耳にするのは、僕がそれまでに聴いたことのなかった音楽ばかりだった。そんな時には自然と、これは誰のなんていう曲なの？　と訊くこととなった。するとみんなは得意になりながら、自分の好きなジャンルについてひと通りの説明をした後、お気に入りの曲を見繕ったミックステープまで作ってくれた。

日本にいた頃は、レンタルレコード屋でたくさんのジャケットを見比べたうえでジャケ借りをして、聴いてみてハズレだったり当たりだったりを繰り返していた僕からすると、それぞれのマニアやエキスパートがジャンルごとにおすすめしてくれる、これほど効率の良いシステムはなかった。

エリック・クラプトンがソロになる前はクリームというバンドにいたなんていう小話から、ビートルズやオジー・オズボーン、ジューダス・プリーストにパブリック・エネミー、はたまたN.W.Aのような過激な楽曲までいっぺんに吸収できた。それぞれのアーティストの楽曲をウンチクを交えながら聴くことができる彼らとの時間は、学校の勉強より遥かにためになった。

なかでも僕がひときわ心を奪われたのは、スティングとボブ・マーリーだった。音楽に思想やメッセージを込めるだなんて、目から鱗だった。英語を覚え始めていた僕は、スティングとボブ・マーリーが、教科書から学ぶことよりも断然濃い内容を歌っていることに感動し、昼夜を分かたずひたすら聴きまくった。

そうやって音楽を通じて仲良くなった同級生たちは、休みになると僕のことを実家に泊まりに来るよう誘ってくれた。

白人の同級生の家に泊まりに行くと、夕食の際に相手の親から、黒人の友だちじゃなくてアジア人の友だちが遊びにきてくれて嬉しいと言われた。逆に黒人の友だちの家に泊まりに行くと、白人の友だちのあいだで自分の子どもが虐められていないかと心配している親が多いことに驚かされた。日本人の君は良い子だろうし、信頼しているからと言われるたびに、僕はいつも複雑な思いを抱いた。

タリーブとの出会いは、午後の授業を終えて学校の敷地内にある寮に帰った時だった。

建物の1階にある、校庭に面した大きなドアの入り口を開けると、すぐのところに公衆電話があった。

そこで僕は、新入生と思われる見慣れない黒人の姿を目にした。

髪型はショートドレッドで、いかにもニューヨーク出身という感じの容姿をしていた。受話器を握る男は独特のアクセントでまくしたてていて、僕が通りかかった時、丁度会話を切り上げるところだった。ガチャンと音を立てながら勢いよく受話器を置いた彼は、向かいから近づいてくる僕にじろじろと視線を這わせながら言った。

「ヨー。お前はどこの国のやつだい？　日本人か？　韓国人か？　この学校には中国人があまりいないってことは聞いてるぜ」

タリーブの話を耳にした僕はすかさず答えた。

「日本人さ」

すると、彼は特徴のあるイントネーションで続けた。

「オー！　まーじかよ、お前は日本人か！　日本ていったらアメリカに原爆を落とされてるよな。原爆って、ガチにヤベエよな。でもな、お前らはアメリカに落とされた原爆でたくさんの人が殺されたけど、国土も残っているし、さかのぼっていける歴史があるのも救いだ。ご先祖様をたどっていったら、サム

高校時代の友人の部屋にて

ライだニンジャだっていう歴史が残っている。だけど俺たち黒人は、奴隷としてこの国に連れてこられたから歴史なんてものは存在しないんだよ。奴隷の子孫は、たとえマイケル・ジャクソンやマイケル・ジョーダンといった有名人だとしても、先祖をたどっていくと奴隷としてどこどこの港に連れてこられたってところでおしまいなんだ。その前の血筋をひもとこうとしても、アフリカのどの辺りの、どういう部族の出身とか、一切わからないんだ」

その時僕は、タリーブの早口の英語をあんぐりと口を開けながら聞いているしかなかった。それくらい、圧倒された。同級生のなかにはバスケットが上手で奨学金をもらっている黒人の生徒もいたけれども、タリーブはそんな連中ともちがう感じがした。

「お前、おもしろいこと言うやつだな」

僕がそう言うと、タリーブは満足そうな笑みを浮かべながら、寮の1階にあった彼の部屋まで招いてくれた。

部屋に入ると、正面の窓ガラスの脇の壁には、メガネをかけた黒人のポスターが貼ってあった。

「この人はマルコムXっていうんだ。日本人のお前だったら、キング牧師くらいの名前は聞いたことあるかもしれないけど、マルコムXもタイトな革命家なんだぜ。キング牧師の発言はマイルドだけど、この人は過激な言動で、新しい世代のアイコンとして受け入れられたんだ」

僕はタリーブの話に引き込まれていった。

「ボブ・マーリーはわかるだろ？　ジャマイカで起きたレゲエ・ムーブメントが、ニューヨークで発展したものがヒップホップなんだ」

そう言ってタリーブは、まだ荷ほどきの終わっていない鞄のなかから、次々とカセットテープを取り出して説明し始めた。鞄から取り出された、X・クラン、ブランド・ヌビアン、ア・トライブ・コールド・クエストといったヒップホップグループのアルバムは、高校のダンスパーティーでDJがかけるパーティーチューンとは別の種類のサウンドで、僕に新しい刺激を与えてくれた。

タリーブとデモに参加したのは、パパ・ブッシュが中東で戦争を始めた頃だった。ブラウン管から流されていた「ナイラの涙」と重油まみれのウミネコの映像は、今でも僕の脳裏に明瞭に焼き付いている。まさかその映像が偽物だったなんてことは、初めのうちは全然気がつかなかった。アメリカ政府が戦争の口実を作るためにメディアを操っていたことを知ったのは、もっと後になってからだ。

僕が日本で暮らしていた頃に通っていた私立の小学校では、高学年になると社会科の時間の大半が、平和の尊さについて費やされていた。わら半紙とインクの匂いがする「太平洋戦争と反戦」に関するプリント用紙の端を、指先でくるくると丸めながら黒板の前に立つ先生の話に耳を傾けていた。修学旅行で広島の原爆ドームの向かいにあるホテルに泊まった時には、被爆者に会うために近くの老人ホームに行った記憶がある。そうやって日教組の執拗な洗脳を浴びせられながら育った僕にとって、タリーブとデモに参加したあの日は、忘れられない一日になっている。

私立の小学校と公立の中学校に通っていた僕がアメリカの高校に留学して驚いたのは、歴史の時間だった。日本の歴史の授業といえば、縄文とか弥生時代までさかのぼったところから始まる。一方、アメリカは建国してから日が浅いこともあって、アメリカ史は200年ちょっとしかない。

授業中に時系列を追いながら淡々と語られるのは、歴史的英雄の退屈な武勇伝。そいつがどこからやってきて、戦争によってどこの領土を獲得、みたいな感じ。ついでにその英雄の名前を冠した地名まで答案用紙に書かなければ、A評価はもらえない。そういうアメリカが国家として成り立つまでのあらましは、舞台の脚本を棒読みさせられているような空疎な印象だった。

日本との戦争に関しては、アメリカの歴史の教科書のなかでたった半ページしか扱われていなかった。原爆のキノコ雲を添えた簡易的なイラストが1枚きり。

「アメリカは、盗人が奪いとった土地の上に築いた国家。そんなやつらの主張することに、正義なんてあるわけがない」

当時ギャングスタラッパーとして若者の心を掴んでいたアイス・キューブの言葉は、メディアや白人

タリーブ。ボストン近郊の「Obey」アートピース前にて。90年代初頭

の大人に煙たがられていた。メディアが一介のギャングスタラッパーのリリックに目くじらを立てたのは、それが正鵠を射ていたからだろう。

戦争が始まって1週間ぐらいしてからだと思う。水曜日の放課後に、州都の街で反戦デモがあるから、興味のある生徒はサインアップしろと先生が言った。

デモに参加したのはデイビッド・シャーマンとマイク、それから僕とタリーブの4人だった。

デイビッド・シャーマンと僕はすごく仲が良かった。彼の名前の響きを初めて耳にする日本人なら、誰しもがブルックス・ブラザーズのパリッとしたピンク色のボタンダウンにプレスの効いたチノを穿いているような七三分けの白人を想像するかもしれない。しかし彼は裕福な家庭出身だったことは間違いないのだが、四六時中マリファナの匂いを漂わせているようなヒッピーだった。休憩時間に、舌の上にLSDを染み込ませた紙切れを乗せたまま野球をやって笑い転げているくらいの不届きものだ。

スケーターのマイクは白人だったが、家庭環境は決して良くなかった。一年中、色落ちしたリーバイスのブルージーンズに、首まわりの伸びたヘインズのTシャツを着ていた。もしかしたらほかにもデモに参加した生徒はいたかもしれないけど、今の僕に思い出せるのはこの4人だけだ。

デモ会場に向かう道中は、まるでスティーブン・キングの『スタンド・バイ・ミー』みたいだった。全然中身のない話を、雨上がりの優しい午後の日差しが降り注ぐなかで語り合っていた。

僕の想像では、デモというのはジョン・レノンの「イマジン」なんかをラジカセで流しながら、ピースマークのプラカードを掲げて大声で戦争の愚かさについて叫ぶというイメージだった。しかし実際に会場に到着してみると、自分の認識がどれだけお花畑だったかを知ることとなった。

街はデモの参加者であふれていた。だがデモの雰囲気はイメージからかけ離れていた。さまざまな団体が参加していて、なかにはタスキをかけていたり、同じ手袋をしたり、Tシャツを揃えている人たちまでいた。

それぞれの団体が、それぞれの主張を掲げていた。「ふざけるな、戦争に使う金があるんだったら自分たちに予算をまわしやがれ」とホームレス撲滅を掲げる団体もいれば、癌患者に対するサポートを叫んだり、家庭内暴力に悩む子どもたちを救えなんていうプラカードまで散見することができた。

確かに彼らの主張はまったく間違っていなかった。けれどもそこにいる全員が自分の主張を伝えるのに必死で、他人の話に耳を貸す余裕や協調性を挟む余地はなかった。

がらんどうで、何もない、見せかけだけの正義のもと、国民それぞれが異なるバックグランドを持つアメリカ。この国で自分の主張を通すということは、他者を押しのけなければならないということなのかもしれないと、僕はこの時、初めて痛感した。

そこにはアメリカの光と影が混在していた。光が強ければ強いほど影も濃くなる。愛情が強ければ強いほど、憎しみが強くなるように。

"Buy one, Get one free" に代表される、アメリカの商業施設で頻繁に目にするこの手のポップは、一体誰が初めに考え出したのだろう。「1個買ったら、1個無料」なんていうエコノミックな商業広告は、アメリカ的な資本主義の象徴以外の何物でもない。

社会に出ると、本音と建前をまざまざと見せつけられる機会が増えてくる。子どもの頃の僕は、ポップに書かれた文字を字面通り真に受けてしまい、その裏に何が潜んでいるのかを想像することができなかった。投げつけられたファクトをそのまま受け止めるしかなかった僕は、アメリカはすごいところで、アメリカこそ人類の未来であると信じて疑わず、そして思春期を迎えた頃にアメリカの高校に進学することになった。

デモに参加した僕は、それまでアメリカに対して抱いていた幻想を一気にひっくり返されることになった。子どもの頃から憧れ続けていたアメリカ。けれども実際にはその背中だけを見て追いかけていただけだった。正面から間近にその顔を覗き込んでみたら、そこには鬼のような形相をした、醜く、利己的で、なおかつ傍若無人に振る舞うアメリカの本性があった。

あの日を境に、自分で勝手に恋い焦がれていたアメリカに対する幻想が崩れていった。そしてそれまでは他人事のように、タリーブみたいな考え方もあるのか、と思っていた黒人文化が、リアリティをともなって自分のなかに入ってくるようになった。

コウジが転校してきたのは、ちょうどそんな頃だった。

コウジは目黒出身で、父親が上場企業の社長だった。僕と同じように、日本の高校には進学しないで、最初はデンマークにある、たしか東海大とかそんな感じの名前の付属校に通っていた。

ところがデンマークの付属校に入学して早々、寮生活をしていたコウジは、夜中に寮を抜け出してクラブに遊びに行ったのが見つかったとかそういうたぐいのくだらない微罪で退学処分になって、アメリカの高校に転校して来た。

当時の日本で流行り始めていたテレビ番組のダンス甲子園なんかの影響があったのかしらないけど、コウジはアメリカの田舎の学校では完全に浮いちゃうくらいのファッションに身を包んでいて、ニューヨークの流行にも遅れをとらないヒップな男だった。今ではすっかり世界的なラップスターになってしまったブルックリン育ちのタリーブでさえ、彼には一目置いていた。

転校してきた初日、コウジは東京の渋谷にあった東京堂で手に入れたという、いけてるベースボールキャップを被っていた。ブートで作られた、ニューヨークで最先端のキッズから人気を博していたア・トライブ・コールド・クエストのキャップを目にしたタリーブは、「お前！　そんな物をどこで手に入れたんだ?」と羨望の眼差しを向けていた。

同じ東京出身の僕が、やばいやつが来たな、と思ったのはいうまでもない。さっそく話しかけて、仲良くなるのに2分とかからなかった。それまでうんちくというか、教養として黒人文化に興味があった僕とはまたちがったスタイルで、感覚的にヒップホップ文化をとらえているやつだと思った。

コウジとは、ニューヨークのソーホーにあったユニオンというヒップなセレクトショップにも一緒に行った。あそこでアルバイトをしていたスタッフが、のちにシュプリームを作ったなんていう話を聞いたら、コウジのやつは地団駄を踏んで悔しがったにちがいない。

コウジはセレクトショップをやりたいと言っていた。常に最先端のブラックカルチャーに触れながら、ダンスだけでなく、ラップもしたいと語ってくれた。これまでの自分の生き方を振り返ってみると、コウジが生きようとした人生まで背追い込んできたような気もする。

そんなコウジとタリーブと一緒に受けていた美術の授業を受け持つ黒人の先生とのやり取りは、今でも思い出すことがある。日本とアメリカを合わせると、僕は十数年間学校に通っていたことになるけど、恩師と呼べる人に出逢ったのは、後にも先にもその人たったひとりきりだ。

先生は初めての授業の時に自己紹介を終えると、

「美術というものは、思いのままに行うものであって、私が教えられることなんて何もありません。皆さんどうぞご自由に、ご自分の描きたいものを描いてください」なんていうふうに素っ頓狂なことを言い残して、自分は教室の隣の部屋に行ってしまった。

自由に絵を描いていいと言われた僕は、同じ教室にいるコウジとタリーブに目配せをした。「行こうぜ」というサインを出して最初に席を立ったコウジを先頭に、僕たち3人は先生がいる隣の部屋を覗きに行くことになった。

扉をノックしないまま、音を立てないようにそっと部屋のなかを覗いたのはコウジだった。

「やばいぞ」コウジは目を見開いて僕とタリーブのほうを振り返った。その時の彼は、名だたる海賊の船長が、長い航海の末にようやく伝説のお宝を見つけ出した時のような表情を浮かべていた。コウジの体を乗り越えるようにして部屋のなかを覗き込んだタリーブが先生に声をかけた時、僕にはまだふたりの背中しか見えていなかった。

「ラスタファライですね」

タリーブは先生に話しかけながら扉をいっぱいに開けた。そこでようやく僕にも、キャンパスに向かっていた先生がにっこりと微笑みながら振り返るのが見えた。

イーゼルやらバケツやら、授業で使う画材道具が置かれている部屋の中央には、エチオピアの皇帝、ハイレ・セラシエの肖像画が描きかけのまま置かれていた。それはレゲエ・コミュニティの連中が神と崇める人物だった。僕たちは絵の具の匂いがする部屋のなかで、しばらくのあいだ描きかけのラスタファライを眺めていた。

レゲエの文化やアメリカの奴隷制といった歴史背景に興味があった僕たち3人のあいだでは、放課後に誰かの部屋に集まってその手の話題を侃々諤々《かんかんがくがく》するのが日常だった。そんなこともあって、先生が手がけている肖像画を目にした時には、正直に言って、かなり面食らってしまった。

ラスタファライと呼ばれたハイレ・セラシエを語るうえで、アフリカ回帰運動における重要人物、マーカス・ガーベイの存在は欠かせない。

マーカス・ガーベイは、世界黒人開発協会アメリカ会連合（UNIA-ACL）やブラック・スター・ライン社を設立し、ニグロ・ワールド新聞を発行した人物で、タリーブがモス・デフと組んだ「ブラック・スター」の名前はここから発している。

マーカス・ガーベイが精力的に活動していたのと同じ時代、ネイション・オブ・イスラム（ブラック・ムスリム・ムーブメント）も誕生している。キング牧師や、白人を〝白い悪魔〟と呼ぶなど過激な発言で知られるマルコムXの活動母体となった組織が、ハイレ・セラシエやマーカス・ガーベイが活躍していたのと同じ時代に産声をあげたというのも興味深い。この事実は、中国の春秋戦国時代における諸子百家を彷彿させる。老子と孔子が同じ時代に生き、それとほとんど同じ時期に釈迦やソクラテスも産まれていたという神話のような話は、有色人種の社会運動というかたちに姿を変えて、20世紀の世に蘇ったかのようにも思えてくる。

ネイション・オブ・イスラムは聖書を否定し、イスラム教のアッラーを唯一の神としている。その点において、ハイレ・セラシエやマーカス・ガーベイのラスタファリ運動とは相反する。

ラスタファリアンは聖書を聖典としているが、特定の神は持たない。キリスト教におけるキリストは、神ではなく救世主（メシア）と考えられている一方で、ハイレ・セラシエは神の化身（ジャー）と信じられている。八百万の神と暮らす日本人からすれば枝葉末節のことがらかもしれないが、彼らの主張はそれぞれが異なる。

19世紀の後半にジャマイカに生まれた若き日のマーカス・ガーベイは、「どうしてジャマイカに暮らす黒人は、こんなにも貧しいのだろう」という疑問を抱いた。その後、イギリスやアメリカといった海外に渡って見聞を広めた彼は、貧しいのはジャマイカにいる黒人だけではなく、世界中に散らばっているすべての黒人だという結論に落ち着いた。

16世紀以降、アフリカで暮らしていた黒人は、ポルトガル、スペイン、オランダ、イギリス、フランスの5ヵ国からやってきた白人によって、労働に従事させるための奴隷として売り飛ばされるようになった。奴隷貿易を取り仕切る奴隷商人は、首から値札を提げた黒人を奴隷市場で売りさばき、その非人道的な行為で得た金銭を、砂糖、綿花、タバコ、コーヒーといった、奴隷の労働によって生産される物資に交換して、さらなる財産を築き上げていった。

奴隷を売る白人も、奴隷を労働力にするために買う白人も、奴隷である黒人のことを人間として見なしていなかった。黒い皮膚やちぢれた髪の毛など、自分たちとちがう容姿をしていて、自分たちとちがう言葉を発する黒人は、牛や馬と同じ、動物に過ぎなかった。

奴隷には、一切の人権が認められなかった。ようやく法令上で人権が認められるようになってからも、ほとんどの白人は、それまでの差別的な態度を改めようとはしなかった。

人は己の意思で生まれる場所や肌の色を選ぶことができない。それは被差別部落問題や在日外国人差別問題を抱えている日本でも看過できない課題といえる。憎まれっ子ほど世にはばかるという不条理は、いつの時代、世界中どこに行っても変わるところがない。

マーカス・ガーベイは、世界中に存在する白人の国や、白人が支配する植民地に奴隷として連れてこられた黒人とその子孫たちを見て憂えた。黒人が、現実的に目の前に立ちはだかっている不条理な生活から開放されて、母国であるアフリカの大地にすぐさま戻って自由に暮らすという具体性を帯びた手だてのないことに愕然とした。そのことに気がついた彼は、黒人が黒人として、民族としての尊厳を保ちながら生きていく拠り所となる、黒人独自の宗教観が必要であるという結論にたどり着いた。

それまでにも、聖書を典拠とする、人類が黒人から発祥したとする黒人独自のエチオピアニズムといった宗教観は存在していた。マーカス・ガーベイの思想は、聖書の内容をエチオピアと結びつけたエチオピアニズムとパン・アフリカ主義を融合させたものとなった。パン・アフリカ主義は、奴隷として北米大陸並びにカリブ地域に売り飛ばされた黒人がアイデンティティを求める運動だった。マーカス・ガーベイが1927年に演説を行なった際の、「アフリカを見よ。黒人の王が戴冠すべし時、我々が解放される日は近い」という発言は、「預言」として多くの人々の支持を得た。

ハイレ・セラシエが皇帝に即位したのは、その演説から3年後のことになる。マーカス・ガーベイの信奉者にとっては、預言が実現したことになった。信奉者たちは、「ジャーが地上に舞い降りた、我々は救われる」と言って喜んだ。特にジャマイカの農民たちは喜んだ。それ以降、ジャマイカではラスタファリズムという思想運動が活発化することとなった。

ハイレ・セラシエはアメリカでビートニクスやヒッピームーブメントが全盛だった1960年代にジャマイカを訪れた。当時のジャマイカではロックステディやスカといった、ジャズやR&Bの派生音楽が盛んだった。しかし皇帝の来訪をきっかけに、レゲエという新しいジャンルがメインストリームの音楽として受け入れられるようになっていった。

ハイレ・セラシエは訪問した際、ジャマイカの人々に向けて、「ザイオン回帰よりバビロン解放」というメッセージを送った。この名言は、彼のことを熱狂的に歓迎したラスタファリアンたちの心を震わせることとなった。ちなみに「ラスタファリアン」はハイレ・セラシエが皇帝に就く前の「ラス・タファリ・マコネン」という本名による（「ラス・タファリ」は「タファリ侯」という称号）。

ザイオンはアフリカ。バビロンはジャマイカ。「アフリカ回帰よりもジャマイカの開放を」という、目の前にある現実に即したハイレ・セラシエのメッセージは、音楽に思想を込めて表現をする、レゲエのボブ・マーリーに受け継がれていくこととなった。

コウジは、絵筆を置いてこちらを振り返りながら、手ぬぐいのような布切れで手を拭き始めた先生に向かって、

「ハイレ・セラシエはヒップホップを愛する人間にとって、邪険にできない存在だよ。彼がいなかったら、レゲエの発展も別のかたちになっていたかもしれないしね」と言った。

「お前さんは良く知っているようだね」

先生はそう言って、まったく刺のない穏やかな表情を浮かべた。

翌週以降も、先生の授業の方針は変わらなかった。みんなに好きな絵を描かせているあいだ、自分は教室の隣の部屋で作業を続けていた。

僕とタリーブとコウジの3人は、ハイレ・セラシエの肖像画を目にした最初の授業がきっかけとなり、先生の部屋に顔を出すようになった。

「ハイレ・ソラシエは独裁者だったかもしれないけど、黒人開放に尽力したっていう一面も持ち合わせてる。それは紛れもない事実で、人類に貢献したといえる」

僕たちと先生は、おじいちゃんと孫くらい歳が離れていた。そんなおじいちゃん先生に躊躇なくからんでいくのは、コウジの役割だった。

「彼の存在なくしてピーター・トッシュやボブ・マーリーは、後世に残るような作品を残せてはいなかっただろうしね。だから彼がいなければ、ヒップホップが生まれることもなかった」

先生はいつだってコウジの話にじっくりと耳を傾けてくれた。そしてすぐに言い返したりはしないで、言いたいことを全部吐き出させてから、きちんと内容を咀嚼したうえで口を開くような感じだった。

「政治家として晩節を汚すことがあったとしても、人はその人が成し遂げたたったひとつのことだけで救われることがある。そのたったひとつのことだけで、何もかも許せる日が訪れたりするものだよね。なぜなら人間は、理屈ではなく、感情の生き物だからさ。先生は刻石流水という東洋の言葉を知ってるかな? 『恨みは水に流せ、受けた恩は石に刻んでも忘れるな』っていう意味の言葉さ。だからブラックミュージックを愛するひとりの日本人として、僕はハイレ・ソラシエを心の底からリスペクトしている」

コウジが話し終えると、先生はシワだらけの顔を綻ばせた。そして、その深いシワの奥に光る瞳を輝かせながら、これから自らが語る言葉の重みを測るような口調で、話を始めた。

「この学校には何千人もの黒人の生徒がいるが、大半の連中はそんなことに興味を示さないまま毎日を過ごしている。それなのにはるばる異国から渡ってきたお前さんが、それほどまでにこの問題に関心を抱いているということを私は嬉しく思う。お前さんがブラックカルチャーに敬意を払ってくれているように、私も日本の文化を本当に素晴らしいものと思っている。日本の伝統的な文化のなかには、今のブラックコミュニティが学ばなければならないことが無数に存在しているからな」

先生の語り口は、同じ黒人でもタリーブの話し方とはちがっていた。たとえるならば、それは土の大地から発せられたような響きがあった。

「私は日本のクロサワの映画が大好きで、彼のことを世界一の芸術家だと思っている。クロサワが表現する作品、その世界観から、私は多くのことを学び、考えさせられた。作品の端々からにじみ出てくる日本人の国民性、忍耐心、慈悲の心。それらを総合的に考えた結果、日本人がいかに勤勉な民族かということに気づくことができた。大陸の影響を受けてきた日本の文化には、儒教的な思想が色濃く融け込んでいる。まだ文字がなかった時代の日本に、最初に輸入されたであろう書物が『千字文』だったり『論語』だったということを考えれば、それは極めて自然な成り行きだろう」

先生が話し始めると、僕たちはいつも黙って聞いていた。自分たちの親だったり、ほかの大人が話している時にはすぐに言い返すのが当たり前だったけど、先生の語り口にはそうさせる威厳のようなものがあった。

「大乗仏教は日本に伝えられ、広範に広まった。しかし儒教が中国発祥の思想なのに対して、大乗仏教はインド由来の宗教が中国に伝わり、中国独自の発展を遂げたものという根本的なちがいがある。つまり日本に伝わった大乗仏教は、儒教やら道教の影響を少なからず受けた、中国がリミックスした思想ということだ。同じブッダの教えでもタイやカンボジアの上座部仏教は、あくまでも個人の解脱を目的としていた。

それに対し、中国大陸で発展を遂げたのちに日本に伝えられた大乗仏教の根本的な教義は、『自利利他』という言葉に集約されている通り、すべての生きとし生けるものを救うことを目的としている。お前さんたち日本人に対してこんな説明を加えるのは、それこそ『釈迦に説法、孔子に悟道』と笑われてしまうかもしれないが、自利利他とは、『自分の努力は自分の功徳となり、それは世の中のためにもなる』という教義にほかならない。鎌倉期以降、日本の武士は長く続いた戦乱の世を治めるために、仏教を政治的に上手く利用してきた。経文を唱えれば極楽に行けると教えられたら、文字を読めない農民はすがる思いでそれを信じたであろう。ラスタファリズムがジャマイカの農民に強く支持されたのも、ほとんど同じ道理だ。一方で儒教は、武士などの識字率の高い知識層の必修学問となった。『論語』に代表される四書五経の内容のほとんどが、人物を修めることと政治に関することがらで埋め尽くされていたからだ。

そのような足取りで徳川期に突入すると、長く続く太平の世によって日本の文化は花開いた。庶民の識字率も上がり、仏教とともに儒教、それも陽明学ではなく朱子学が広く受け入れられ、日本独自の家長制度ができあがることとなった。父権という考え方が日本人のあいだで見事に行き渡っているのは、このような歴史を踏まえてのことだ。朱子学派は孟子の性善説を踏まえ、強く仁義を説いた。

『修身斉家治国平天下』という、四書五経の『大学』に記されている言葉には、すべての黒人が知っておくべき叡智《えいち》が詰まっている。平和で文化的な国家を作るには、まずは国民ひとりひとりが自分の襟を正さなければならない。そして家長が腰を据え、しっかりとした心の持ち主となれば、家族はそれに従う。そうしてしっかりとした家庭が築かれていけば、やがてそれらが集まって、しっかりとした街ができあがる。しっかりした街が集まると、今度はそれが集まって、しっかりとした国ができあがる。

人は本来であればそのようにあるべきなのに、嘆かわしいことにこの国にいる黒人の男どもは、いまだに奴隷制時代の名残りとして、コンプレックスや貧困に正面から向き合うことができないままでいる。子どもは作れるが、家庭を作ることができないでいる」

先生はそこまで話すと、油絵の具を積み上げた机の手前に置かれていた大振りのマグカップを手に取って、注がれているコーヒーをひと口だけ飲んだ。そしてマグカップを持ったまま、苦い薬を口に含んだ時のような表情を浮かべた。

「先生はどうしてそこまで詳しく日本のことを知っているの？」

僕は話を聞きながら疑問に思っていたことを口にした。すると先生は持っていたマグカップをテーブルに戻し、その大きな耳たぶの感触を指先で確かめるような仕草をしながら、ゆっくりと話し始めた。

「私はアメリカが日本と戦争をしている時に、新聞配達のアルバイトをしていたんだよ。子どもながらに、毎日自分が配る新聞に何が書いてあるのかが気になって仕方がなかった。いや、貧しかった私の家には娯楽など何もなかったから、新聞に目を通すくらいしかやることがなかったといったほうが正しいだろう」

先生は僕のことを見つめるようにして言った。

「ある日、記事に目を通すと、アメリカが太平洋の向こうにあるアジアで戦争に介入していったと書いてあった。その記事を目にした私は、アフリカの大地を蹂躙し、南米大陸を奴隷たちに開拓させ、北米のインディアンから何もかもを略奪してきた白人様が、今度はチンギス・ハーンの真似ごとまで始めたのかと、子どもながらにも気の毒に思った。ところが、売り物の新聞記事を毎日読み続けたところで、何ヶ月経っても、何年経っても、戦争は終わらなかった。恥ずかしながら、私は新聞でアメリカと日本が戦争をしている記事を何年も目にしていたにもかかわらず、日本という国がどこにあって、どのくらいの大きさなのかということを長いあいだ知らなかった。私の家は貧しく、世界地図はおろか、聖書やコーランはもちろんのこと、本と呼べるものが1冊もなかったというのもある。

あれは確か、新聞配達を終えて帰路に着いた時のことだった。私は街角でインディアンと黒人の混血のような見てくれの大人が、ひょろりとした黒人の男と地図を広げながら話をしているところに偶然通りかかった。彼らはアメリカに降伏する気配もなく、なおも戦い続けている日本がこんなにも小さい国なのかと、大きな声で話していた。興味をそそられた私が彼らの広げていた地図を覗き込むと、そこにある日本はアメリカのカリフォルニア州と変わらない大きさしかなかった。それまで私は、世界でも有数の経済大国であるアメリカと何年もかけて戦争を続けている日本という国は、さぞかし立派な大国にちがいないとばかり思い込んでいた。驚いた私は思わず地図を見せてくれた大人に対し、『これが本当にアメリカに一歩も譲らず戦い続けている日本なのか』と質問した。『そうだよ坊や』と、インディアンと黒人の混血の男は答えた。『勇気をもらえるだろ』と、もうひとりの黒人の男が続けざまに言った。その日からまもなくして戦争は終わった」

そこまで話すと、先生は目を瞑《つむ》った。

「2発の原爆でね」今度はタリーブが口を開いた。

先生は目を開けて、タリーブのことをじっと見つめた。タリーブはいつもの飄々《ひょうひょう》とした様子のままだった。

「軍人あがりの東條英機は仕方がなかったとか、広田弘毅は気の毒だったという日本国内の世論は聞き及んでいる。それでも私はひとりの黒人として、A級戦犯となった彼らのことを、我々にとってのマルコムXやキング牧師のような英雄だと思っている。武士道精神というやつだ。彼らは見事なサムライさ。彼らのせいで、実に多くのアジアの人々が命を落とした。それは決して許されることではない。しかし一方では、彼らの功績によって白人による植民地支配から、より多くの有色人種が解放されることとなった。吉田松陰の、『かくすれば、かくなるものと知りながら、やむにやまれぬ大和魂』とでも言うべきだろうか。アドルフ・ヒトラーにはそんな気概はまったくなかった。ヒロヒトも東條も、その気になったらいつでもピストルで自殺できたのにそうしなかったのは、世界の東の果てに位置する日本列島でガラパゴス化した究極の東洋思想が存在したからだろう」と先生は言った。

先生が話し終えると僕は、

「東條や広田は銅像にもなってないし、彼らのポスターをティーンネイジャーが自分の部屋の壁に貼ることもないけれどね」と言った。

僕が話し終えたのとほとんど同時のことだった。開けっぱなしにしていたドアの向こうから、髪の長い用務員の白人の男が、こちらを睨みながら声を荒げた。

「あんたは性懲りもなく、また受け持ちの生徒をたぶらかして悦に浸っているのか。それも今年は黒ん坊だけじゃ飽き足らず、黄色い猿まで集めてるなんてな。あんたは何もわかっちゃいない。いつもそんな話ばかりしているようだが、事実をねじ曲げるにもほどがある。このアメリカ合衆国は、偉大なる白人が作りあげた国家だ。あんたたちは、その恩恵にすがりながらも、感謝することもなく、我が物顔で生きている。感謝どころか、不平や不満ばかり口にしている、ろくでもない生き物だ。ワシから言わせたら、街に棲《す》みつくネズミや野良犬となんら変わらん」

男の剣幕は尋常ではなかった。そして発言の内容はあきらかに有色人種を侮蔑するものだった。

それまでスツールに腰かけていた先生は、立ち上がって用務員の男に話し始めた。

「そうですよね。貴方のおっしゃる通り、この偉大なるアメリカでは、発言の自由が憲法によって認められています。ですから私たちが思うところを言葉にしていたように、貴方にもその権利があります。どうぞ続けてください」

先生は言い終えると、僕達3人ひとりひとりと目を合わせた。その視線には「お前さんたちは黙っていろよ」と言っているような雰囲気が含まれていた。

白人の用務員は言った。

「ワシは日本との戦争で、お国のために命をかけて戦った。所属していたアリゾナの基地から出征する日、地元の白人たちは星条旗を振りながら、ワシらを英雄として戦地に送り出してくれた。それなのに、黒人やインディアンの子孫、それからアジア人といった低脳な連中は、戦争の大義を理解できないまま、我々を睨んでは罵声を浴びせてくるありさまだった。アメリカに暮らす有色人種は、東西の海岸沿いと南側の一部の地域で粋がってるだけに過ぎない。真のアメリカ人とは、アメリカ全土に暮らしている白人以外の何者でもない。ワシらが貴様たち有色人種を生かしてやっている。どうだ、ワシの意見は正しくて、何も言い返すことができないだろう」

用務員の男はそれだけ言い残すと、傍らに置いてあったモップを手にして去っていった。

部屋のなかには男が残していった不穏な空気だけが漂っていた。事態を察した先生は僕たち3人に椅子に座るように勧めてくれた。そしてしかるのち廊下を背にしながら、ゆっくりと話し始めた。

「これがアメリカの現実だよ。理論武装をして、自分の考え方をどれだけ変えることができたとしても、他人の心は変えられない。現実はそう簡単には変わらない。私がお前さんたちと同じくらいの年齢の頃の話をしてもかまわないかな」

先生の問いかけに、僕たち3人はほとんど同時にうなずいてみせた。

「若かりし日の私は、社会を変えるために何よりも必要と思われる知識を全力で身につけた。猛勉強も厭わず、奨学金をもらって、イエール大学にも通った。あの時代の大学には、黒人の生徒なんて今ほど多くはいなかった。そのような環境のなかで、白人の学友たちが、黒人は変な匂いがするとか、黒人には節度がないなんていう人種差別的な会話をしているところに、たまたま私が出くわしてしまうことも少なからずあった。そんな時、彼らはすぐに会話をやめた。そして居心地が悪そうに『お前のことを言ってたんじゃないよ。お前はほかの黒人とちがうからな。俺たちの仲間だからな』と言ってきた。私はその都度、先ほどと同じように『気にするなよ。言いたいことを言っていいのがアメリカだろ』という返事を返していた。しかし、当時の私の心のなかには、自らの発する言葉とは裏腹な思いが蠢《うごめ》いていた。『白人が軽蔑し、白人が見下している黒人像よりも、私のほうがよほど悪質だぞ。私はお前らの心のなかに忍び込み、お前らのやり口を理解して、それらを全部盗みとったうえで、すべてを黒人のために活かし、結果的にお前らを苦しめてやるんだから』。私はそんな穢《けが》らわしい考えを胸に秘めながら、黙々と勉強し続けていた」

セルの眼鏡を外した先生は、それをダンガリーシャツの胸ポケットに仕舞って続けた。

「わかるかな、このやり場のない気持ちが。本音を言ってしまえば、過去何十年間かけても変わることができなかったアメリカは、この先何百年経っても変わることはないだろうと思う時がある。憎しみの連鎖は、決して途絶えることがないだろうからな。お前さんたちヒップホップ世代も、ギャングやらビッ

W 125 ST
TIN LUTHER KING JR
BOULEVARD
MALCOLM X
BOULEVARD

チなんていう表面的なものに踊らされることなく、世の中を善い方向に導いてくれれば良いのだが、おそらくはまた同じ過ちを繰り返すだけだろうな」

そう言って先生は残念そうな表情を浮かべた。

すると今度は、先生の様子を見たコウジが口を開いた。

「ねえ先生、日本は極東国際軍事裁判で、敗戦国として裁かれたでしょ。でもさあ、戦争っていうのは、どちらの側も自分こそが正義と思って戦っているわけだよ。そして、『勝てば官軍負ければ賊軍』の言葉通り、勝ったほうが正義で負けたほうが不正義になってしまうんだ。極東国際軍事裁判で判事をしていたなかで、唯一被告人を無罪と主張していたハル判事のインドは、ガンディーたちの働きによって、それまでの帝国主義が回らなくなり始めていたイギリスからの独立を果たしたじゃん。それってつまりは、連合国として極東国際軍事裁判で勝ち名乗りをあげたイギリスが、自国の植民地で賊軍になったってことだよ。その頃からだよね。海を越えた南米で革命を起こしたチェ・ゲバラ、そしてキング牧師、マルコムXにブラックパンサーっていう連中の掲げる旗が、ある日を境に錦の御旗に替わったのは。ヒップホップ文化は、その土壌の上に成り立っているんだ。日本人からしてみても、全部がつながっている話さ。だから先生は何も心配することなんてないよ。俺たちが乗っている船は、風に吹かれながら、進むべき方向に向かって進んでいるんだから」

その時のコウジは、ラスタファライの肖像画のように、自信に満ちた表情を浮かべていた。

コウジがアメリカに来てから2回目の春休みだった。休みが始まった初日に、僕たちは一緒に日本に帰国した。

それ以前にも、学校が長い休みに入る時には、コウジとふたりで帰国したことが何度かあった。だけどこの時はコウジが付き合っていた、同じ高校に通っている沖縄出身の百合子も一緒だった。

僕とコウジのあいだでは、日本に帰ってからもいつものように一緒に遊ぼうという黙契があった。しかしお互い久しぶりに再会を果たした地元の友だちと遊ぶのに忙しかったり、コウジは百合子に東京案内をしなければならなかったこともあって、結局その春休みは、日本で一度も顔を合わす機会がないままアメリカに戻ることになった。だからその春休みのあいだに日本でどんな出来事があったのかは、アメリカに戻ってから聞かされた。

コウジの実家のマンションの下の階には、マサオという名の、コウジと同い年の幼なじみが住んでいた。アメリカに戻ったコウジは、マサオと百合子がどうやらそういう関係にまで発展してしまったようだという話を僕に切り出した。

僕は同じ学校に通っていた百合子のことを、初めて話をした時からあまり良く思っていなかった。僕にとって百合子は、どうにもとらえどころのない対象だった。自分は日本人ではなく、沖縄人だと言っている彼女のスタンスも理解できなかった。維新のどさくさに乗じて薩摩の連中が琉球に何をしたかについて、僕の知識が追いついていなかったというのもある。

今ならば彼女のアイデンティティを認めることができるかもしれない。しかしまだ高校生で、男女のことも含めて何もかも経験する前だった僕には、百合子の醸し出す、自意識が高めな雰囲気を受け入れることができなかった。

百合子とは、親友の彼女ということもあって、一緒にいることが多かった。頭が良い子だったから話もつまらなくなかった。思春期の男女は、女の子のほうが精神的に遥かに大人だったりするから、百合子からしたら、僕は騒がしいだけの無邪気な子どもに見えていたかもしれない。彼女の醸し出す大人びた雰囲気と、沖縄出身というエキゾチックなたたずまいに、コウジもマサオもやられてしまっていたんだと思う。

僕はコウジの幼なじみのマサオと、百合子との一件が起こる以前から面識があった。コウジがアメリカの学校に転校してきてから初めての長期休暇の際、一緒に日本に帰国して一番最初に紹介された友人だった。

マサオはコウジが日本にいた頃に通っていた学校では、一番喧嘩が強いグループに属していたらしい。

けれども仲間にはとことん優しい良いやつという触れ込みで、僕はコウジからマサオのことを紹介された。僕とマサオは、お互いが親友の親友同士ということもあって、すぐに意気投合することとなった。

マサオはそれ以降、僕が一時帰国した際には、コウジを介さずに直接僕を遊びに誘ってくれるようにもなった。彼の地元の目黒に遊びに行くと、コウジが高校の寮で僕とタリーブに話していた、とんかつ屋の「とんき」に連れて行ってくれたりもした。そんな経緯もあって、僕は以前にマサオから、「俺もコウジとかヤスみたいに、アメリカに行きたいと思ってる」という話を打ち明けられたことがあった。

アメリカに戻って間もなく、春休みが終わった。9月に新学期が始まって、6月に学年末が訪れるアメリカの学校だったから、春休み以降の3ヶ月間は慌ただしく過ぎ去っていった。

それまでいつも一緒に遊んでいたコウジと百合子だったが、マサオとの一件以来、ふたりの仲はもう以前のように戻ることはなかった。マサオから百合子との関係を打ち明けられたコウジは、長いこと付き合ってきた幼なじみと喧嘩別れをした。コウジからしてみれば、それは親友と彼女を同時に失うことを意味していた。

「だけど俺は気にしないよ。世界にはまだ出逢ったことのない、何十億という男女がいる。今回のことだって、俺は簡単に乗り越えられるから平気だ」

そう言って平然としているコウジのことを、僕はスマートだなと思っていた。「自分が間抜けだったからさ」と言って、どちらのことも特に悪く言うわけでもないコウジは、大人に見えた。

本来ならば、誰よりもやるせない思いを抱いているはずなのに、それでも弱い面を見せないコウジ。でも、考えようによっては、僕が彼にそのように振る舞わせていたのかもしれない。僕が彼にとっての、本当の意味での仲間として役不足だったという可能性は否めない。なぜなら、もしもコウジがあの時のように強がってばかりでなく、内面を赤裸々に吐き出すことができていたとしたら、彼の未来はまた別のかたちになっていたかもしれないのだから。

春休みが終わってからの僕は、私的な事情から極めて忙しくなっていた。僕は日本でいうところの早生まれにあたる。そして日本の学校は4月に新学期が始まるところが、アメリカにおいてはそれが9月から始まるというちがいがある。そこに我が家の経済的な事情も重なって、僕はなるべく早く高校を卒業しなければならなくなっていた。

僕が生まれた頃に1ドル300円近くだった円相場も、留学した当初には120円台くらいにまで値上がりしていた。それは年間で1万ドルの支出を日本円で賄う場合に、換算して300万円だった支払いが、120万円にまで下がっていることを意味していた。

しかし元来、学者というのは金銭を卑しむ風潮がある。井戸塀政治家ではないが、学者の家庭には本と本棚しかない。ましてやウチは両親ともにニッチな分野の研究をしていた。母親は教育心理学で、父親に至っては一般の企業で働いていたところからの転身組だった。つまり我が家の米びつを開けてみると、子どもを留学させるほどの経済力がある、世間一般の上流家庭のようなゆとりはなかったということだ。

僕は親と相談をした。その結果、飛び級をして当初予定していた高校の卒業時期を早めなければ、留学を中断して帰国しなければならなくなってしまった。

飛び級について自分なりに調べたところ、もしも日本の中学校3年生の時の単位を、アメリカのハイスクールの単位と同等に扱ってもらえるようであれば、予定よりも1年早く卒業できるかもしれないということが判明した。学年主任の教師に相談したら、アメリカ側の意見としても前例がないわけじゃないから、成績次第では話を受け入れてもかまわないということだった。

高校とか大学なんてものは、実情は資本主義の歯車に過ぎない。したがって全寮制の学校を経営している立場からしてみたら、1年余計に学費を払ってもらったほうが有難かったにちがいない。それなのに学年主任は、我が家の台所事情まで考慮してくれたのだから、世の中というのはあながち捨てたものじゃないのかもしれない。

日本の中学校の教頭には、父親が話をつけてくれた。もともと僕の留学に関しては母親のほうが積極的だったのにもかかわらず、父親がかけ合ったのはよほど切羽詰まった事情があったのだろう。

それから数週間後に送られてきた僕の中学校時代の成績表は、すべての教科がオールAの評価になっていた。僕はてっきり、これは海外で頑張っている卒業生に向けた教頭先生からのエールだととらえていた。学究肌で生真面目一辺倒な父親が、成績表の入った封筒を綺麗に開封して中身を改竄《かいざん》していたなんてことを知るまでには、それから数十年の時を必要とした。

そのようなかたちで急遽高校を卒業する見通しが立った僕は、今度は卒業に向けて猛勉強をする必要に迫られた。どこの大学に行きたいとか、そんな具体的なビジョンを描く時間なんてまったくなかった。とにかく残りの単位をひとつも落とせないというギリギリの状況で、なんとか喰らいつくしかなかった。僕の人生で、後にも先にもこれ以上はないというくらい、しゃかりきに勉強した時期でもあった。

そうして無事に期末テストを乗り越えて卒業式を終えると、ようやく夏休みがやってきた。日本に帰国した僕は、コウジと遊ぶ時もあれば、マサオと遊ぶこともあった。でも、その年の夏休みは、以前のように僕とコウジとマサオの3人で遊ぶことは一度もなかった。

マサオには百合子との恋愛相談をされたり、自分も絶対にアメリカに行くという、彼が以前から考えていた話を聞かされたりした。コウジと遊んでいる時にそのことを伝えると、彼は興味を示そうともしないまま、ほかの女の子にうつつを抜かしていた。

その頃コウジは、テレビにも出ている、わりと有名な女の子と遊んでいた。その女の子とデートした帰りに、僕の家に立ち寄ることもあった。「すげーいい感じだったぜ」コウジはいつもよりはしゃいでいるように見えた。

そんな感じで夏休みは、あっという間に終わりに近づいた。転校生のコウジは中学校時代の単位をやりくりすることもしなかったから普通に高校に戻り、飛び級した僕は新たな環境で大学に通うこととなった。

しかし実際のところ、僕は大学について熟考したことがなかった。それどころか自分が何を勉強したいのか、どんな人間になりたいのかということさえ定まっていなかった。

全寮制の私立の高校は学費が高かったので、親の負担を考えると一刻も早く卒業したかった。その思いだけで半ば高校を飛び出すような格好になった僕は、とりあえず高校からそれほど離れていない場所にある州立の大学に進学した。

そこは学費も安かったし、GPA（グレード・ポイント・アベレージ。成績評価値）も中の上ぐらいだった。入学が決まった僕は、そこに通っているあいだに単位を貯めて、やりたいことや行きたい街が決まったら、そっちに進んでいけばいいかなぐらいのテンポラリーな考えでいた。

高校の寮を出た僕は、今度は大学の寮に入ることになった。そこには週末になるとコウジやタリーブが泊まりに来た。場合によっては高校の時の友だちや、近隣の学校に通っている留学生も遊びに来ていた。

タリーブは、僕が暮らしていた質素な寮の部屋に、VHSのビデオテープを持って遊びに来た。『ニュー・ジャック・シティ』や2パック主演の『ジュース』、アイス・キューブの『ボーイズン・ザ・フッド』やスパイク・リーの作品といった具合に、ヒップホップ文化を象徴する映画やミュージックビデオを、詳しい説明を交えながら観せてくれた。

ところが、そんな順調に見えた生活にも誤算があった。日本の大学は入学するのが難しいけれども、卒業するのはそれほどでもない。一方、アメリカの大学は入るのは簡単だけど、卒業するのが難しかった。少人数制で、留学生のサポート体制も整っていた私立の高校とちがって、白人優位主義者だらけの州立の大学の寮にはなじめなかったというのもあった。僕の足は次第に大学から遠のいていった。

その時期、友人の家で知り合った日本人の女の子と付き合い始めたのも大きかった。その娘の通う大学は小規模なのに、多くの外国人留学生がいた。そこはなんとなく僕が通っていた高校の雰囲気に似ていて、さまざまな国の人々が和気あいあいとしていた。そんなこともあって、僕は自分の大学ではなく、ガールフレンドが通っている大学に入り浸ることもしばしばだった。

持て余した時間を使ってアメリカ東海岸にある、いろいろな土地を旅するようにもなった。北はメイン州のアウトレットに行ったり、南は十数時間もかけてフロリダのディズニーランドやニューオーリンズに行ったりした。そうしているうちに、あっという間に1年が経った。

その1年間で、僕はガールフレンドの影響を色濃く受けた。最たるものは彼女が専攻していたカメラと美術だった。

もともと好きだった音楽に加え、視覚的なアートにも興味を持ち始めた僕は、さぼりがちだった大学の成績を挽回する方法として、美術方面だったり映画学のクラスで単位を稼いで、どこか別の大学に移る準備を始めた。

週末になると僕のところに遊びに来るコウジには、大学進学に対する明確なビジョンがあった。コウジは高校のある田舎町を出て、ニューヨークに行くと決めていた。タリーブが高校卒業後に、地元のブルックリンに戻ると言っていた影響もあったのかもしれない。

コウジは、「せっかくアメリカにいるのに、世界一いけてる都会に住まない手はないだろう」と言って、マンハッタンにある大学に照準を絞っていた。多くのアジア人留学生が、学園都市のボストンに進学するのがほとんどなのに、そのような理由からコウジはニューヨークへと向かった。

同じ高校に通っていた百合子も、マンハッタンの学校に進学することになった。マサオはそれより少し前に、日本から百合子を追いかけるようにしてアメリカに来ていた。マサオは最初、百合子の部屋に転がり込んでいた。しかしすぐに男女関係は破綻した。

ろくに英語も喋れないマサオには、ほかに行くあてがなかった。だから自然とマサオは僕のところに顔を出すようになり、いつの間にか居候のようになっていた。

初めのうちはトラベラーズビザで入国していたマサオだったが、しばらくするとスチューデントビザを申請して、本格的に引っ越してきた。近所の語学学校に通い始め、ギターを片手に、バークリーというボストンにある音楽大学に進学すべく毎日を過ごしていた。

マサオがアメリカに来て少し落ち着いた頃だろうか。ニューヨークの大学に進学したコウジが僕のところに遊びに来た。その際、久しぶりに3人で会うことになった。仲違いしたきっかけとなった百合子と縁が切れたことで、もともと幼なじみだったふたりの関係は徐々に修復されていった。

コウジはマンハッタンでの刺激的な生活を得意になって話した。コウジの兄貴がニューヨーク大学に進学していたこともあって、ふたりはマンハッタンのど真ん中にある高級マンションで一緒に暮らしていた。

マンハッタンはどこに遊びに行くのにも便利だと、コウジは声高に話していた。しかしその一方で、唯一残念なのは友だちがあまりできないことなのだというふうに愚痴をこぼしていた。コウジはダンスをしていたこともあって、夜な夜なヒップホップ系のイベントやクラブに行って踊っていた。しかしそこで仲良くなったフッドの連中とつるみたいのだけれども、真面目な兄貴と一緒に暮らしている立派すぎるマンションには連れて行くことができず、もやもやしている様子だった。

それからしばらくして新緑が眩しい季節になると、ニューヨークで暮らしているコウジから僕のもとに連絡が届いた。

受話器の向こうのコウジは自信家の彼にしては珍しく、かなり憔悴《しょうすい》している口ぶりだった。話の内容についても今ひとつ要領を得なかった。

「何があったんだ？　もう少し筋道立てて話してくれ」僕が訊ねると、コウジは話し始めた。

「ヤス、実は今朝、俺は学校の学費を払うために銀行に向かっていたんだ。するとその途中、道端でアフリカのテキスタイルをまとった男が右往左往していたから声をかけたんだよ」

コウジの話したところによれば、ことの経緯は次の通りになる。

男はアフリカからこの街にやってきたと、なまりの強い英語で言った。アメリカには来たばかりで、右も左もわからず困っているという話だった。

でも別に金に困っているわけじゃないんだと断りを入れながら、男は風呂敷のようなものの紐をほどいて、なかにしまってあった大量の札束をコウジに見せた。

「金ならまだあるから、助けてくれるならお前にお礼としてこの金を全部やる」と男は言った。

「金なんていらない。でも、困っているのなら助けてやる」コウジがそうやって男に言うと、「ここはマンハッタンだからな」と言い返してきた。「本当にお前を信用しても大丈夫なのか」とも言ってきた。

コウジはちょうど学費を引き出しに行く途中だったから、ちょっと待ってろと言い残して、目の前にあった銀行で大学に支払う予定だった現金をおろし、その金を男に見せた。

「ほら、俺は金には困ってなんかないぜ。だからお前を騙して金を奪おうなんてこれっぽっちも思っていないから」とコウジは言ってやった。

すると男は、「わかったよ、悪かった、お前を信用する」と言った。そして、「信用するから、後でお前にあげるつもりでいたこの金と、お前のその金を一緒にしておこう」と言いながら、再び風呂敷を広げて、そのなかにコウジが持っていた金を入れ始めた。

ところがそのタイミングで、コウジたちふたりは近くを歩いていた黒人から話しかけられることになった。

「ヨー、ヨー、どうした？」

そいつはブルックリンから来たと言って自己紹介を始めた。

コウジはアフリカから来たばかりの男に代わって、ひと通りの状況を説明することにした。自分自身がそうだったように、てっきりブルックリンの黒人も人助けをするために足を止めたものだとばかり思い込んでいた。

話を聞いたブルックリンの黒人は、「ところで荷物はどこにあるんだ？　まさか着の身着のままでアフリカから来たってわけじゃないだろう?」と訊いてきた。

アフリカから来たという男は、その質問に対し、荷物は全部グランドセントラル駅のコインロッカーに預けてあると答えた。

「鍵はちゃんと持ってるのか?」腕組みをしたブルックリンの男は、首を突き出すようにして訊いてきた。

アフリカから来たばかりの黒人は、「トイレに隠してきたぜ」と言った。

「冷静に考えてみれば、その時点でおかしな話だと気がつくはずなんだ。でも、俺はなんとなく、アフリカから来た黒人の朴訥《ぼくとつ》な雰囲気だったり、ブルックリンの男が親身になって話を聞こうとする姿勢から、目の前にいるふたりのことを少しも疑おうとはしなかった。きっとアフリカ人だから、誰にも知られたくない大事なお宝を川のほとりの樹の下に埋めるみたいに、大事なコインロッカーの鍵も不慣れな街を歩いているうちに落としたりしないように、公衆トイレのどこかわからない場所に隠したにちがいないと、一人合点してしまったんだよ」

僕はそこまでの話を聞きながら、コウジらしいな、と思った。

「それから後は、どうしたんだ?」僕がそうやって訊ねると、コウジは電話越しに再び話し始めた。

アフリカから来た黒人が駅のトイレにコインロッカーの鍵を隠してきたという話をした途端に、ブルックリンの男は血相を変えて言い出した。

「そいつはやべえな。すぐに取りに戻らないと大変なことになっちまうぜ」

アフリカの黒人が頭を抱えながら話を聞いている横で、今度はブルックリンの男がコウジに向かって言った。

「今すぐに駅まで鍵を取りに行ってくる。お前は一応、何かあった時のためにここで待っていてくれ」

ブルックリンの男がそこまで言い終えると、アフリカの黒人は手にしていた風呂敷包みをコウジに差し出しながら慌てて言った。「念のため、この金はお前が持っていてくれ」

コウジは男の差し出す風呂敷包みを受け取ることにした。なかには男の金と一緒に、彼が銀行から引き出したばかりの学費も入っていたから、両手を使って胸の前で抱えるようにして持つことにした。

するとコウジの様子を見たブルックリンの男が畳みかけるように言った。

「バックパックを背負ったままヘッドフォンを首にかけているお前みたいな若いやつが、後生大事に風呂敷を抱えてこんなところにひとりでいたら、物盗りに襲われるかもしれないな。地元の人間に見えるように、少しばかり容姿を変えたほうがいい。バックパックは預かっててやるから貸してみな。お前はその荷物だけを失くさないように持っていてくれ」

ブルックリンの男はそう言って、コウジが背負っていたバックパックをおろすのを手伝った。

バックパックのなかにしまってあったCDウォークマンにつながったヘッドフォンの端子を外したと

ころで、黄色いチェッカーマラソンが近くを通りかかった。ブルックリンの黒人はすぐにキャブを止め、アフリカから来た男とふたりで乗り込んだ。そして、「あとでな」と言い残し、グランドセントラルの駅がある方向に向かっていった。

ひとりになったコウジは近くのベンチに腰かけて待つことにした。手持ちぶさたに音楽を聴こうにも、首からさげたヘッドフォンがあるだけだった。

違和感を感じたのは、ヘッドフォンジャックの先端の金色の部分をぼんやりと眺めている時だった。嫌な予感にとらわれながら風呂敷を広げてみると、なかにしまってあった札束とコウジの金のうち、一番上の100ドル紙幣以外がすべて紙幣サイズに切られた新聞紙だったことに気がついた。

「信じられない気分だった。俺の善意は逆手に取られ、まんまと金とバックパックを盗まれてしまったわけだ」

あらましを語り終えたコウジは、電話越しでも伝わってくるくらいの深い溜め息をついた。ブラックカルチャーを愛しながら生きてきたコウジが、まさか黒人に騙されるだなんて、さぞかし無念だったろう。

電話越しにコウジが動揺していることを察した僕は、自分がマンハッタンに行くよりも、彼がこっちに来たほうがいいのではないかと思った。少なくとも僕らが高校時代をともに過ごした田舎町は、マンハッタンほどクレイジーではなかったからだ。

僕は受話器の向こうのコウジに言った。

「一回こっちにゆっくりしに来いよ。今からでもまだ電車はあるだろ？　ニューヨークを離れて、すぐに来い。遅い時間になっても必ず待っているから、チケットを買ったら連絡してくれ」

それだけ伝えると、コウジは僕が受話器を置くよりも先に電話を切った。少しのあいだ機械音が鳴り響いた後、僕の部屋には静寂が訪れた。僕は再び受話器を取り上げてマサオに事情を説明し、ふたりでコウジを待つことにした。

僕らのところに到着したコウジは疲れ果てている様子だった。僕はそれまで一度もそんなコウジを見たことがなかった。毎日いろいろなことが持ち上がるストリートでも常にスマートでありたいと主張していた彼には似つかわしくない態度だった。

「ひとりで頑張りすぎたんだよ。とりあえず、ゆっくりしていきな」僕はそう言って、ミルクをたっぷりと入れたコーヒーをコウジに勧めた。

翌日は昼すぎに目覚めた。大学の近所の、ジュークボックスが置いてある昔ながらのハンバーガーショップで軽い食事を摂ると、そこから車で少し行ったところで開催されていたフリーマーケットに足を運ぶことにした。

コウジと一緒に古着やら中古のレコードなんかを物色するのは楽しい時間だった。しかし、サビの浮いたフォルクスワーゲン・バリアントのリアゲートに腰かけたままガラクタを並べているスケーターの女の子と話している時、それまで横にいたはずのコウジがいなくなってしまった。

しばらくして人混みから現れたコウジは、ホコリをかぶったインディアンの石像を抱えていた。「どうしたのそれ?」と僕が訊ねると、コウジは「買わされた」と答えた。

いつもだったら、「最初は10ドルって吹っかけてきたけど、2ドルまで叩いてやったぜ」なんていう感じで自慢するはずのコウジが相手の言い値で買わされたというのだから、僕は少なからず心配することとなった。

インディアンの石像は、素人目に見ても、まったく魅力的じゃなかった。ホコリまみれの石像を、まるで死んだ赤ん坊を抱えるようにして歩くコウジの姿は痛々しくて見ていられなかった。コウジはそのくらいまいっていた。

家に帰るなり僕はコウジに言った。

「コウジはブラックカルチャーに死ぬほど憧れてきたじゃん。持たざる者が、腐らずに楽しみながら自分たちのアートを築き、野心を抱いてアメリカ社会に挑むブラックカルチャーにさ。今回のことは誰にでも起こり得ることだったんだよ。事前に計画を立てて、コウジを狙い撃ちしたわけじゃないんだ。コウジにできることは、肌に刻まれたこの経験を乗り越えること。救いだったのは、コウジが騙す側の人間じゃなくて、騙される側だったってことさ。だって、その金がなくても、コウジは死ぬわけじゃないだろ。高い授業料をドブに捨てた見返りに尊い経験をしたと思って割り切れば、これ以上の幸せはないぜ」

僕はコウジを少しでも励ませたらいいなと思って、爆音でレゲエやヒップホップをかけながら、夜通しそんな話を続けていた。

目が覚めると、コウジの表情もいささか落ち着きを取り戻しているように思えた。

「ドライブに行こうぜ」僕が水を向けると、コウジは黙って出かける準備を始めた。

僕らが向かった先は、山頂まで道が整備されている、何百エーカーもある緑豊かな公園だった。山頂の駐車場に車を駐めると、立ち入り禁止のフェンスを乗り越えて、街全体を見渡せるお気に入りのスポットに行って腰をおろした。

僕はそこで、正義ってなんだろうかという話をした。たまたま大学でプラトンの『国家』を聴講していた時期でもあったからだ。

「ここら辺一帯は、ほんの少し前までインディアンの土地だったんだよな」

新緑と融合する、古いヨーロッパふうの街並みを見下ろしながら僕は続けた。

「インディアンに鉄砲を突きつけながらこの土地に移り住んできた白人は、それ以前に襲ったアフリカ大陸の黒人たちを大勢引き連れてやってきた。そしてフロンティアのいびつさや矛盾を抱えたまま、その時代の延長線上に今現在が成り立っている。いつかインディアンや黒人がこの国の大統領になる日も来るだろうな。その時に、その真意をきちんと理解できている日本人でありたいよ」

壮大に広がる景色を眺めながら僕がそんなことを口にすると、天高く飛ぶ鷲が視界をかすめていった。

コウジは公園から戻る途中の車のなかで、お陰でだいぶ落ち着いたよと言った。そして、兄貴も心配してるだろうし、もうすぐテストも始まるからそろそろニューヨークに戻るよと言った。

友だちが運転する白いサーブの後部席に乗り込むコウジの後ろ姿は、今でもはっきりと僕の目に焼き付いている。新緑の街路樹の間から差し込む強い日差しは、うだるような真夏の季節を僕に予感させた。

「ありがとう。テストが終わったら、すぐにまた戻ってくるよ」

そう言ってコウジは手を振りながら去っていた。

コウジから、マンハッタンに戻ったという電話をもらった僕は、ようやく安心して眠りにつくことができた。その時点では、まさかそれから数時間もしないうちに電話のベルで目を覚ますだなんてことは、これっぽっちも想像していなかった。

布団の上から重りを乗せられているような深い眠りのなかにいた僕は、初めのうち、それが電話が鳴る音だと気がつかないでいた。鳴っては切れ、切れては鳴ってということが夢のなかで数回繰り返された後、僕は重たい体を起こして、受話器を取り上げた。電話の相手はコウジの兄貴だった。

コウジの兄貴から連絡が来るなんて、それまでは一度もなかったから、一瞬にして目が覚めることとなった。兄貴は挨拶なんかすっ飛ばして、いきなり用件を伝えてきた。

ニューヨークに戻ったコウジは、初めの数時間は落ち着いていた。だけど夜中に錯乱して、26階にある部屋の窓から飛び降りようとしたという話だった。

弟の異変に気がついた兄貴は、体を張って制止を試みた。でも、窓から飛び降りることを阻止されたコウジは、今度は兄貴に襲いかかった。そういうことに慣れてない兄貴は困り果てたあげく、救急車を呼んで、弟を病院に連れて行くことにしたらしい。

連絡を受けた僕は、今すぐニューヨークに向かいますと言って電話を切った。電話を切ってから、すぐにマサオに声をかけて、ふたりで車に乗ってコウジが入院しているベルグエの病院に向かった。ニューヨークまで普段なら3時間近くかかるのに、この時は2時間で到着することができた。

病院に着くと、コウジの兄貴と僕たちふたりは診察室のようなところに案内され、茶色の口髭を生やした白人の主治医から説明を受けた。

コウジは精神的に不安定な状態が続いているから、過度な興奮を与えるのは避けたい。したがって面会はふたりまでに限る。主治医の説明は概ねそのようなことだった。

話を聞いた僕は、自分より付き合いの長い幼なじみのマサオとコウジの兄貴に任せて待つことにした。

そのあいだ僕は、薄暗い夜中の病院の待合室に長いこと座っているのでは気が滅入ってしまうと思って、表の空気を吸いに行ったりしながら時間を潰していた。

エレベーターホールからふたりがやってくると、マサオは開口一番、「やっべーよ、コウジのやつ、目が完全にいっちゃってたよ」と言った。

「医者からドラッグの使用歴をいろいろと訊かれたみたいだけど、コウジは最近のことだけ答えればいいのに、昔やったことがある紙やらチャーリーとか全部ひっくるめて常用してたって申告しちゃってるみたいだぜ。おそらく最近はウィードしか吸っていなかっただろうけど、この病院に来て、周りにいる精神異常者や重度のジャンキーとかに飲み込まれちゃってる感じだな。自分も周りにいる連中と同じように狂ってると思い込み始めてるよ。ここはやばい。すぐに病院から出さないと取り返しがつかないことになる」

マサオの話を横で聞いていたコウジの兄貴も、同じような感想を漏らしていた。そして日本にいる父親に電話で報告したから、明日には父親が来て、コウジのことを連れて帰ると言った。だから今夜のところはひとまず大丈夫だからと促され、僕らはその場で解散することになった。

帰りの道中は、僕もマサオも疲労からお互いに口数が少なかった。家に着く頃にはぐったりしていて、僕は部屋の扉を開けるなり、そのままソファに倒れ込むようにして眠りについた。しかしソファで毛布を被ってから数時間後に、またしても電話のベルが僕の眠りを妨げることとなった。

受話器を取った僕は、日本に住んでいるコウジの友だちからの連絡に戸惑いを覚えた。そいつは、コウジが死んだっていうのは本当かと訊いてきた。

僕は馬鹿も休み休み言えと言ってやった。言いながら僕は、どうせ誰かが話を大袈裟にしているだけだろうと思った。そして自分はつい数時間前に車を転がして会いに行ってきたんだと教えてやった。

しかし相手の返事は、僕を余計に混乱させた。

「いや、マサオの母ちゃんから電話があったんだ。たぶん間違いのないことだと思うよ。もしも信用できないのなら、マサオの実家に電話してみればいい。本当のことがわかるはずだ」

そんな話を聞かされた僕は、隣で寝ていたマサオをすぐに叩き起こした。

眠い目を擦りながら実家の母親に国際電話をかけるマサオの顔色がみるみるうちに青ざめていくのが、横で見ていてはっきりとわかった。受話器を耳に当てたままのマサオは、母親との会話を一旦打ち切って、目の前にいる僕に向かって「コウジが病院の窓から飛び降りた」と言った。

マサオが電話を切ると、今度は僕がコウジの兄貴に電話をかけた。

「病院の窓から飛び降りちまった」

兄貴は押し潰すような声で言った。

葬式はコウジが通っていた大学の教会で行われた。教会といってもビルのなかの簡易的な一室に過ぎなかった。参列者は大学で一緒だったという数名の白人の男女と僕とマサオ、それからコウジの父親と兄貴だけだった。アメリカの高校でも日本の地元でも人気者だったコウジの葬式にしては、あまりにも寂しかった。

生前のコウジは、ランキン・タクシーのCDを聴きながらよく歌っていた。

**みんなおいで、僕のお葬式**
**飲んで食って楽しく陽気に**

俺の葬式はこうありたいと歌っていたコウジの言葉を思い出しながら、全然そうじゃないじゃんと僕は思った。

急な出来事すぎて、僕にはわけがわからなかった。こんな葬式なんて全部嘘で、悪い夢であってくれと心の底から思っていた。

僕とコウジは、お互いに不安を募らせながらも、未来について真剣に語り合う関係だった。俺はお前にこれだけは絶対に負けない。でもここだけは絶対に勝てないと言い合い、お互いに良いところも悪いところも知り尽くしていた。そんな親友が突然目の前から姿を消したと言われても、到底受け入れられなかった。

確かにそれまでにも葬儀に参列することは経験していた。親戚のおじさんだったり、よく面倒を見てくれていた祖母が亡くなった時には悲しい思いをした。だけどそれとこれとは、そもそもの次元がちがう話だった。

コウジを介して仲良くなったヨウスケという名の日本の友人から連絡が入ったのは、葬式を終えて数日が経ってからだった。ヨウスケはのちに『ファイン』という雑誌の編集長を僕に紹介してくれた人物だ。彼の話ぶりからして、日本に暮らしているコウジの仲間たちも、身近な友人の死という、いまだかつて経験したことのなかった状況に戸惑っている様子だった。

やり場のない気持ちを誰もが抱えていて、それはヨウスケも例外ではなかった。彼が持ちかけてきた提案は、この行き所のない怒りや悲しみを何かに昇華できないかというものだった。

「ヤス、コウジへの追悼の意を込めて、あいつがやりたがっていたことを俺たちでやろう。コウジと付き合いのあったアメリカの友人たちと何かできることはないかな？　俺はできれば追悼イベントを開催したいと思っている。俺にとってコウジは無二の親友であると同時に、ある種の憧れの対象でもあった。そして時には口うるさいライバルのような存在でもありながら、人生最高の理解者でもあった」

ヨウスケの提案に僕は感奮させられた。まるで死んでしまったコウジからのメッセージが届いたような気分だった。

僕はヨウスケの提案にぽろぽろと涙を流しながら、生前コウジが話していた言葉を思い出した。

「ヤス、俺と一緒にラップグループを組もうぜ。それで、ニューヨークでも目新しい、ストリートブランドのセレクトショップを東京で始めよう。なんだったら著名なラッパーの日本公演なんかも企画しよう」

かつてのコウジの言葉を反芻しながら、僕はヨウスケに、タリーブをはじめとするニューヨークにいる仲間たちを招聘するイベントなんてどうかなと提案してみた。僕自身としても、コウジが生きてきた証を世に残したいと感じていたので、ヨウスケの話に乗らない理由なんてひとつもなかった。タリーブにその話をすると、自分が参加するのは当然ながら、ブルックリンの仲間たちも紹介するし、どんなことでもサポートするから遠慮なく言ってくれと快諾してくれた。

みんなの気持ちはひとつにまとまった。あとは経験もお金もない状況のなかで、どうやって話を前に進めていくかというところだった。タリーブやその周りの連中は、その時点ではほぼ無名のアーティストに過ぎなかった。彼らを日本に連れて行って興行を打ち、収益は上がらないにしても赤字を出さずに成功させる方法はないだろうかと模索する日々が続いた。

その頃日本のヨウスケは、政府機関とのつながりもある、父親の個人事務所で働き始めていた。彼は与えられた環境のなかで、自分にできることを探している最中だった。

国際電話をかけるにしても、1分で数百円は軽くかかってしまう時代だった。そんななかで、あれはできないか、こんなのはどうだろうかと電話越しに話し合った内容をアメリカの友人に伝えたところで、今ひとつ噛み合わないことばかりだった。

日本の常識、あるいは良識というべきだろうか。日本にいる連中の物差しで測りながら進めた考えをアメリカの友人たちに伝えたところで、かたちになりそうな気配が一向に感じられなかった。そうは言ってもタリーブを介して友人を紹介されていた僕は立場上、引くに引けない状況になっていたのも事実だった。コウジだったらもっと上手くやれただろうにと思う場面も何度かあった。

結局のところ、コウジの追悼イベントは空中分解してしまった。けれどもそのことがきっかけとなって、僕はニューヨークに移り住むことを真剣に考えるようになっていった。

通っていた大学で映画やアートの勉強をするうちに、クリエイティブな仕事を生業にできたらいいなと思い始めていた時期でもあった。与えられた課題に対してひとつの答えを求めるのではなく、自由に発想を膨らませながら手探りで答えを創り上げていく感じが自分には向いているような気がしたからだ。

それまで通っていた大学を飛び出してニューヨークに移り住むにあたっては、なんらかの名目が必要だった。そこで僕は、映画を専攻できる学校がないかと片っ端から探ってみることにした。するとその条件を満たす大学は、わりとすぐに見つけることができた。タリーブも通っていた、ニューヨーク大学《NYU》だ。映像を学ぶにあたって、NYUの知名度は群を抜いていた。映画監督のマーティン・スコセッシやスパイク・リー、そして日本の黒澤明について学ぶコースまであって、僕は是非ともそこで学びたいと思った。

しかしNYUは高嶺の花だった。年間で数万ドルもする学費は、とてもじゃないがうちの親には負担させられなかった。タリーブは親がNYUで教鞭をとっていた関係で学費が免除されていたからこそ通えていたのだ。

そのようにして取捨選択を続けていくうちに、ニューヨーク市立大学《CUNY》というニューヨーク市が運営する公立の学校にたどり着くことができた。そこは学費もランクも現実的で、手が届きそうな気がしたから、すぐに願書を取り寄せることにした。

願書が届いた時、僕はもうその気になっていた。荷造りを始めて、それまで通っていた大学とはグッバイする段取りでいた。年上のガールフレンドはすでにニューヨークの写真スタジオでインターンをしていたから、マンハッタンにある彼女の小さなアパートに転がり込むことにした。

引っ越しが終わった頃、CUNYから通知が届いた。封を開けるまでもなく、それが編入の合否を知らせるものだとわかった。

オプティミストの僕にしては、少しばかり緊張しながら封筒を開けたのを覚えている。いつもだったら郵便物は無造作に素手でばりばり開けるところなのに、その時はガールフレンドが用意してくれたハサミを使って丁寧に開封した。

しかし封を開けてみると、そこには不合格の文字が印刷されていた。なんとかなるだろうと甘く考えていた僕に、現実が突き付けられた瞬間だった。家財道具を一式まとめてマンハッタンに来てしまった以上、どうにかしなければならなかった。

悪あがきでもしてみようかという気になって、僕は英語の専門学校の願書を手に入れるために出かけることにした。でも結局、学費の高さという障壁を前になす術もなく、肩を落とすだけだった。

願書をもらいに行った帰り道、マンハッタンの地下から煙がたちこめる道端で、僕はしゃがみ込んだ。クラクションが鳴り狂う交差点を、この時ほど恨めしく思ったことはなかった。雑踏のなかで、僕にはもう帰る場所すらないことに気がついた。

だけど、このままずっとこうしているわけにはいかないと思った。希望通りの学校じゃなくたってかまわないじゃないか。ままならないのが人生さ。学校は通過点であって、目的地ではない。前に進まなくちゃいけないいんだ。

僕はそうやって自分を鼓舞しながら立ち上がった。

# 寓話

懲役から帰ってきたおれは、旧《ふる》い友人に会うために地元のまちをたずねた。

そいつの名前はブルックリン・ヤス。

ZEEBRA、ソウル・スクリーム、オジロザウルス、般若、ANARCHY、TOKONA-Xなんていう連中の作品をリリースした、日本国内ではじめてとなるヒップホップ専門のメジャー・レーベル「フューチャー・ショック」をやっていた〝ブルヤス〟っていったら、ドープなヒップホップヘッズならば名前くらいは耳にしたことがあるかもしれない。

携帯電話の番号は旅をかけていた十六年という歳月のうちにすっかり忘れてしまっていたから、おれは昔ブルヤスが住んでいたマンションに、直接足を運んでみることにした。

ガキのころのおれは、このまちを根城にする、ろくでもない愚連隊の創設メンバーとして、のらくらをくりかえしていた。

四六時中ブリったまま仲間うちでウィードをまわして、パー券をさばいたり、テレフォンカードの自販機あらしに明け暮れる日々。

六本木や芝浦のクラブで年に何度か開いていたパーティーのチケットは、一枚二千円くらいの金額で毎回二、三千枚は流していたけれども、ふたを開けてみればゴールドやO・バーあたりのハコでもせいぜい五百人くらいの客しか入っていなかった訳だから、残りはだれかが身銭を切っていた計算になる。

おれ達は当時、東京でいきがっていたチームを片っぱしからぶっとばしていた。だからパー券を売りさばくといっても、実態は恐喝と一つも変わらなかった。

さらってきた反目《はんめ》の組織のメンバーの目ん玉をほじくり返してから、簀巻《すま》きにして多摩川の土手っぱたに捨てたりしたのも、エゴを通すためのパフォーマンスの一種だった。

もしも自分が被害者側の立ち場だったらと考えると、我ながらえぐいことをしていたと思う。ゴローズ狩りだのバンソン狩りなんてものはタタキの一種の犯罪行為で、可愛げなんてこれっぽっちもなかった。もちろんクラブカルチャーにかんばしからざる風聞を流してしまったことに対しても思うところがある。

噂が噂を生み、生まれた噂はやがてたてがみとなった。おれ達は有名になって、優越にひたるようになった。

ともあれテレフォンカードの自販機はバールが一本あれば簡単にこじあけることが出来たから、ATM代わりにするにはもってこいだった。一台の自販機の中には十万円近くの金が詰まっていた。あのころはまだまちのいたる所に電話ボックスが設置されていたから、都心と郊外のあいだに位置する、明治通りから環状八号線のあいだのドーナツ状になったインナーシティと呼ばれる地域でのらくらしている少年愚連隊が仕事にあぶれる心配なんてみじんもなかった。

そろいのライム・シンジケートの服を身にまとっていたおれ達は、三角形に二つ折りにしたバンダナで顔の下半分を隠すと、ナンバープレートを折り曲げたスクーターに二人乗りをして、そこらへんの工事現場からぱくってきたバールを肩にかつぎながら、めぼしい仕事場を探しにでかけた。

パーティーを企画して定期的にまとまった金を集める他に、いつでも気が向いた時に軍資金をこしらえるすべを身につけていたおれ達は、触るもの全てを黄金に変える力を手にした、ギリシャ神話に出てくるミダース王のごとくふるまっていた。けれども、そんなものはその後の人生のほんのイントロに過ぎなかった。

はじまりは、終わりの入り口。とどのつまり二十代のなかばを過ぎたころになっても足を洗いきれなかったおれは、人としてありうべからざる事態を招き入れてしまったが故に、その罪で検察側から無期懲役の求刑をくらって、十六年間刑務所で過ごすこととなってしまった。

あのころのおれには知る由もなかったが、古いことばにもこんなたとえがある。

「心をつくして狭き門より入れ。滅びにいたる門は広く、その道は広く、それより入るもの多し。命にいたる門は狭く、その道はけわしく、それを見いだすものは少なし」

十六年ぶりにおとずれた地元のまちは、二十八階建ての駅ビルのてっぺんに光っていたサン・マイクロシステムズの看板がとり払われていたくらいで、他はたいして変わりばえがしなかった。

おれが生まれ育ったのは、東京と神奈川の都県境にある、用賀という名の小さなまち。東京二十三区は宮城《きゅうじょう》（皇居）を中心に、城東、城西、城南、城北というおおよそ四つの地域に分けられる。その中で、品川区、大田区、目黒区、世田谷区は、城南と呼ばれている。

城南エリアにある用賀のまちは、東京と名古屋をむすぶ東名高速道路の始発点のあたりだから、立ち寄ったことはなくとも車でとおりがかったことがあるという人は少なくないかもしれない。全国各地の犯罪者が集まるLB級の刑務所でも、おれが地元の地名をあげると、「用賀のインターチェンジの近くのデニーズの駐車場でしたら行ったことありまっせ」なんていう返事が度々かえってくるほどに、シャブやらチャカの受け渡しといったイリーガルビジネスのロケーションとしては有名な土地だ。

渋谷まで距離にして七キロ、電車や車なら二十分ほどの場所に位置する用賀の地名は、平安時代にヨーガ派の道場があったことに由来する。ヨーガとはサンスクリット語で「繋がる」ことを意味していて、ヨーガについてヴェーダの流れをくむ『ウパニシャッド』には、肉体から派生する意識（心）とアートマン（真なる自我）を統一することと記されている。六〇年代のヒッピームーブメントの時代には、フラワーチルドレンはヨーガを「平常心」ととらえていた。

大山街道ぞいの宿場町だったこのまちは、今でこそ東京二十三区の隅っこに位置する、〝世田谷っぽい〟イメージでとおっているが、かつては道を一本へだてた西側の地域に三業地（花街）や在日外国人部落が広がっているうらぶれた所だった。

そんな土地がらもあって、まちには鼻が曲がるくらいにすえた匂いのするホームレスもうろついていた。そして少年時代のおれのまわりには、母子家庭の子供だったり在日の連中が溢れていた。

在日の子供達は、普段は日本人の名前を名乗っているが、警察に補導されると本名を明かさなければならない。日本人であれば口頭で名乗れば済むのに、彼らは外国人登録証明書の提示を求められてしまう。しょっぴかれて、調書を巻かれる時には「金」だったり「李」なんていう登録名を署名する必要もあった。いっしょに事件を起こして逮捕されると、日本人の子供なら鑑別所でパイになるところが、在日の連中は初犯から少年院に入れられたり、検察官送致されていた。

おれはいまだにアイデンティティとかそこらへんのこむずかしい話は解《わか》らないけれども、在日の子供たちがラッパーの〝a.k.a なんとか〟みたいに二つ名を名乗らなければならない日本社会の闇は、アメリカの人種差別と変わらないんじゃないかと少年時代から感じていた。彼らの祖先が、どのようないきさつでこの国に渡ってきたのかは、具体的には解らない。現地には、日本に行けばいい暮らしが出来るからと言って、貧しい民衆をそそのかす口利き役がいたのかもしれない。白人の帝国主義のまねをして、石炭を掘る労働力として奴隷のようにあつかわれていたのかどうかさえ解らない。そんなことは教科書にも載ってないし、メディアが進んで報道することもないからだ。

ひさしぶりにおとずれた地元のまちを歩いていると、あちこちに見たことのある古いタギング（スプレーで描いたらくがき）が残されていることに気が付いた。

おれはそれらをながめながら、長い間どこかにしまいこんだままだった記憶の断片を、一つ一つたぐり寄せていった。

MACCHOが飼っていた、ＢＢという名前のメスのアメリカン・ピットブルを散歩させるためにおとずれた真夜中の砧公園《きぬたこうえん》。

まだ京都に住んでいたRYUZOが深夜バスで上京した朝、おれとブルヤスの三人でいっしょに食べた喫茶店の大盛りのナポリタン。

部屋をおとずれては幾度となく語られた、ヒップホップレーベルの存在意義と未来。

あのころブルヤスは、紫色の煙がたちこめる部屋の中で、ろくすっぽまぶたも開けていられない状態のおれに、レーベルのありかたについてこんこんと話していた。

井戸はあるけれど、畑がない部落。

畑はあるけれど、井戸がない部落。

井戸も畑もあって作物も豊富にあるけれど、それを売る流通手段がない部落。

作物を売る流通手段はあっても、それを作る農家との行き来がない部落。

ヒップホップの世界には良い作品を作れても、それを後世に残す方法を知らない連中がごまんといる。そんな風に形に出来ないアーティスト達の熱意をくみとってコミュニティにむかえ入れ、それをより大きなカルチャーへと育てあげることがメジャー・ヒップホップレーベルであるフューチャー・ショックの存在意義なのだと。

セピア色の思い出は、十六年ぶりに地元のまちをおとずれたおれを少しばかりセンチメンタルな気分にさせたが、だからといってブルヤスの部屋に向かうのに二の足を踏むようなことはなかった。

しばらくして辿り着いた茶色いレンガ造りのマンションは、かつてのたたずまいのままそこにあった。一階の郵便ポストで表札を確認したおれは、いったん深く息を吸いこんでから部屋のインターフォンに手をのばした。まだおれたちが二十代だった二十一世紀初頭の、あのころと同じように。

## 2001

二〇〇一年三月十八日。

発売を翌月にひかえたオジロザウルスの『ROLLIN'045』のプロモーション・ビデオの撮影が緑山スタジオでおこなわれた。

その日、おれは監督の丹下紘希が代表をつとめるイエローブレインからのオファーを受けて、劇用車として使用する車両を持ちこんでいた。それまでにも劇用車のコーディネートの仕事で、イエローブレインの撮影現場に一九六七年式のシボレー・コルベット・スティングレイや一九六九年式のプリムス・ロードランナーなどを持ちこんだことがあったが、フューチャー・ショックのアーティストのPV撮影にたずさわったのはこの時がはじめてだった。

緑山スタジオに着いてみると、入り口から入って左奥にあるパーキングスペースに、十人ほどのエキストラの女達を乗せたロケバスがとまっていた。

あのころ深夜のクラブに通いながらダンサーやシンガーとして有名になろうとしていた彼女達は、業界に顔がきく手配役に声をかけられて撮影の仕事に誘われていた。

エキストラの仕事は、現場によっては早朝から次の日の朝方まで二十四時間近く体を拘束される。長い拘束時間のわりに、八千円とか一万円の出演料しか貰えないのだから、時給に換算したら全くわりに合わない。けれども歌手やダンサーの世界で名前を売ろうとする彼女達は、金のために集まっている訳ではなかった。

彼女達にとってPV撮影の現場は、またとないチャンスの場だった。監督やプロデューサーの目にとまれば「その他大勢」のエキストラの人生から抜け出せる。常識家からすれば雲を掴むような話にきこえるかもしれないが、スパイクを履かないことには試合に出られないし、打席に立たなければヒットは打てない。

一方で撮影に使う劇用車を持ちこむ仕事には、将来性なんて一つも期待出来なかった。しかしギャラは取っ払いで、それほど悪くなかった。ヴィンテージカーをレンタルする仕事は、一年に何回も依頼がある訳ではなかったものの、テレビでも映画でも一日の撮影で三十万円から五十万円くらい貰えるのが相場だった。

あの時代、ある程度の数字が見込めるアーティストの場合には、フィルムを使うＰＶ撮影の際にレコード会社から映像制作会社に支払われる金額の相場は三百万円ほどだった。十人分のエキストラのギャラと手配役のピンハネ分が十数万円程度だったとすれば、劇用車のリース代金は結構な勢いで予算を圧迫していたことになる。

それでも人件費を除いた残りの予算は残る仕組みだったから、制作会社は十分にうるおっていた。彼らは撮影した素材を徹夜で編集しながら、舞いこんでくる仕事を次から次へとこなしていった。

たった五分程度のＰＶの撮影のために引っ張り出されるスタッフは二十人以上いた。夜通しおこなわれる撮影のためにカレーやらトン汁なんていう、匂いを嗅いだだけでよだれが垂れてきそうな食いものを大鍋で作る人員までいるくらいだった。

むろん、それらは全てレコードショップの店頭で販売されるCDの売り上げによって成立する経済の流れだった。一枚三千円のアルバムが一万枚売れれば三千万円、十万枚売れたら三億円の売り上げになるのだから、電卓なんてはじくまでもないくらいに単純な話だった。ダウンロードやストリーミング配信が主流になる以前は、ヒップホップのCDも数万枚から数十万枚という単位で売れるのが当たり前だった。

パーキングスペースをさらに奥へ進んでいくと、ロケバスから少し離れた所に撮影の主役となるオジロザウルスのMACCHOとDJ TOMOを乗せた黒塗りのトヨタのセンチュリーが駐車してあった。

おれがルマン・ブルーにホワイトのレーシング・ストライプスがペイントされた一九七〇年式のシボレー・カマロZ28をセンチュリーに横付けすると、フューチャー・ショックのロゴが入った服を着たオジロザウルスの二人といっしょに、ペンタグラムのネックレスを首からぶらさげてニューエラのキャップを阿弥陀に被ったブルックリン・ヤスが助手席からおりてきた。

オジロザウルスの二人とブルヤスは、非の打ち所のないくらいにBling Bling《ブリンブリン》だった。同じ中学校の先輩後輩というあいだがらだったブルヤスとは、それまでにも地元のまつりで顔をあわせたり、横浜ベイホールでおこなわれたギャング・スターのライブですれ違ったことはあったものの、長い時間ひざをつきあわせて話をしたのはこの時がはじめてだった。

映画にしろＰＶにしろ、撮影の待ち時間というやつはべらぼうに長い。広大な赤土の景色を見わたすことが出来る緑山スタジオの丘の上で車座になったおれとオジロザウルスにむかって、冗舌なブルヤスはそれまでの人生で身のまわりにおこった出来事を、中学校に入学する以前にまでさかのぼりながら夜通し語り続けた。

それは春のおとずれを感じさせる牧歌的な夜だった。柔らかな風が頬をなでまわす中で、おれは同じ地元に育ちながらも自分とは違った環境で少年時代を過ごしたブルヤスの話に興味深く耳を傾けていた。大学教授の両親に育てられ、私立の小学校に通っていた十二歳の時、母親と二人で半年ほどアメリカに移住した話。帰国した後、だれ一人として知りあいのいない公立の中学校に入学した時に味わった思春期特有のアウェーな雰囲気。

その後日本の高校には進学しないでアメリカに留学したいきさつから、ニューヨークのブルックリンでヒップホップの洗礼を受けてゲトーでの暮らしを始めたあたりの話は、詩人によってつむがれた一編の叙情詩のように流麗なものだった。

ひらたくいえば、その晩におれが目にしたブルックリン・ヤスという男は、類まれなる才能を持ったジャパニーズ・ヒップホップの語りべだった。

僕が拠点をニューヨークから日本に移した頃、日本のメジャー音楽シーンはダンスミュージックが全盛で、小室哲哉の楽曲が連日テレビや有線放送を独占していた。

一方、紙媒体では『ファイン』というサーフィン雑誌にスケートボードやBMX、あるいは全国のクラブで催されているレゲエやヒップホップのイベント情報が瓦版のようにして取り扱われるなど、アンダーグラウンド・シーンの裾野が日進月歩で拡がりを見せている時代でもあった。

まだインターネットが普及していない時代、渋谷のクラブを中心にシンジケート化された極めて閉鎖的な日本のヒップホップ業界に、ブルックリン帰りの人間がどのようにアプローチをしていくかは大きな命題ともいえた。

島国の日本には昔から、よそ者を排斥する傾向が強く根着いている。帰国したばかりの頃の僕は、留学して異文化にかぶれてしまった結果、あたかも自分がアメリカ人になったかのように振る舞う勘違いしたやつにはなりたくないと意識していた。

その結果たどり着いたのが、白人と黒人の文化を理解したうえで、ハイブリッド・ヤンキー・スタイルを体現するアジア人というスタンスだった。自分がヒップホップ業界の渦に飲み込まれていった側の人間ではなく、自ら志願してその渦に身を投じた人間である以上、本物の輝きを放つストリートカルチャーの伝え手であるべきだという意識は人一倍強く持たなければならなかった。

日本に戻ったばかりの僕は、池袋にあったヒップホップの洋服屋だったり、渋谷のレコ村に足繁く通っていた。

レコ村というのは、誰が言い出したのか正確なところはわからないけれども言い得て妙だ。当時の渋谷はロフトの辺りから東急ハンズの少し先まで、井の頭通り沿いにアナログ盤を並べるレコード屋が雨後の筍のように軒を連ねていたのだから。

オンラインで世界中のあらゆる情報が瞬時に手に入る21世紀とはちがい、レコ村を訪れるヒップホッパーは、みんな野良犬みたいに情報に飢えていた。異国から海を渡って届けられるカセットテープやアナログレコードが情報のすべてで、魂の込められた作品を目の色を変えながら一心不乱に聴いては仲間同士で昇華していくのが習いだった当時のヒップホップ好きの日本の若者たちは、エネルギッシュでギラギラしていた。

その中心に飛び込んでいったブルックリン帰りの僕は、幸いにもことのほか容易く自分の居場所まで泳ぎ着くことができた。持って生まれた適当な感じがいいように作用したのかもしれないし、私立の小学校から公立の中学への編入を経た後に海外へと留学した経験など、特殊な環境から後天的に身につけた処世術が僕を助けてくれたのかもしれない。

レコ村に隣接した小さなビルのなかに、ケイブという地下のフロアを占める小箱のクラブがあった。そこが当時の東京でヒップホップを感じる最先端の場所だった。イベントのフライヤーをレコード屋や洋服屋に置いてもらうために訪れるダンサーや、流行りのブート盤ミックスCDを道端で売るやつら、はたまた新譜をチェックしにきているDJから、マンハッタンレコードやシスコだったりディスクユニオンのレコード袋をぶら下げた多くのヒップホップヘッズたちの井戸端会議の場となっていた。

ビザの手続きなどを終えて正式に日本に帰国した僕は、アメリカに留学していた時から交際していたガールフレンドと本格的にビジネスに取りかかり始めた。

彼女はまだ手元にマッキントッシュすら揃えていなかった時分からラジオ局やスポンサー向けの企画書を作成したり、実際に企業に足を運んでプレゼンするなどして僕の活動をサポートしてくれた。FM局のNACK5で企画番組を放送したり、バスタ・ライムスの来日ライブを実現させるなど、彼女の活躍は枚挙にいとまがない。

Street flava

僕が最初にコンタクトを取った日本人のアーティストはMummy-Dだった。ジャングルベースのイベントの件で池袋の洋服屋の連中に紹介されて、渋谷の喫茶店で会うことになった。

Mummy-Dに対して最初に抱いた印象といえば、「ラッパーかもしれないけれども、礼儀正しくてきちんとした言葉使いをするし、あんまりヒップホップっぽくないな」という感じだった。「ロン毛のお兄さん」という意味では、その時すでにでき上がっていたともいえる。それまでゲトーで黒人のラッパーに囲まれていた僕は、少なからぬ違和感のようなものを感じざるを得なかった。

ライムスターが早稲田大学のサークルで活動していた話をあらかじめ聞かされていたから、予断を持っていたのかもしれない。けれども接していくうちに大学のサークルでヒップホップを掘り下げていたという同世代の母国人は、帰国したばかりの僕に良い意味で刺激を与えてくれた。

人と話すことが好きな僕は、そこから多くのことを学ばせてもらった。Mummy-Dの紹介でキングギドラやリップスライムと出会った際には、自分が描いているビジョンを仲間たちに惜しみなく伝えていった。

僕が当時の日本人アーティストたちに対して抱いた漠然としたイメージは、およそ3通りに分けられた。

ひとつめは、あたかも私立の学校に通っているような雰囲気を醸し出す品行方正なグループ。大学のサークルで学術的にラップを研究していたライムスターが、このグループの象徴といえる。彼らのライフスタイルは黒人文化とはあまり関係がないように感じられた。

ふたつめはアメリカンスクールのようなノリのグループ。キングギドラなどに対して、そんな印象を抱くこととなった。英語が堪能なうえ実際にアメリカで暮らしていた彼らは、ヒップホップ文化を下手な黒人よりも深いところまで理解していた。キングギドラの周辺は、ライムスターのグループともマイクロフォン・ペイジャー系の連中とも上手くやっているように思えた。

そして3つめにして、僕がもっとも居心地の良さを覚えたのが、公立の工業高校のような、「やさぐれた」雰囲気を放つ雷のメンバーだった。彼らのヴァイブスはアメリカにもっとも近かった。

東京都心から少しだけ離れた、明治通りから環状八号線に渡る、町工場やスナックなんかがひしめくドーナツ状の市井で生まれ育った、G.K.MARYAN、RINO、DJ PATRICKといった面々は、ニューヨークにいる黒人と同種の匂いがした。彼らは黒人文化とは全然関係ないところにいたが、やっていることはゲトースタイルで純粋にヒップホップだった。

ヤンキー軍団的な彼らは、ぶっちゃけて言えば、あの頃の日本のストリートの頂点に君臨しているように思えた。僕は、こいつらだったらニューヨークにいても日本人のクルーとして一緒に動けそうだ、と直感した。

録音した「証言」の音源を聴かせてくれたのは、TWIGYだった。代々木公園の歩道橋の傍らに停めた車のスピーカーから流れる楽曲を聴きながら、僕はタリーブに初めてウータン・クランを聴かせてもらった時のことを想起した。いけてるトラックに、キャラクター豊かなメンツが次々とバースをスピットしていく曲の感じは、僕の心をいつまでも震わせることとなった。

## ECD

『ストリート・フレイヴァ』というタイトルが付けられたヒップホップ専門ラジオ番組を国内で始めたことにより、日本のアーティストやレコード会社の人間とつながるという、僕が当初掲げた目的は達成することができた。

そうやって計画通りに物事が進んでいった時期に、ヒップホップレーベルを作るという次のステップも段階的に近づいてきた。

DJ YASの提案は、僕に雷のマネージャーをやってみないかという、思いもしない内容だった。

雷というグループは、アーティストたちの個々の実力は申し分ないのだが、いかんせんメンバーの主張が強すぎることもあって、誰もまとめることができないというのがＤＪ ＹＡＳの切実な悩みだった。

もちろん僕にはＤＪ ＹＡＳの誘いを断る理由などひとつもなかったから、間髪入れずに「イエス」と答えた。そんなに甘いものではなかったということに気がつくのはもっと後になってからで、申し入れを受け入れた当初の僕は若さゆえの根拠のない自信に満ちあふれ、「これこそ自分にしかできない仕事で、天命にちがいない」とすら思っていた。

差し当たりＤＪ ＹＡＳは、グループが抱えるふたつの課題を挙げた。ひとつめは、レコーディングは終えたものの宙ぶらりんな格好でリリースの目処すら立っていなかった「証言」のアナログ化の話。そしてふたつめは、西麻布のクラブで開催していた「亜熱帯雨林」というイベントをもう少し大きな箱で行いたいというものだった。

「証言」の音源化については懸念があった。それは、アナログをリリースする際に第三者に費用を賄ってもらった場合には、権利の一部を譲渡しなければならないという点だった。そこでＤＪ ＹＡＳが思いついたのは、日本のヒップホップをシーン全体で俯瞰することができて、なおかつ損得勘定を抜きに利他的な立ち居振る舞いのできる「ＥＣＤ」こと石田義則氏に相談を持ちかけるというものだった。

石田氏は当時メジャー・レーベルで契約を持ち、のちにエイベックス傘下のカッティング・エッジで、ブッダ・ブランド、YOU THE ROCK★、Kダブ・シャインといったアーティストたちを次から次へとフックアップするなど人望が厚い人物だった。

彼の特筆すべきプリンシプルは、周囲にいた若手アーティストを惜しみなくフックアップしながらも、金銭的な主張はもちろん、クレジットの要求すらしなかったことに尽きる。

古今東西、音楽業界に棲息《せいそく》する人間はエゴイスティックである。それが芸術を生み出す衝動だといえばそれまでかもしれないが、一般常識では考えられないくらいあからさまだ。行儀が悪く、金が好き。不可分とされる名誉欲と金銭欲をコントロールできずに、守銭奴に陥る輩がこれまでに何人もいた世界。

金と名声欲しさに、己の欲望の欲するまま、アングロサクソン的な感覚で人の道を踏み外す外道たちほど浅薄な人間はほかにいない。殊に裏方の人間は、アーティストが自分の人生を切り売りするようにして生み出した著作物の販売利益からマージンを取っているのにもかかわらず、それがあたかもすべて自分の手柄であるかのような恩着せがましい態度で自己肯定に終始する傾向が強く、見苦しくてインチキ臭い人間ばかりというイメージがつきまとっている。

そのような音楽業界において、石田氏は珍しいタイプだった。着流し姿で、犬を連れた格好のまま上野の公園で銅像になっている日本の革命家の言葉にも、「命もいらず、名もいらず、官位も金もいらぬ人は始末に困るものなり。この始末に困る人ならでは、艱難《かんなん》を共にして、国家の大業は為し得られぬなり」

とある。インターネット上に落ちているフリーの素材を使ったり、あるいは無料のアプリケーションを使用した際にもクレジットを入れることが当たり前とされている今のコンプライアンス社会を鑑みれば、石田氏の志は稀有だった。

奥ゆかしい人柄と懐の深さを持ち合わす彼の存在は、日本のヒップホップがメジャーへと上り詰めていく礎になったと言っても過言ではない。

DJ YASが石田氏のもとへ赴いてみると、借用書はおろか言質すら取らぬまま、2000枚のレコードを刷るために必要な50万円を差し出してくれた。

## KAMINARI

こうしてランプ・アイの「証言」は、日の目を浴びる運びとなった。発売元の名義は「えん突つレコーディング」とした。

えん突つはDJ YASと寺西君により運営されていくこととなるレーベルで、寺西君は「証言」の前に制作されていたコンピ『悪名』をリリースしたバッドニュースというインディーズの音楽出版社のA&Rだった。

「証言」はECDから借りた50万円を元手に2000枚のアナログ盤が刷られ、さらに増販した5000枚については即日完売となった。

諸々の諸経費を差し引くと、手元には600万円ほどの現金が残っていた。DJ YASのもとに赴いた僕は、「次はどうする?」と、意気軒昂《いきけんこう》と訊ねた。しかし彼が用意していた答えは、当時の僕からしてみれば意外なものだった。

「次? 否、一旦ここで打ち止めにするべきだよ。何しろ日本のヒップホップヘッズからしてみたら、『証言』は今出回っているレコード以外に聴く方法がないんだからね。今のうちに『証言』に参加したアーティストが各々の営業で全国を回る。するとライブに足を運んだ幸運な連中はもちろんのこと、その噂を聞きつけた周囲のヘッズまでさらに熱を上げるにちがいない」

DJ YASは先の見える男だった。イノベイティブな発想については彼が師匠とあがめていたDJ KRUSHと、その事務所を算段する女性社長の影響があったのだと思う。

ヒップホップを産業として確立させ、メジャーの参入まで想定しているDJ YASは、アーティストの権利を商業的にどのようにして守っていくべきか、また自身の立場も含めたうえで、アーティストのクリエイティブコントロールをどう保護するかについても深い洞察力を備えていた。

「証言」の収益は参加したアーティスト――RINO、YOU THE ROCK★、G.K.MARYAN、ZEEBRA、

TWIGY、GAMA、DEV LARGE、DJ YAS——で山分けされた。彼らが一堂に会して行われた、ギャラの分配を兼ねたミーティングの場所は、新宿のルノアールだった。

そこで持ち上がった提案は、今後は2ヶ月毎にアナログをリリースしていき、最終的にはアルバムの制作にまで漕ぎつけようというものだった。しかしそれは画餅に帰してしまった。歴史にifはつきものだが、あの時の構想がはまっていたら、日本のヒップホップシーンはちがったものになっていたかもしれない。

商業的な音楽が量産されていた時代に、少年からその先へと成熟していく若者たちの等身大の言葉が詰まった「証言」という作品は、彼らの生き様そのものを表現していた。それはテレビや雑誌が推奨するトレンドとは一線を画した文化だった。

仲間たちと毎日のように顔を合わせながら切磋琢磨し、荒々しいながらもアートフォームが形成され、それが当時広まってきていたストリート文化のコアの部分でもあった。

雷のメンバーが渇望していたのは、チェケラッチョー的な、軽薄で、笑いぐさなステレオタイプのヒップホップから脱皮したストリート文化だった。ストリートに根ざした視点から発せられる自分たちの言葉が世間にインパクトを与えたうえで、マスで認められることを夢見ていた。

## by the people, of the people, for the people

「鬼だまり」はRINOによって命名された。それは西麻布のイエローでやっていた「亜熱帯雨林」という興行を、新たな名前を付けて川崎クラブチッタで行うことが決定しようかという時だった。

鬼だまりには、当時の日本のクラブで活動するアンダーグラウンド・アーティストが毎回ブッキングされていた。ブッダもギドラもいるし、「証言」を滅多にメンツが揃う機会のないフルメンバーでやるとなると、それはもう、とんでもないステージとなった。年越しのライブになると、出演アーティストもそこに足を運ぶ観客も、皆が一大イベントととらえていた。

鬼だまりは、スポンサーやマスメディアだったり、あるいは大手の芸能事務所などを介さずに同世代で創り出した、ヒップホッパーによる、ヒップホップのための、インディペンデントなシーンだった。独自のカルチャー国家を創る勢いを、出演者も観客も一体となって感じていた。

鬼だまりの収益は、単純な地方営業やレコード会社からもらっていたギャラを大きく上回っていた。金額も大きければ、それを同世代の仲間内でメイクマネーするという意味合いも含め、重要な価値を持っていた。

大晦日に行われた興行では、クラブチッタの木嶋さんから現金で500万円を受け取り、雷の主要メンバーにそれぞれギャラとして支払った。また、それと同等の額を出演してくれたアーティストにも手渡すことができた。鬼だまりから数年の時を経て、フューチャー・ショックのハウスエンジニアを務めてくれることになったソウル・スクリームのALG（アレルギー）は、「あの時ほど高額なギャラは、後にも先にももらったことがない」と語り草にしていた。

さらにはインターネットもそれほど発達していない時代に、どこでどのようにして嗅ぎつけたのかは定かではないが、「日本で一番イケてるヒップホップのイベントに出させろ」といって、リビング・レジェンドというカリフォルニアはオークランドのクルーからも出演申し込みがきた。

とりあえず出演させてみようということになっておもしろがりながらステージに上げてみると、嬉しい誤算と言うべきか、彼らは言語の壁を超えたパフォーマンスで観客をガッチリとロックしていた。本場アメリカで楽曲がリリースされているような名の通ったアーティストでさえ日本ではなかなか集客できないこともあるというのに、事前の情報もあまりない海外の、それもアンダーグラウンドのアーティストを受け入れる日本の観客のヒップホップ熱にも脱帽した。

若かりし日のキングギドラやライムスターなどは、洋楽のヒップホップ好きが集まる、来日外国人アーティストのライブで前座を務めながら、ヒップホップを知る少しでも多くの人間に自分たちの存在を届けようとしていた。それが鬼だまりという、日本人が主役を張るステージにおいて、アメリカのアーティ

秋保温泉舞

初めての地方営業で仙台を訪れた雷とTOMI-E、著者。1995年

ストが前座として出演したのだから、立場が逆になったわけである。その事実は、日本のヒップホップ文化がシーンとともに確立した証拠といえた。

## Make money

メイクマネーと口にするのは簡単なことだが、ヒップホップで金を稼ぐことは生易しいことではない。あいつはヤバイとか、まじでハンパない、なんていう賞賛をヘッズたちから受けたり、クラブを訪れる女の子たちからもてはやされたところで、それだけで生きていくことなどできないのだから。

ヒップホップで金儲けをするには、いくつかの手段がある。ステージに上がって得られるギャラ、レコードやCDを売って手に入れる印税がその主だったものだろう。

僕は日本のヒップホップ業界で収入を得るために、『ストリート・フレイヴァ』というラジオ番組と同名のインディーズ・レーベルを作って、アンダーグラウンド・シーンでのマネジメントをすることにした。

しかし、ECDが主催する「さんピンCAMP」への参加をはじめ、川崎クラブチッタでの「鬼だまり」のオーガナイズなど、日本国内のヒップホップに裏方として参加するようになったものの、音楽ビジネスとしてはまだまだ発展途上段階で、それを成立させるためにはキャッシュフローを拡大させる必要があった。

直面している問題として、ストリート・フレイヴァでマネジメントをしていた雷はクルーの人数が多かったので、ひとり当たりのギャラが、ソロだったり少人数で活動しているアーティストと比較した場合にかなり少なくなってしまっていた。そのため、アーティストの不満は次第に募っていった。

雷というグループの場合、通常の営業で仮にワンステージにつき30万円の収入を得られたとしても、ライブに出演したアーティストの頭数で割ると、各自が手にするギャラはそれなりの金額になってしまう。

もちろん雷のように、もともとソロで活動していたアーティストが集まって作られたユニットの場合には、集客率の高さという有利な側面もあるが、収入は個人で活動した時よりも少なくなるのだから、何か別の方法でそれを補う必要が生じていた。

直接数字として現れる経済的なパラドックスのほかにも、グループでの表現活動には、互いの音楽性のちがいから生じる各々の心理的なマイナス要素など、目には映らない水面下での問題が日を追うごとに課題となっていった。もちろんそれはストリート・フレイヴァの売り上げにも直結する問題だったから、早急に抜本的な見直しが必要とされていた。

Label

熟れた果物が色づいていくように、日本のアンダーグラウンドのヒップホップは、やがてガバナンスされていった。その結果、メジャー・ヒップホップレーベル、フューチャー・ショックが誕生することとなった。

インディーズ・レーベルだったストリート・フレイヴァをメジャー・レーベルに路線変更させる話は、先にアナログ版としてリリースした「証言」をCD化する際に訪れたポリスターにて具体化された。ポリスターの窓口に立ったのは、制作室の関根隆(のちにフューチャー・ショックA&R。昭和レコード)だった。

この時提示された条件は、シーンを賑わせている3組のアーティストと契約を結んだうえでアルバムを10枚リリースするというもの。1枚のアルバムからシングルを2枚発売するとして全部で20枚、2ヶ月ごとのリリースで1年に6枚だから3年以上の長期計画となる。

当時の僕には、そこまで長いスパンで事業計画を立てた経験はなかった。でも、提示された内容は、感覚的にいってそれほどハードルが高いものとは思えなかった。

メジャー・レーベルを立ち上げて大手のレコード会社と契約を結ぶ利点として、全国のレコードショップに商品が並ぶほかにも、潤沢な制作資金や広告宣伝費が確保できるという点が挙げられる。ほかにもオーダーを取ってもらったり、プロモーションの際のメディアブッキングなど、流通に関すること以外にも時間と人手を必要とする仕事はおおよそやってもらえるようになるから、アーティストのモチベーション・コントロールや、次に誰と契約をするかといった、レーベル本来の実務に専念できるようになる点も魅力的に感じられた。

インディーズでCDを作ろうと思ったら、録音するスタジオ代などは、CDを売って売り上げを回収するまでは自分たちで立て替えておかなければならない。ところがメジャーのレコード会社と契約を結んだ場合には、アルバムを1枚制作するごとにレコード会社からミュージックビデオの制作費などを含めておよそ500万円、シングルなら200万円ほどの予算を割り振ってもらえるようになる。したがってレーベル側からすれば、同時に複数のアーティストのマネジメントを行なったとしても、経済的な負担にならない仕組みとなる。

通常、CDは定価の60パーセントの値段でレコード屋に卸すから、定価3000円のアルバムをインディーズで売る場合には1800円の印税が入ってくる。

フューチャー・ショックがポリスターと結んだ契約は、設定したリクープライン（損益分岐点）の枚数から算出した原盤制作費と広告宣伝費をポリスター側が立て替えたうえで、作詞・作曲印税の6パーセントをアーティストに、15パーセントをレーベルとアーティストで分けるといった内容だった。なお、作詞・作曲印税に関しては1枚目のCDが売れた時点から発生するが、残りの15パーセントは原盤制作費と広告宣伝費が回収できる5000枚から1万枚程度の売り上げが立つまでは手にすることができない。また、JASRAC（日本音楽著作権協会）からの印税の支払いは、3ヶ月ごとと定められていた。

なおかつ、当時のメジャーのレコード会社は、レコードとは名ばかりでCDを売ることにしか目を向けていなかったことも幸いして、制作した音源のアナログレコード盤を販売する権利はすべてレーベル側が握ることができた。この点については、かなりのアドバンテージになった。

僕はインディーズでストリート・フレイヴァをやっていた時代から付き合いのあった、渋谷のシスコというレコード屋に、レコーディングを終えて完成したDAT（デジタル・オーディオテープ）を持ち込み、アナログレコードを1枚およそ400円でプレスしていた。製品化されたレコードは、渋谷以外の街でも展開していたシスコの店頭などで販売された。プレス代金は売り上げから相殺される仕組みだったので、アナログレコードの販売に関してフューチャー・ショックがやったことといえば、レコード会社が出資した制作費で録音した音源の入ったDATをレコ村に運んで、数ヶ月後に振り込まれた現金を銀行口座から引き出すだけだったから、文字通り濡れ手に粟だった。

メジャーになってから一番初めにプレスしたのは2曲入りのEPだった。EPにはインディーズ時代のUBGレコードで録音されていた、ZEEBRA、UZI、T.A.K THE RHHHYM、DJ KEN-BO、INOVADERによる、トップ・ランカーズの「インナー・シティ・グルーヴ」と、ストリート・フレイヴァで制作された、DJ KENSEIによるOSUMIフィーチャリングDEJJAの「100万光年のやさしさが注がれる限り」が収録されていた。

「100万光年のやさしさが注がれる限り」は、ストリート・フレイヴァがムラサキスポーツの出資を受けてレコーディングを実現させたもので、アーティスト側にもレコード会社側にも属さないインディペンデントな立場の者が制作に関わる、当時としては画期的な発想のもと完成した作品だった。このアナログ盤は、定価1400円で1万枚を販売し、販売価格の60パーセントからプレスコストを差し引いた金額が売り上げとして入金され、それをアーティストと折半するかたちとなった。

フューチャー・ショックではレコードやCDの売り上げに対する印税のほかに、契約したアーティストがツアーを行なった際に生じるギャラのうち、15パーセントをレーベル側が受け取ることにしていた。この形態の契約であれば、雷のように人数が多いクルーと契約を結んだ場合でもレーベル側の利益は担保できる。

ポリスターとメジャー契約をするにあたってストリート・フレイヴァは、ZEEBRAが代表を務めていたUBGレコードと合流するかたちで、「FUTURE SHOCK」という名称のもとスタートする運びとなった。

フューチャー・ショックの名前は、その時たまたま集まっていたINOVADERの部屋の壁に飾ってあった、シャキール・オニールのポスターに描かれていたレタリングが由来だ。

1997年7月25日、フューチャー・ショックの発足パーティーが、渋谷のクラブ・エイジアで行われた。

メジャーでヒップホップに特化したレーベルを展開していくということは、国内では前例がなかったが、USのトレンドや手法を多く取り入れることによって、沢山のファンを獲得していくことができた。

アメリカにヒップホップレーベルは無数にあったが、特に参考にしていたのは、今となってはヒップホップレーベルというよりも、アメリカのポップミュージックを牽引する存在にまで成長したデフ・ジャム・レコーディングスだった。

デフ・ジャムは、ランD.M.C.のランの実兄のラッセル・シモンズが主宰していたレーベルだ。ヒップホップの創世記といえる80年代から、LL・クール・J、ビースティ・ボーイズ、スリック・リック、パブリック・エネミーといった、のちのヒップホップの歴史に多大なる影響を与えたアーティストの作品をリリースしており、ヒップホップを商業化した立役者と言っても過言ではない。

そんなラッセル・シモンズのインタビューには、ヒップホップヘッズの心を打つ名言が数多く残されている。

FUTURE SHOCK

SF ENTERTAINMENT.

STREET FLAVA

STREET FLAVA ENT.

UBG

「我々が売っているのはカセットテープやレコード、あるいはCDでもない。売っているのは夢だ。『アーティストが描いた夢』に共鳴する想いを持ったファンが音源を買う。そして『アーティストが描いた夢』に想いを共鳴させたファンが、その夢を実現させたいがために投資するのだ」

デフ・ジャムの成功はマーケティングにある。たとえばビースティ・ボーイズは、ヒップホップを白人の子どもたちの層に広げ、LL・クール・Jはアイドルとして多くのティーンの獲得に成功した。政治色が強いパブリック・エネミーは、社会意識が高い人々にヒップホップを介して問題を提起した。

ヒップホップのファンはもちろんのことだが、それぞれのファンベースを広げるポテンシャルのあるアーティストと契約することによって、ヒップホップのシーン全体が広がっていく。

フューチャー・ショックが立ち上げに際して契約をしたアーティストは、メインストリーム向けヒップホップとも喩えられる、東京をレペゼンするZEEBRA率いるUBG、日本のステレオタイプなヒップホップとは一線を画するコンシャスな文系ラップと称されていた千葉のソウル・スクリーム、そしてストリートの代表として、シュガーソウルなどと一緒にフレイバー・レコードに所属していた横浜を代表するオジロザウルスだった。

このようにして、それぞれのアーティストがそれぞれのベクトルでファンを獲得していき、すべてが噛み合い、シーンもレーベルも黄金期へと突入していくこととなった。

音源の制作と並んで、アルバムの発売と同時に行うクラブツアーのブッキングもレーベルの重要な仕事のひとつといえた。

ツアーのチケット販売は、レコード会社やレーベルが独占するのではなく、全国各地の興行師と連携して行われる。ツアーによって生じる経済を、アーティストとその周りにいるごく限られた人間だけで占有せずに、コミュニティ全体で膨らませていく思想こそが、僕がアメリカから持ち帰ってきたヒップホップ文化の真骨頂だった。

〝呼び屋〟といわれるライブを取り仕切る各地方のオーガナイザーは、必ずしもヒップホップのイベント開催を本業にしているわけではなく、それぞれの地域でアパレルショップを経営している地元の顔役というケースが少なくなかった。彼らの店はオリジナル商品を作って販売するのではなく、海外で買い付けてきたヒップホップテイストの洋服を並べて売るセレクトショップがほとんどで、ライブに足を運んでくれるお客さんもその大半が洋服屋の常連だ。だから2、300人規模のこじんまりとしたクラブでライブをする時などは、店のオーナーに誘われてクラブに足を運んでくる若者たちのファッションのテイストが似通っているなど、各地のコミュニティの特色をつぶさに観察することができる。

もちろん各地域の呼び屋だったり、その周りにいる連中のなかには、東京で起きているヒップホップ・ムーブメントを雑誌で眺めるだけにとどまらず、実際にラップグループを作ってライブの前座を務めている者もいる。服屋で働きながらラップをしているやつもいるし、普段はトラックの運転手をしたり建築系の仕事をしている若者も多い。

ヘッズのなかにはイベントの主催者と近しい関係の人間もいれば、呼び屋とは不仲だけれど、贔屓《ひいき》のアーティストが来るから顔を出しているといった立ち位置の連中までさまざまだ。

小さなコミュニティから生じるライバル心や自尊心というものは、東京にいようが地方都市だろうが、世界中どこに行っても垣間見ることができる。あいつとは馬が合わないとか、あいつのラップは認めないなんて話は当事者同士でなければわからないのに、それをたまに東京から訪れる音楽業界の人間にぶつけてきたりする。その手の話は、承認欲求が根っこの部分に蠢《うごめ》いている。僕は彼らの話を、普遍的な社会の縮図なんだなあと思いながら聞いていた。

レーベル設立以来、所属するアーティストたちは数々の作品をリリースしていき、フューチャー・ショックは21世紀にかけて日本のヒップホップシーンを牽引していくこととなった。

ZEEBRAがドリームズ・カム・トゥルーやドラゴン・アッシュなど、ヒップホップ以外のジャンルの作品にも積極的に客演していく一方で、フューチャー・ショック主体の活動としては、アメリカのアーティストを招いて『Synchronicity』を完成させたのを皮切りに、韓国のラッパー、ジューソックとのコラボなど、アンダーグラウンドで文化を共有する仲間との交流をより一層深めていった。

そして2000年に満を持して発売されたZEEBRAのセカンドアルバム『BASED ON A TRUE STORY』の成功により、フューチャー・ショックの年間の売り上げはアパレル部門のフューチャー・ショック・ギアも含め、1億円を超えることとなった。

## Synchronicity

『Synchronicity』という作品は、僕のなかで長いあいだ温めていた、とても重要なプロジェクトだった。リビング・レジェンド、ジグマスタズといったアーティストとの共演やツアーの経験を経て、いよいよ着工に踏み切ることにした。

アメリカのプロデューサーに日本のラッパー。日本のプロデューサーのビートにアメリカのラッパー。アントニオ猪木がハルク・ホーガンとタッグを組んで、ジャイアント馬場とブッチャーのタッグと同じリングで闘うようなゴールデンカードを組んでみたかった。

フューチャー・ショックが存在する以前にも、DJ HONDAやライムスターなどを擁するネクスト・レベルの岡田女史が企画した、当時激アツのUSのプロデューサーとの企画はあった（DJプレミアとZEEBRA、ビートマイナーズとRINOなど）。でもそれは、外タレが来日した際のライブの前座での〝交流〟の域から脱しておらず、同じシーンを共有しているとは言い難い状況だった。

アメリカのヒップホップシーンがメジャーリーグだとすると、日本のそれはマイナーリーグ。僕が異国で出会ったヒップホップは、それ自体が文化であり、ローカル（初めはニューヨークの一部の人々の私的なブロックパーティー）だったものが、時代とともに、インターナショナル（世界中の人々）に受け入れられていった。

自分自身がその土壌を体感し、日本でもヒップホップが成長していく過程に身を置いていた僕は、日米コラボ、ひいてはその先に日本語のラップや日本人ＤＪのビートが世界でも受け入れられることを夢見ていた。したがって、『Synchronicity』は、自分にとっては企画モノというより、自身のアイデンティティをかたちにしたものにほかならなかった。

インターネットの発達した時代では、簡単に世界各国のヒップホップ・アーティストの作品が見つけられる。そしてそこから多くのコラボレーションが生まれる。

お互いの形態をクロスオーバーさせる者が、いつの時代も新しいコンテンツを生み出すという市場原理は、既存のジャンルのレコードをバックトラックにラップしていたヒップホップの成り立ちそのものを表している。

僕自身、ヒップホップがいつの日か世界中の若者を巻き込むひとつのムーブメントにまで発展し、ボーダレスな時代のボーダレスな文化の象徴となることを信じて疑わなかったからこその企画だった。

言語がちがう日米でのコラボ作品というのは無謀な発想だったけど、僕には情熱と信念だけはあった。ただし、Eメールすら普及していない時代だけあって、高くついていた国際電話の請求書を毎月送りつけてくるKDD（国際電信電話）はヤクザな会社だなと心底思っていた。

ブラック・スターとしてのアルバムが世界的にヒットするなかで来日した、タリーブ・クウェリにモス・デフ。高校の食堂でライブをしていたタリーブが、異国の地にあるライブハウスをロックする姿は、彼の成長を間近で目撃していた人間にとって感慨深いものがあった。

制作に関しては、ニューヨークのアップタウンに暮らしているマットという白人のフリーランスのA&Rをタリーブから紹介してもらうところから始まった。彼を介して、まずは双方の国のDJからビートのデモトラックを集めた後、そのデモをお互いの国にいるラッパーに渡してトラック選びをした。

基本的に国際電話でのやり取りが続くなかで、決まったビートをADAT（ビデオのVHSテープ）に落としてから、今度はそれを国際郵便で送ってもらう。そのやり取りだけで数ヶ月もの時間を要していたのだから、音楽業界においてもIT社会の発達は急務だった。

ニューヨークのシーンはパフ・ダディ（現ディディ）を筆頭に、ヒップホップのメジャー化が進んでいた。それと並行して、ニューヨークのアンダーグランド・ヒップホップは、メジャーとは別の角度から脚光を浴びながら、独自の方向へと進み続けていた。

商業化されたヒップホップではなく、本物の音楽を求める層というのは一定数存在している。彼らこそが本物のヒップホップヘッズであり、メジャーのキラキラしたヒップホップは別物という考え方すらある。なんの疑問も抱かないまま、駅前にあるカルディでコーヒーを買い求める層と、腕の確かなブレンダーが手がけたファンタスティックな珈琲の購買層がいるように。

そのニューヨーク・アンダーグランド・シーンの中心には、カンパニー・フロウやタリーブを擁するブラック・スターなどが牽引するレーベル、ローカスがあった。ブラック・スターとしてタリーブが来日した際、同行していたローカスのA&Rとつながることができた。それ以降、僕はニューヨークに行くたびにローカスのオフィスに遊びに行くようになった。その副産物として、ニューヨークを離れていながらヒップホップの発信地のトレンドをリアルタイムで追うことができるようになった。

日米合作のアルバム『Synchronicity』は、凝ったアートワーク、艶消しのレコードジャケットなど、音源以外にも作品の隅々までヒップホップに対する愛が満ちあふれていた。ビート選びやアーティストのキャスティングだけでもひと苦労なのに、ギャラや納期の交渉の連絡ひとつ取るのにも時間や国際電話の料金がかさむなど、手間ひまがかかっていた。何事もイージーにはいかない時代ならではの、手塩にかけた作品だった。

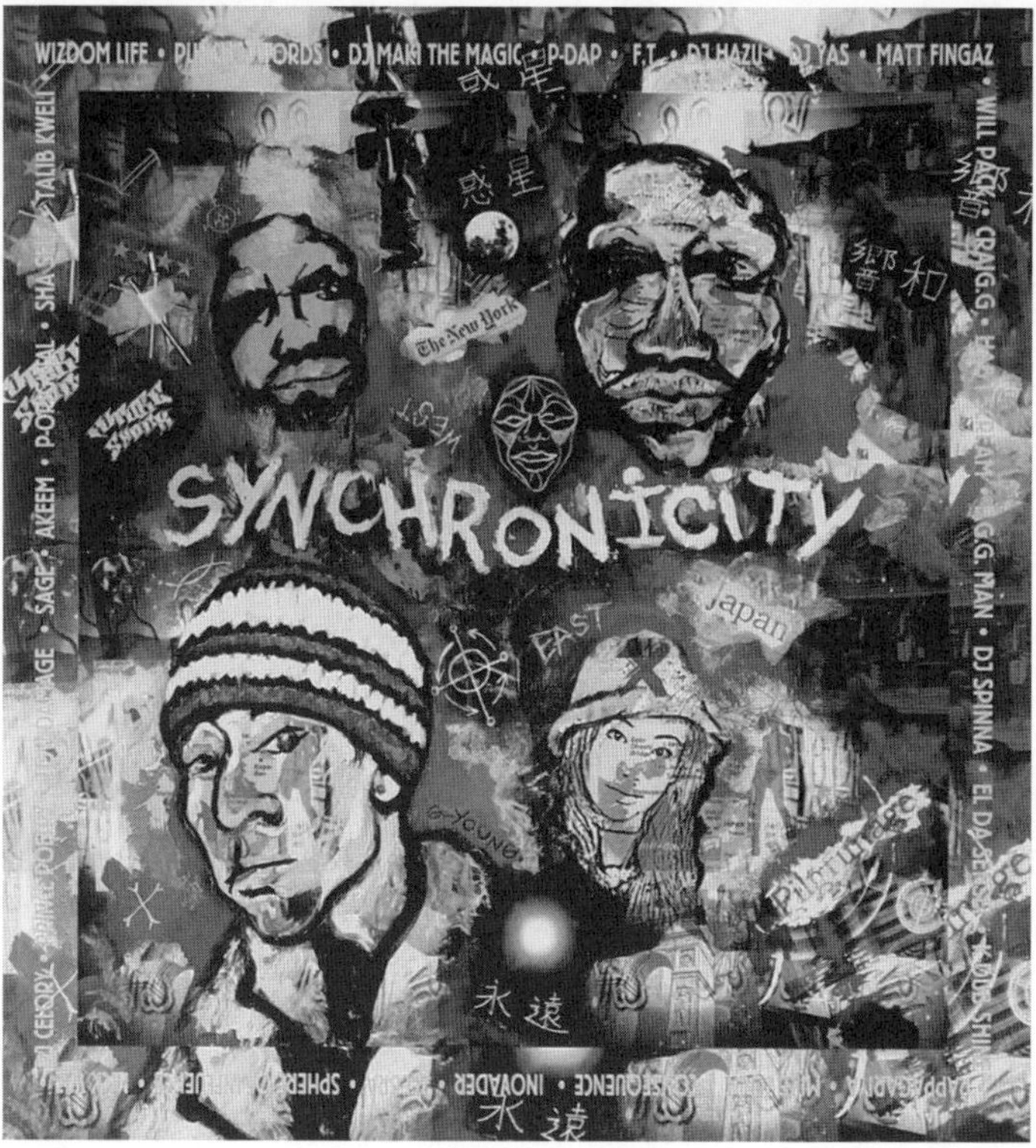


V.A.『Synchronicity』1999.3.25

決して爆発的な売り上げが見込めるわけではないのに、とにかく手間とお金がかかった。そのうえ、ビデオクルーを引き連れて海外での撮影なんかになったら、余裕で数百万円の予算がかかってしまう。おまけに、日米以外の欧州やアジアで作品を販売する流通網すらない。

『Synchronicity』を手がけていた僕は、海外とのやり取りに、時間もお金もかからない時代が来ることを願っていた。さらに完成させた作品についても、誰もがお金を支払わなくとも触れることができるプラットフォームがあったらいいな、と思っていた。そうすれば、セルフで作ったアートを、低予算ですぐさま世界中に発信できる。そんな夢のような時代が到来することを願っていた。

## Criminal

緑山スタジオでの撮影がきっかけとなって、おれはブルヤスとひんぱんに連絡をとるようになった。なんだか面白そうなことをしているな、という感じがした。

おれがヒップホップを聴きはじめたのは、兄貴が持っていたランD.M.C.がきっかけだった。まだヒップホップなんていうことばは知らなくて、ロックみたいな曲だけど、歌いかたがロックとは少し違うなあ、と思っていた。ことばが曲よりも前に出ているぞ、なんだか圧が凄いな、そんな風に感じていた。

学校から帰ると、毎日あきもせずにラジカセのボリュームを最大にして、くりかえしランD.M.C.を聴くのがきまりごとのようになっていった。

そのうちにおれは、ジャケット写真にうつっているランD.M.C.のかっこうをまねしたくなってきた。下北沢のマリオにアディダスのスーパースターを買いに行ったのは、そんな青くさい時代のことだった。でもジャケット写真のように、ひもなしでスーパースターをはいてみたものの、すぐにぬげてしまって、まともには歩けなかった。

まわりの友達の中には、マイケル・ジャクソンくらいまでなら聴いているこじゃれた奴はいたけれども、ヒップホップを聴いている人間はいなかった。太い蛍光色のひもをとおしたパトリック・ユーイング・モデルのアディダスをはいている同級生はいても、ひもなしのスーパースターをはいている奴なんて一人もいなかった。

この国に暮らしている、みんなでおそろいの、はやりのモノを身につけて安心している奴らは、自分達と毛色の違う相手を見つけると後ろ指をさす。そうやって個性は、同調圧力によってつぶしにかけられていく。

おれはヒップホップが他のジャンルとくらべてどんなものなのか、クールなのかそうでないのか、なんていうことは考えないで聴いていた。単純に、身近にあった、ここちよいものだったから聴いていただけだ。兄貴はヒップホップがどんなものなのか説明してくれなかったし、おれもきかなかった。ただそこにあるから聴いていた。

兄貴はバードも聴いていた。だからおれも聴いていた。でもそんな環境にあったから聴いていたというだけで、ヒップホップがジャズの血流をくむ音楽だなんていうことは知る由もなかった。コットンクラブの時代のタップダンスがブレイクダンスになり、ピアノやラッパがターンテーブルやラップにとって代わっただけだと思いはじめたのは、もう少し時間が経ってからのことだった。

音楽には、心を動かす力がそなわっている。音を聴いたら楽しい気持ちになると書いて「音楽」だなんて、むかしの人は素敵なことばを生みだしてくれた。たとえタップダンスやブレイクダンスができなかったり、ラップをしたりトランペットが吹けなくても、心と体をリズムにゆだねるだけでここちよくなる。それは神からあたえられたギフトだ。

音楽を聴いて楽しい気分になるのは本能だ。人間の本能なんて、そんなに簡単には変わらない。肌の色が白かろうが黒かろうが、楽しいことは楽しい。しょせんおれ達人間は動物なんだから、進化には何万年もの時間を必要とする。むかしの哲学者が言ったように、猿から人間に進化したみたいに人間が超人に進化するのは、まだまだ先のことだろう。

むしろおれをふくめた一部の人間は、まだ進化しきれていないアニマルとさえ思えるふしがある。食欲、睡眠欲、性欲という呪縛から、今も人間は動物と同じようにのがれられずにいる。

オオカミは自分の飢えを満たすために狩りをする。獲物の肉体に白い牙を喰いこませて肉をむしりとり、体温が残ったままの内臓をむさぼり喰って腹を満たしてから寝床につく。子孫を残すためにオス同士でケンカをして、メスと交尾するための権利を手に入れる。それらは自分の本能を満たすために金と異性を手に入れようとする人間の行動と変わらない。

オスは生存競争に勝ち残るために奪いあい、メスは生存競争に勝ち残るためにエサを運ばせる。本能に基づいた自然のいとなみは、動物も人間も、狡猾で、汚く、無情で、みにくい。でも、それをけがらわしいと感じるのは人間だけだ。動物はそんなことを感じないまま、本能に忠実に行動し続けている。

人間はことばを手に入れ、様々な感情を覚え、それを表現するようになった。

人間は猿から進化して羞恥心を覚えた。ひょっとしたらそれは覚えたのではなく、だれかのすりこみに過ぎないのかもしれないけれども。

猿みたいにみんなが見ている前でセックスすることは恥ずかしいおこないとされた。食べ物を木からむしりとったり、他人から奪いとることもタブーとなった。それなのにおれは、人から奪い続けることをくりかえし、知らない奴から身近な人間まで、たくさんの人を不幸にしてきた。とり返しのつかないことをするというのは、その相手やそのまわりにいる人達を傷つけ、ずっと不幸にし続けることだ。

だけど確実にいえることがある。それは猿も人間もカメレオンでさえも、音楽を聴けば楽しくなれるということ。それは自分の心を音楽の波動にあわせることに他ならない。

人間をふくめた動物は、本来はどんな状況に置かれていても、たとえ不幸の渦中に飲みこまれていたとしたって、気持ち一つで幸せでいられる。それなのに愚かしくも、人はみずからその幸せな気持ちと繋がっている状況をシャットダウンしてしまう。心をあるがままに解放して、流れにゆだねているだけでいいのに、混乱して「自分が自分が」という鋼鉄のよろいを身にまとい、みずから創造した不幸の重さにおしつぶされてしまう。不幸は幻想であって、繋がりかたさえ忘れなければ幸福はたもてる。音楽は幸福に繋がる。そこに愛は溢れている。

おれが中学校を卒業するころには、日本でもヒップホップがそれなりに広まりはじめていた。まわりにはターンテーブルを持っている奴が、何人か現れはじめた。スリップマットをはじめて見た時、スクラッチの謎がようやくとけて感動したのを覚えている。

クラブ・ダダやダンス甲子園といった地上波で放送されていたダンス番組の影響もあって、夜になるとガラスばりのビルの前で練習するダンサーがカンブリア大爆発のようにふえていった。

それでもエロスになる前のジェイルや、グリーングラスでもよおされていたノーティーズなんかのパーティーに足を運ぶ客は渋カジ系の連中がほとんどで、黒人みたいなファッションの奴はほんのひとにぎりだった。

原宿のラフォーレの看板に、宇田川警備隊のだれかがひとむかし前のチーマー丸出しのかっこうで出ていたように、あくまでもストリートファッションのアイコンといったら渋カジだった。ドゥルーピーではそれっぽい連中がおどっていたが、大半の連中の見ためは黒人のファッションというよりも黒人のモノマネをしている白人のコピーといった感じで、〝THUG〟ではなかった。

それらは全て大人が金の計算をしながら作ったメディアのお仕着せだった。あのころまともに昼間の高校に通っているティーンネイジャーは、『ブーン』や『ホットドッグ・プレス』といった雑誌に掲載されているファッションをトレンドだと思いこまされていた。『ポパイ』は少しおっさんくさくなっていて、『ファイン』にはコナートだったり、明治通りのアディダススタイルのわきを入った所に出来たばかりのエクストララージのTシャツなんかが、ときどき紹介されているだけだった。

コンビニで立ち読み出来るような雑誌には、審美眼を持たない大人が真っ昼間の渋谷で撮影した、出たがりなだけで全然話にならない若者の写真しか掲載されていなかった。それが元凶となって、インチキな大人が作った、インチキなメディアをコピーする、金が好きなだけのうすらトンチキな大人の金儲けに貢献しているだけの若者がまちに溢れていった。

ストリートは生ものだから、撮影から出版されるまでにタイムラグがある月間誌なんかには落としこめなかった。

放たれているオーラを対面した瞬間に感じられるような雰囲気のあるやばい連中はレアキャラな上、基本的に夜行性だった。仮に昼間の渋谷で雑誌屋の担当から声をかけられても、撮影なんか許すはずがなかった。たいがいがスネにキズを持つ身である上、雑誌に写真が掲載されたらサツに目をつけられたあげく、拉致られたりマトにかけられるのがオチなのだから。

浮世のしがらみで世田谷の暴走族あがりの先輩の家に呼び出しをくらったことがあった。今では東京のアンダーグラウンド・シーンで彼の存在を知らなければもぐりと言われるくらい有名になった人物も、そのころはまだ渋谷と六本木のストリートで頭角を現しはじめた年若き顔役として売り出し中だった。

先輩の家までむかう道中、おれはあれこれと想像を働かせていた。思い浮かべていたのは腕の一本でもへし折られたり、金を要求されるかもしれないなんていうつまらないことがらだった。周囲には背中にジッポのオイルをかけられて火達磨にされた不幸な人間もいたし、桜新町の駅でマスターベーションをさせられた悲惨な奴までいた。

相手が稀代の悪党として通っていたこともあって、おれが呼び出しをくらった話をすると、いつもつるんでいた連中は触らぬ神に祟りなしといった調子で一斉に知らん顔を決めこんだ。人の器というのは非日常の瞬間に現れる。

ところが捨てる神あれば拾う神ありというやつで、となりの地元の三軒茶屋に一人だけ、いっしょについて行くと言って聞かない自殺志願者すれすれの傾奇者がいた。苦しい時に助けあえるのが本物の仲間というもの。背中をあずけるなら腕っぷしを売りにしている奴ではなく気骨のある奴の方がいい。「落ちぶれて、袖に涙のかかる時、人の心の奥ぞ知らるる」という民謡があるが、朝日を拝む人はいても、夕日を拝む物好きなんて滅多にお目にかかれない世の中だけに、そいつの申し出は涙が出るほど嬉しかった。けれどもおれは、どうせぶっとばされるのならば被害者は出来るだけ少ない方がいいと思ったから一人で先輩の家に行くことにした。

実家暮らしだったころの先輩の部屋は、石塀の中央の門をくぐった奥にある表玄関のすぐ右側の扉から入れるようになっていた。マット・ディロンの『ドラッグストア・カウボーイ』のポスターが貼ってある六畳くらいの広さの部屋にあがってみると、先輩はたった今シャワーをあびてきたばかりといった風情で、浅黒い肌に制汗スプレーを吹き付けているところだった。ミケランジェロが彫刻したダビデ像みたいな体つきの先輩は、黒いビキニパンツ一枚きりの姿でスピーカーから流れるハウス・オブ・ペインの「ジャンプ・アラウンド」にあわせて首を前後にゆらしていた。本人だってそれから四半世紀後に自分が六本木の高級ナイト・クラブ「ワンオーク東京」を仕切ることになるなんてことは想像していなかっただろうけれども、彼が当時からドープなヒップホップヘッズだったことは紛れもない事実だった。

先輩が身支度をしている部屋に入ると、おれは入り口の近くの床に正座したまま神妙な顔つきで待つことにした。年長者の家に行った際に下座で正座をするという長幼の序は、ストリートで叩きこまれた日本独自の礼儀作法だった。おれの様子を目にした先輩は、足を崩せと一言だけ言い残して部屋を出て行った。

一人とり残されたおれは、爬虫類みたいにぐるりと視線だけを動かして部屋の中を見回した。いつも先輩がまちに出る時に持ち歩いているだんびらやスタンガンといった道具は見当たらなかった。ポケット・ベルの下に置いてあった色鮮やかな表紙の写真集が目にとまったのは、先輩が部屋を後にしてからすぐのことだった。

液晶画面が上向きになった状態で置かれたポケット・ベルの下にある写真集の表紙には、地下鉄の車両を真横から撮影した写真がずらりと並んでいた。どの車両もスプレー缶で描かれたグラフィティで彩られていて、心惹かれるものがあった。

おれは恐る恐るポケット・ベルを端に避けてから写真集を手に取ってみた。正座していた足を崩し、ずっしりと重みのある写真集を膝の上に乗せてからページをめくりはじめた。掲載されていた写真の全てが、ストリートで撮影されたグラフィティ・アートだった。

地下鉄の車両や壁に描いた落書きだけを集めた写真集なんて、それまで一度も目にしたことがなかった。コンセプトが前衛的に感じられ、掲載されているカラフルな写真から強烈な衝撃を受けた。おれは長い時間をかけて、それを食い入るように見つめていた。先輩が部屋に戻ってきた時、それまでミニコンポのスピーカーから流れていたミックステープが停止していることにようやく気が付いた。

「ヒップだろ」先輩は続けて言った。「ニューヨークに行った知り合いから貰ったんだ」

おれは勝手に写真集に触れてしまったことを理由にぶっとばされるんじゃないかと思いつつ、もともと置いてあった場所に写真集を戻そうとした。

「見てていいぜ」先輩に言われたおれは、再びページを開いて見ることにした。

「『ワイルド・スタイル』とか『ビート・ストリート』は観たか？」

先輩に訊かれたおれは、「字幕がないやつですけど、地元の連中がインターナショナルスクールの連中からダビングさせて貰ったやつを観ました」と答えた。

「おれは『ジュース』を三回観たぜ」普段から声のトーンが高い先輩の声がさらにワントーン上ずったのが解った。

先輩は不意に部屋の窓を開け放った。するとむかいの家の壁にスプレーされたタギングが見えた。

結局おれは一発もぶん殴られなかった。代わりに「次に会う時まであずかっておけ」という容易に理解し難いメッセージと共に、使い古された竹刀を渡された。

帰り際、先輩の部屋で見せて貰ったグラフィティの本が欲しくなって、嶋田洋書と青山ブックセンターにむかうことにした。

写真集を手に入れたおれは、仲間がたむろしている地元のセブンイレブンに行った。それをみんなの前で広げて見せると、近所の金物屋に行って缶スプレーを手に入れた。万引きした缶スプレーを手に入れると、壁がある砧公園に直行した。

地元には「セント・メリーズ」というインターナショナルスクールがあって、そこの学生とつきあいのある連中の情報はホットだった。セント・メリーズ経由で伝わってくるのは東海岸の楽曲が多かった。おれたちのパーティーで回していた地元のＤＪも、セント・メリーズの連中といっしょにレコード屋でヴァイナルを掘っていた。

しかしおなじ世田谷でも、三軒茶屋の連中が聴いているヒップホップはウエストコーストのギャングスタラップが中心だった。世田谷にはダンサーとＤＪは少なくなかったが、ラッパーは絶無に近かった。多くの若者はヒップホップとは何かということを理解していなかったし、日本語のラップとの接点も少なかった。

日本語のラップはまだまだ広まっていなかったが、V.I.P. なんかの日本のレゲエは、三軒茶屋の人達が作ったミックステープによって、城南の不良少年のあいだでは早い時点から広まっていた。おれが通っていた定時制の高校には年上の三軒茶屋の人がいて、その人の車に乗って出かける時には作ったばかりのミックステープをあびるように聴かされていた。

その人は実家の二階にある押し入れを改造したスペースに、ベスタクスのターンテーブルとミキサーを設置していた。お香の匂いが染みついた薄暗い部屋でミックスされたテープには、チャッピーなんかの日本のレゲエに混じってTWIGYの「夜行列車」といったヒップホップの楽曲も録音されていた。

対立する組織の構成員をさらうために待ちぶせしている車の中で、赤い目になりながら東の空が明るくなるまでミックステープを聴かされていたものだから、乱暴な言いかたをすれば、それはカルト教団でマントラを丸暗記させせられる環境と大差なかった。四半世紀以上経った今でも、十代のころに聴いていたそれらの楽曲はトラックなしで口ずさめるくらい脳味噌の深いところまできざみこまれている。

けれども当時の日本語のヒップホップの楽曲は、みんなが好きだったアメリカの不良っぽいラップとは少し毛色が違っていた。N.W.Aなんかの西海岸のギャングスタラップが当時の日本の不良少年達に人気だったのは、「ファック・ザ・ポリス」とか解りやすい英語を連発していたこともあるし、ビジュアルもまねしやすかったからだ。不良少年は車の中にいる時間が長いから、車社会のウエストコーストサウンドとの相性がいい。メロディアスなドクター・ドレーの『ザ・クロニック』は、ウーハーつきの車内で聴くには申し分なかった。若者は反体制に魅了される。言いたいことを言ってくれるアーティストは、自分達のような声なきものの代弁者に感じられる。

アメリカのヒップホップは気分が高揚した。クラブに行って空気をふるわせるようなアメリカのヒップホップがかかれば、体が勝手にビートにのりはじめた。でも日本のヒップホップをクラブでかけるＤＪは少なかった。日本語のラップなんか聴いていたら仲間にばかにされる風潮すらあった。

しかしそんな風に日本のヒップホップに対する偏見を抱いていたおれも、発売前にブルヤスから渡されたオジロザウルスのファーストアルバムには完全にやられてしまった。自腹を切って買ってもいいなと思えた最初の日本人アーティストの作品だった。

おれは日本人のラッパーなんてみんなホラ吹きだと思っていた。地元の後輩が作ったラップにはマカロフだのトカレフだのが日常的に出てきたが、そいつらはチャカなんて持っていなかった。

でも、『ROLLIN'045』のリリックはタイトで、なおかつラッパーのMACCHOには人間的に惹かれるところがあった。それまでおれのまわりにいたヒップホップをちょっとかじっているような連中は、自分を大きく見せたいからなのか、あるいは自分に自信がないからなのかはよく解らないが、すぐに芸能人との知り合い自慢をはじめてみたり、何かにつけて「だれそれの何々っていうレコード知ってる?」とかきいてくるのが鼻についてしかたがなかったのだが、MACCHOにはそんなところは一つもなかった。

MACCHOはこちらの瞳をまっすぐに見つめてくる男だった。こちらの心の中をのぞきこむような「あるがままの」視線は、全然ぶれることがなかった。伊達や酔狂でラッパーをやっている訳ではないことがすぐに解った。こういうガンつきの男は、極たれの世界なんかにげそをつけたりしたら、すぐに行くところまで行ってしまうタイプだというのが見てとれた。そんなこともあって、おれはMACCHOに対して、となりの地元のいけてる年下の不良みたいな印象を抱くこととなった。

撮影の翌月、大型連休を目前にひかえて、オジロザウルスのファーストアルバムが発売された。全国ツアーの初日、おれは女とガキと家族三人で横浜ベイホールに足をはこんだ。

おれはその前の年の夏あたりから、借金で首がまわらなくなっていて、結構ないきおいでくらっていた。やらかしまくったあげく、ひっくり返りそうな額の負債を抱えてしまい五里霧中だった。

そんな風になってしまうと、まだオムツもとれないガキがいるっていうのに、途端にだめになってしまった。借金のことや目の前の生活のことなど、差し当たって考えなければならないことが山ほどあるのに、無頼になった地元の仲間とひんぱんにつるむようになって、朝から晩までアヘン窟のように煙たい部屋で現実逃避をするようになっていた。そんなことをしたところで心の底から楽しめることなんて何一つなかったけれど、多幸感が一時だけ不安を押しのけることもあって、ずるずるとぬけ出せずにいた。

小人窮《しょうじんきゅう》すれば斯《ここ》に濫《らん》す（『論語』衛霊公）というが、日払いの肉体労働でもいいから堅気な生活を送る方法はいくらでもあったのに、おれは外聞をはばかって、最悪のカードを引き続けていた。

おれは自分に都合がいいように、ウィードの所持は日本では違法だが、国によっては合法だなんていう自己肯定のセリフを並べたてながらブラントに火を点け続けていた。自分の欲求をコントロール出来ないという事実を棚上げしたまま、依存からぬけ出せずに、人生を無駄にしていた。

手持ちのウィードがない日は悲惨なことになった。ちょっとしたことでもすぐにいらついてしまい、何かにつけて当たりちらしていた。煙を吸って不安定な実生活からトリップしたところで、夢から覚めたら元のもくあみだった。おれにとり憑いて魅了する天使は、裏を返せば最も嫌気がさす悪魔だった。

そんな感じでえぐりたおしていたおれの私生活は、もののみごとに冷えきっていた。けれどもいっしょにベイホールの客席でステージを見ている女は、ときどきガキと視線をあわせながら笑顔をのぞかせていた。ガキの方もまだことばなんてよく解らないくせに、いっちょまえにビートにのって、ピョコピョコとバウンスしていやがった。その日以来おれは、ヒップホップでこいつら二人をどうにか幸せにしてやれないものかとひそかに思うようになった。

ゴールデンウィークが明けると、おれはブルヤスの金魚のフンみたいになって、オジロのツアーについて行くようになった。

渡世人といっしょに月に何度かウィードを横流しして、週末になる度にアーティストと地方をまわる生活のはじまりだった。

各地の呼び屋にうまいものを食わせて貰いながら、あびるようにテキーラを飲む自堕落な生活は、毎日が不安におそわれる最悪の日々だったが、クロニックだったおれには他にやりようがなかった。麻薬を売ってかせいだとしても、それがいつまでも続かないことはだれにでも想像出来る。もちろんおれだって頭では理解しているつもりでいたのだが、そこからすぐにはぬけ出すことが出来なかった。ツアーの行き先によっては、オジロザウルスのワンマンではなく、各地のラッパーが同じステージにあがることもあった。一番顔をあわすことが多かったのは、オジロザウルスとおなじ横浜のDS455だった。DS455がステージにあがる日は、オジロザウルスのライブもいつも以上に盛りあがりを見せていた。そんな時に会場にいるのは、ローライダーでクルーズしている姿が目に浮かんできそうな、いかつい奴らばかりだった。

クラブの周辺には、レインホースをかまして百本スポークのデイトンをヘキサゴンでノックオフした、ミューラルペイントの六四年式がスリーホイラーで駐車している光景も見られた。トランクコンパートメントにポンプといっしょに組みこまれたウーファーから爆音でGファンクを流しているローライダーは、ナンバーズマッチのキャメルハンプヘッドから奏でられる、乾いたアイドリングを響かせていた。

ローライダーが集まる夜に統計をとったら、LAのロゴが入ったキャップをかぶっている客が、NYのロゴの入ったキャップをかぶっている客の数を大きくうわまわっていたに違いない。そこには渋谷のクラブとは全く逆の統計結果が見られたはずだ。

北関東のクラブでオジロザウルスとDS455がおなじステージを組まれた夜、ライブが終わってクラブのバーカウンターでみんなが盛りあがっている時にMACCHOがぼそりとつぶやいたセリフは印象的だった。

「この程度のことでちやほやされたからって浮かれてちゃだめなんです。レーベルをやってるブルヤス君とかAVALANCHEを経営してるKayzabro君と違って、俺にはラップすることしか出来ないんですから」

MACCHOはそれだけ言い残すと、まだライブの余韻が残っている会場を後にして、他のメンバーよりも一足先にホテルにもどっていった。翌朝チェックアウトの前にMACCHOの部屋をおとずれてみると、ベッドサイドにはリリックが殴り書きされたメモが散乱していた。

学生時代、クラスに一人とまではいかなくても、学年に一人とか学校中に一人くらいはそんな奴がいたように、だれに教わるでもなく、生まれながらに粋なふるまいを身につけている人間というのはどこの世界にも存在している。

ある時ライブを終えたZEEBRAのもとに、若いヘッズがサインを貰いにきた。

まだあどけなさが残る少年がペンといっしょに差し出してきたのは、色紙ではなくて一枚の千円札だった。クラブでお目当てのアーティストにサインを貰いたい時には普通、Tシャツだったりキャップのつばの裏に書いて貰うものだが、あいにく少年は黒いTシャツに黒色のキャップというでたちだった。

もちろん日本では、紙幣に文字を記入するのは犯罪だから、おれはZEEBRAがどんな対応をするのかと思いながらながめていた。

するとZEEBRAは紙幣にサインをもとめる少年をたしなめるでもなく、渡された千円札を、自分のパンツのフロントポケットからとり出した黒い二つ折り財布の中にしまってしまった。

当然ながら、サインをもとめた少年をはじめ、その場でやりとりを目にしていた連中は、きつねにつままれたような表情を浮かべることとなった。しかし次の瞬間、ZEEBRAがとった行動に、だれもが息をのんだ。少年から受けとった千円札をしまったばかりの財布から、指が切れそうなくらいのまっさらな一万円札をとり出し、流れるような手つきでいつものサインを書きはじめたからだ。


麻布の十番まつりは、例年どおりバケツをひっくり返したような夕立ちにおそわれ、二〇〇一年の夏もまたたくまにとおり過ぎようとしていた。

芝浦運河沿いにあった幼馴染みの若い衆部屋でサイコロあそびに興じていたおれは、十二月に発売が予定されているRINOのファーストアルバムのプロモーション用素材を撮影しているという報《しら》せをブルヤスから受けたので顔を出すことにした。

前日にイレギュラーな出来事におそわれたおれは、撮影のためにＲＩＮＯがはいていたオールホワイトのアディダスのスーパースターに灰色の水滴がはねていく様子をゆううつな気分でながめていた。それまでの人生で一度も嗅いだことのなかった、大量の返り血から発していた生ぐさい匂いは、一晩経っても鼻の奥にこびりついたままだった。

今となっては知る由もないが、麻布十番の商店街の街路樹の下で雨やどりをするおれは、せみのぬけがらみたいな表情をうかべていたに違いない。十代のころからずっとそうだった。何かをはじめようって時になると、おれは二度と取り返しがつかない、とんでもないことを引き寄せてしまうのだ。

その年の渋谷のクラブサーキットでは、オン・エア・イーストのステージでヒップホップ界隈のアーティスト達によるライブが終わると、特設リングで総合格闘技の試合がおこなわれた。

ところが試合後、明け方の円山町の路上で、選手として出場していた大宮司進のセコンドと、おれの地元の連中とのあいだでトラブルが起きてしまった。Ｋ-１サイドの人間がステゴロだったにもかかわらず、地元の連中の中には金属バットをふり回している奴もいて、スポーツ選手とプロの喧嘩屋の格の違いが歴然となった流血さわぎは衆目にさらされるところとなった。

なんの因果か、地元のメンバーの中にはＫ-１の創設者である石井館長の運転手をやっていた人間もいた。世間というのは本当にせまい。クラブ・ハーレムの目と鼻の先にある道玄坂の派出所の警察官が現場に到着するよりも先に、事態を確認するために現役の広域暴力団組長がおれの携帯に連絡を入れてきた。ドラキュラだってそろそろ棺桶で出来たベットの中で、いねむりを決めこもうかという時間帯だったにもかかわらず。

さわぎを起こした連中の頭領は、地元の仲間の中でも大好きな奴だった。そいつはたまたま居合わせた変態倶楽部の白いロールスロイスに乗ってその場から立ち去ったものの、はたから見たら盆仲だと思われてもしかたがない関係だっただけに、おれはヒップホップ関係者に対して少しばかりバツが悪い思いをすることとなった。

当事者同士の問題はすぐに手打ちとなったが、その晩のイベントの主催者の一人だったアイ・アンド・アイ・プロダクション（ZEEBRA、眞木蔵人が所属する芸能プロダクション）の代表には後日会った際に、「このあいだの件は痛み分けで」と念をおされるようなことまで言われてしまった。それをきいたおれは、どこまで行っても自分はこちら側の人間として認めてもらえないのだなと思った。

口にするまでもないことだが、暴力のつまらないところは、行きつく先がタマのとり合いにしかならないことだ。どれだけ体をきたえて、ベンチプレスで百二十キロのおもりを何十回上げられたとしても、鉛の弾には勝てない。マトにかけたりかけられたり、人の命は本来そんな風に使うものではない。

九一一のテロが起きた時、おれは渋谷のフューチャー・ショックの事務所のソファーでほっこりしていた。

　ブラウン管からくりかえし流される百十階建てのツインタワーが砂ボコリの中で崩れ落ちていく様子はあまりにも現実離れしていて、はじめの数分間は絵空ごとのようにしか思えなかった。事務所のテレビをいっしょに見ていたブルヤスは、かつて暮らしていたニューヨークの惨事を前に、ことばを喪《うしな》ったままだった。

　ほんのわずかな時間に数千人の命が喪われたという、目をそむけたくなるような具体的なことがらについては、まだその時点では解らなかった。数時間後に半蔵門のTOKYO FMで生放送する予定だったZEEBRAのラジオ番組が中止になったという急な報せをきいたところで、東京もテロの標的になる可能性があるのかとぼんやりと思うだけに過ぎなかった。

　ニュースをながめているおれは我を忘れていた。それまでは自分の中に蠢いているだけで、目では見ることの出来なかった抽象的な心象が、現実世界において具象的に形成されているような錯覚を覚えながら。それは全てが跡形もなく破壊されて、世界が終わってしまえばいいという切なる思いが芽生えはじめた瞬間でもあった。

「これまでのおれの人生なんて、リセットボタンを押すみたいに、何もかもなかったことにならないだろうか」

そんな空想にかられていたことを思えば、おれの精神は相応に疲れ切っていたともいえる。

夏の終わりに起きた事件以来、借金のことだけでなく、もう既にどうあがいたところで絶対にぬけ出せそうもないぬかるみに両足をとられているような感覚でいたおれの心は、さながらテレビ画面の中でくりかえし崩壊するマンハッタンのビルみたいに壊滅的になっていた。

そのようなことが続く中で、ゆううつになることがらを頭からふりはらうために毎日朝から晩まで煙の中にいたおれは、反対にその煙がもたらす作用によって、ネガティヴなことばかり思いめぐらせていた。他人の感情など考慮に入れられない、常にイラついている状態が続く悪循環にどっぷりとはまっていった。

秋も深まってくると、フューチャー・ショックのアーティストは深夜のクラブだけでなく、大学の学園祭でライブをおこなう機会がふえていった。そんないきさつから、おれはブルヤスといっしょに、ソウル・スクリームやワード・スウィンガーズのライブにも同行するようになった。

ツアーの同行といっても、レーベルのスタッフはこれといって難しい役がらをこなす訳ではなかった。時間どおりにライブ会場まで足をはこんで、ステージが終わった後にイベントの主催者から受けとったギャラをアーティストと分け、いっしょに帰ってくるだけのことだった。

大抵のアーティストは移動の新幹線の中でヘッドフォンをして仮眠をとるものだが、ソウル・スクリームのDJ CELORYは、いつも文庫本を広げていた。何を読んでいるのかとたずねると、CELORYはその都度照れくさそうにタイトルを教えてくれた。いつも部屋にこもって音源を作ってばかりいるから、こういう時間を利用して情報をインプットすることが作品作りにも反映されると言いながら、本のあらすじから著者のバックボーンまで丁寧に説明してくれた。

そのころになると、おれはほとんど毎日ブルヤスと行動を共にするようになっていた。週末はライブ、平日は打ち合わせをしてからスタジオに顔を出すという過ごしかたが定石になりつつあった。

外苑の銀杏並木が色づきはじめたころ、警察がおれの周りを嗅ぎまわりはじめた。

おれは真綿で首をしめられるように追いつめられていった。四六時中事件のことが頭の片隅からはなれなくなって気が狂いそうになるところを、ブラントを吸い続けてだましだまし過ごしているような感じの毎日だった。

内偵が入っていることが解っている以上、ハスリングは続けられなかった。金がなければ、めしは食えない。おれはブルヤスに言って、フューチャー・ショックに入れて貰うことにした。

フューチャー・ショックに入ったおれは、一人でオジロの地方営業について行くこともふえていった。半年以上ブルヤスとつるんでいたこともあって、アーティストとはそれなりのつきあいが出来たような気がする。現場の裏方から見たらどう思われていたのかは解らない。でも、ブルヤスから貰ったフューチャー・ショックの服を着ていたこともあって、地方の呼び屋はみんな良くしてくれた。

音楽ビジネスはびっくりするくらいの金が動く。才能がある若者のもとに金が集中し、そこに大人が群がってくる。正気をたもっている人間は少ない。

レーベルの仕事は目が覚めるようなことの連続だった。アーティストはゼロから全てを生みだす。彼らは心の中の想いをラップやビートに変えていく。農家の人が自然の恵みを母なる大地から収穫するように。

レコード屋は仕入れたCDを客に売る。八百屋の店主が仕入れた野菜を売るように。レーベルやレコード会社は、地方の農家で収穫された野菜を都会のデパートの食品売り場に並べるまでの、農協や市場のようなシステムだろうか。

形のない個人の感情を、ことばや音といった媒体を通じて現金に替える商業音楽というシステムは、さながら錬金術を目の当たりにしているようにも感じられた。もっともそれは、CDバブルという時代背景が大きく関係していたからこそのビジネスモデルともいえた。あのころどこの家庭にもあったCDプレイヤーが、ほんの数年のあいだに絶滅危惧状態になることなど、だれが想像できただろう。

今はむかし、レコード会社もレーベルも必要のない時代になって久しい。地方の農家にあたるアーティストが、オンラインで直接消費者に作品を届けることが出来るようになった。メジャーとインディーズの垣根がとり払われ、それぞれのアーティストがＳＮＳを経由しながら「無料」でみんなの耳元に、手数料をピンハネする人間を介さずに、ダイレクトに作品を届けられる時代となっている。

ビジネスの成果が金という指標によって評価され、金がものをいう資本主義的な大量消費社会に対する、これ以上のアンチテーゼはない。これが望ましいことなのか望ましからざることなのかどうかは、甲斐からながめた富士山の景色と、駿河からながめた景色ほどの違いがある。見方によっては、大量消費至上主義以前までもどったといえるし、あるいはその先にある次の時代にまで辿り着いたともいえる。

レコード会社や芸能事務所といったヤクザな連中との繋がりがなくとも、アーティスト個人が納得のいくところまで作りこんだ作品を発表出来る現代社会は、良い時代なのだろうか。それともリリースの門戸が広がった分だけ、雑音が多く聞こえるようになってしまったのだろうか。

レコード会社側の人間が、商品をより多く売ることを目的としてくちばしを突っこむことにより、アーティスト一人では引き出せなかった才能を作品に反映させることが出来たというケースは少なくない。しかしその形だと、大抵の場合、長続きしない。裏方の人間が注文をつけてくるのは自分達の利鞘《りざや》をかせぐためという魂胆が見えすいていると、アーティストの不満がつのっていき、遅かれ早かれそのギブ・アンド・テイクの関係は破綻することになる。

アーティストは自分の才能を世界中のだれよりも信じている。だから、作品作りに関して純粋にクリエイティブでないプロデューサーに、金もうけの視点から、作品への敬意を払わずにやいのやいのと言われたら、いい気はしない。だったら、お前達が自分でやれよ、という気分がつのっていき、次第に好きなようにやりたくなっていく。

しかしながら、芸術と娯楽は別物という見方も存在する。アーティストが自由に創りあげた作品が、必ずしも優れているとはかぎらない。レコード会社側の人間の意見が作用していた時の作品の方が、金もプロップスもより多く手に入ったというケースは決してめずらしくない。

いずれにせよ、一ついえることは、音楽の本質はスタジオで録音された加工物ではなく、ライブにあるということ。

そのむかし、まだレコードが発明される以前は、人々は何日間も馬車にゆられてオーケストラを聴きに行ったという。人が音楽に感動をもとめるのは、人類の祖先がたき火を囲んで太鼓を打ち鳴らし、リズムにあわせて体をゆらしていた原体験にもとづく、動物的な衝動といえる。

そのころ、おれは肉を食べるのをやめた。ZEEBRAをはじめ、HAB I SCREAMなどまわりにいたベジタリアンの連中が、「肉を食べなくなると、気持ちがおだやかになる」と口をそろえていたことが、直接のきっかけとなった。

おれは、肉を食べなければ、自分の中の獣のような心がしずまるのではないかと期待した。おれは心の中に棲《す》む野生の自分に手を焼いていた。さらには、自分が犯した罪から、ひょっとしたらのがれられるのではないかという、自分勝手な希望的観測のようなものが働いていた。皮肉なことに、普段は信仰を持たない人間が変わる瞬間というのは、絶対にとり返しのつかないことをしてしまった後という風に相場が決まっている。

その時期のおれは、アイ・アンド・アイ・プロダクションの代表がレコーディングの合間に話してくれる、説教くさい話が嫌いでなかった。兄貴肌で面倒見の良い代表の髪の毛は、いつもは頭の後ろの方でまとめられていたが、ほどくと地べたまで届くくらいの長さがあった。民数記六章にある、頭や顔にカミソリを当ててはならないという記述のとおりの人だなと、おれはひそかにリスペクトしていた。

プロダクションの社長をやりながら、ZEEBRAのマネージャーも兼任していた代表とは必然的に会うことも多かった。スタジオに顔を出す度に、近くにある洋食屋から出前をとってくれたり、よその若い衆にも何かと気配りをおこたらない人だったから、おれはそこらの犬ころみたいになついていた。

少年院でキリスト教をかじっていたおれにとって、代表が話してくれるラスタの話は、聖書が下地になっているだけに馴染みやすかった。素養が深く、モラリストだった代表は、ZEEBRAが六本木のエクセルシオール・カフェの近くにあったギャングの経営するクラブに顔を出した時には、「君子危に近づかず」なんて言いながら胸を痛めていた。

場合によっては、東洋の思想を例にあげながら諭してくれる彼の話には引きこまれるところがあった。いつだったか新宿御苑のそばにあるバズーカ・スタジオできかせてもらった話は、刑務所に入っているあいだに何度思い出したか解らない。

「天網恢々疎《てんもうかいかいそ》にして漏らさず。悪いことをしたら、ツケは回ってくる。必ずね」

当時のおれは、その話に耳をかたむけながら、まるで自分の心の中を見すかされているような、神妙な気分になってしまった。

十二月の後半にさしかかったころ、おれはMACCHOと二人で大阪にむかった。その日、TOMOはいなかった。

ステージでは、オジロザウルスの「YOUNG GUNZ (feat. M.O.S.A.D. & MAGUMA MC'S)」が披露される予定だったこともあって、楽屋はいつも以上に活気付いていた。

リハーサルの際、ステージの袖に名古屋と京都から来たそれぞれのクルーがいる中で、妄走族の般若が背の低い女のラッパーといっしょに、現場の隅の方にいることに気が付いた。いっしょにいたのは厚木のクラブでステージにあがっているのを見たことがある、はすっぱな女のラッパーだった。

おれは少し気になったから、タイムテーブルをしらべてみたものの、般若の名前はどこにも見あたらなかった。あのころの般若は売り出し中とはいえ、妄走族としての活動がメインでソロデビューもしていないし、M.O.S.A.D.のTOKONA-XやMAGUMA MC'SのRYUZOのように、メディアにとりあげられることも少なかった。

二〇〇一年ごろ、妄走族のメンバーは三軒茶屋の近くに道場をかまえていた。おれはそこで般若と何度か顔をあわせたことがあったから、どうしてライブに出演する予定もないのに大阪に来ているのか、直接本人にきいてみることにした。すると般若は、すれっからしな態度で、ブッキングはされていないけれども、ステージに立ちたいから大阪まで手弁当で来たという返事をした。

妄走族のメンバーが、名前を売るために予定も組まれていない他のアーティストのステージに勝手にあがる話はそれ以前にもきいたことがあったが、おれはその晩の般若の行動力に驚かされた。ステージに立てたとしても、せいぜい数分間だけしかマイクをにぎることが出来ないというのに、東京から大阪までのおよそ五百キロを、それだけのために移動してきたというのだから。新幹線なら往復で三万円以上必要となるし、ライブがはじまるのだって深夜の十二時過ぎからだから、宿泊費だってばかにならない。

差し出がましいとは思ったが、話をきいたおれは、さっそくリハーサル中のMACCHOにそのことを話した。出来れば時間を調整して、般若をステージにあげてやれないものかといった風に。するとMACCHOはきっぷの良い返事をしてきた。もちろんそんなことはおりこみ済みといった感じでうなずきながら。

ギャラの保証もないのに、ほんの一瞬のチャンスのためだけに東京から大阪まで足をはこんできたあのころの般若は、生やさしいことばでは表現が出来ないくらいに、ひりひりする野郎だった。手垢のついた表現を使うことが許されるのならば、あの男は運命に対して自分をさらけ出していたように思う。そして、当時は数歩先を歩いていたともいえるMACCHOをはじめ、M.O.S.A.D.やMAGUMA MC'Sの連中が般若のことをフックアップする想いは、男くさくて、近くでながめているだけでこみ上げてくるものがあった。

翌日の午前中、帰りの新幹線を待つ新大阪のホームで、予想もしなかった話を耳にすることとなった。その時おれは、ホテルをチェックアウトした後に吉本マザーホールの地下の事務所で受けとったギャラからレーベルのマージンをぬきとった残りの金をMACCHOに手渡すところだった。

封筒を手にすると、MACCHOはいつもどおり礼儀正しく深々と頭をさげた。そしてなんの前ぶれもなく「マネジメントも全部自分でやれたら、色々と引かれないで済むんですけどね」と言った。

それまでのおれは、MACCHOとブルヤスは、フューチャー・ショックに所属している他のどのアーティストよりも良好な関係が築けているものとばかり思っていただけに、この時の告白は意外に感じられた。印税やライブのギャラの分配に関して、アーティストがレコード会社やレーベルに対して不満を抱くという構図はヒップホップの世界にかぎらず、むかしからある話だ。MACCHOの話を耳にしたおれの脳裏には、2パックやドクター・ドレー、スヌープ・ドギー・ドッグなどが所属していたアメリカのデス・ロウ・レコードの代表をつとめていたシュグ・ナイトのふるまいが浮かんだ。

はたしてブルヤスも、フューチャー・ショックに所属するアーティストに対して、売り上げた数字をあいまいにしているのだろうか？ JASRACから自分の手元に振りこまれた印税を、アーティストに対して契約どおりに支払わなかったり、あるいは不透明な会計処理により経費を水増しして、過去に先行投資しただろ、なんていう相手が言い返せなくなるいい訳をしながら、不義理な搾取をしているのだろうかという疑いが頭をよぎった。

リリースから半年ほど経過した時点で、オジロザウルスのファーストアルバムは五万枚以上の売り上げがあった。しかしMACCHOの生活は、傍目から見てそんなに派手ではなかった。

高そうな衣服や貴金属を身にまとい、毎晩うまいものをのみ食いして、みんながうらやましがるようなリッチな家に住むという、典型的な成功者の暮らしっぷりとはいい難かった。アルバムに収録されている全ての楽曲において、作詞・歌唱印税が支払われる権利を持っているはずだから、少なく見積っても、一千万円くらいの印税を受けとっているはずなのに。

一方で、レーベルを持っているブルヤスの毎日はそれなりだった。オジロザウルス以外のアーティストが発表した作品の売り上げから分配される印税も手元に入っていただろうし、レーベルが運営するアパレルラインの利益もばかにならなかったと思う。そこには、昔かたぎで物づくりにはげむ職人と、アメリカでＭＢＡをかじりながら経営学を学んできたビジネスマンとの判然とした差が存在しているように思えた。

そんな風に想像を働かせると同時に、MACCHOは金がからんだ大事な話を、なんでこのタイミングでおれなんかに切り出したのだろうと疑問に思った。おれにつぶやくことによって自分の主張がブルヤスに伝わり、印税のやりとりに関する交渉の場をもうけられると期待しているのだろうかとか、あるいはことばどおり独立して、自分でマネジメントすることまで考えているのか、なんてことを思いながら、新横浜までの新幹線のシートに座ることになってしまった。

けれども当時のおれは、そのことを自分の胸のうちにとどめたまま、だれにも話さずにいることを選んだ。もしかしたらMACCHOは、おれがブルヤスにこのことを話さないと思って打ち明けてくれたのかもしれないと考えはじめたら、自然と口が重くなってしまった。

年の瀬も迫ったころ、ブルヤスは盟友のＲＩＮＯとジャマイカに行くことになった。

成田空港にむかう前に、おれとブルヤスは、ＲＩＮＯが引っ越しをして間もない六本木のアークヒルズで待ちあわせをして、イタリアンレストランのニコラで食事をすることになった。ニコラではＲＩＮＯの母親も同席して、その店が舞台となった『東京アンダーワールド』という本がマーティン・スコセッシ監督によって映画化されるかもしれないという話題が挙がった。

会計の際に店のレジの奥の棚に視線を送ると、『東京アンダーワールド』の表紙が目についた。本にはZEEBRAの祖父の横井英樹が安藤組の千葉一弘に襲撃された話もふくまれているときいた矢先だったので、おれは店員にたのんで、手にとった本のページをパラパラとめくってみた。

成田には早めに到着したので、ブルヤスは空港の中にあるコンビニのとなりの本屋に寄って、『金持ち父さん 貧乏父さん』というタイトルの本を購入した。本を読む習慣がなかったおれはブルヤスの向上心に感服しながら、店の入り口に置いてあったＣＤコンポから流れていたキック・ザ・カン・クルーの「クリスマス・イブＲａｐ」のボリュームを、店員に見つからないように勝手にさげた。

ニューヨークに到着したブルヤスはおれの携帯に国際電話をかけてきた。アウトレットでブランド品を買いまくったり、高級ホテルに宿泊していると楽しそうに話していた。数日間をマンハッタンで過ごしたブルヤスとＲＩＮＯの二人は、ジャマイカで５６５（ゴルゴ）と安走族のメンバー数人と合流することになっていた。

ヒップホップ界隈での５６５のふれこみは、地元の世田谷でも名前の売れた、一本独鈷《いっぽんどっこ》の博奕《ばくち》打ちというキャラで通っていた。三宿の金多楼の近所にあったグラフィティまみれの妄走族の道場で盆が敷かれた際には、おれのまわりの連中も何度か身ぐるみ剥がされたくらいに、きれいに人をあそばせる玄人だった。「あそび人は人気者じゃなきゃならない」なんていうことばを平気の平左で口にするくらいに昔かたぎなところがあったから、海外で羽目をはずして遊ぶにはちょうどいい相手だったかもしれない。

明け方になってブルヤスは、ホテルのスイートを借りて十名ほどの男所帯でキャンプをはって過ごしていると連絡を入れてきた。三日三晩あそびたおし、日本にもどらなければならない最終日になって、妄走族のメンバーのだれかが「スティング」というジャマイカ最大の音楽フェスがあることに気が付いたらしい。その時ブルヤスは、飛行機のチケットを放棄してジャマイカに残るかどうするかを悩んで電話をかけてきた。フューチャー・ショックの年内のスケジュールは問題がなかったから、おれは別に帰国がおくれてもかまわないと思った。

ところが、律儀にも予定どおり日本にもどろうとしたブルヤスの身に悲劇が起きてしまった。

## FUTURE SHOCK

部屋のインターフォンを鳴らしたものの、なんの応答もなかった。おれは首をかしげた。仕事でどこかに出かけているのだろうか？

世間の常識からすれば、四十過ぎの中年男が平日の真っ昼間から自宅にいる可能性は極めて低い。けれども、むかしから宵っ張りのブルヤスが外出するのは決まって夕方以降だったから、おれはてっきり昼のうちに自宅をたずねれば簡単に会えるものだとばかり思っていた。

部屋の番号を確認しつつインターフォンをくりかえし押すおれは、途中からなかばあきらめはじめていた。なんとか思い直したのは、どうせならこのまま引きかえすのではなくて、ポストの中にメモ書きを残してから帰ろうと思いついたからだった。

念のためもう一度だけインターフォンを鳴らすと、一旦その場をはなれて近くのコンビニにむかった。

コンビニに着くと数種類の商品の中から、一番シンプルなデザインのボールペンを選んだ。メモやペンの値段は、おれが逮捕される前とほとんど同じだった。それは十六年間娑婆をはなれていた人間にとって、少しばかりショックに感じられることだった。変わっているのは、見慣れないホログラム入りの紙幣が出まわっていることと、消費税が上乗せされたことくらいにしか思えなかった。

おれは商品の値段が記載されたレシートをながめているうちに、まるで自分が塀の中にいるあいだに外の世界の時間が止まっていたかのような錯覚におそわれ、やるせない気分になっていた。コンビニを後にしたおれは、少し前までブルヤスと再会出来ることに心おどらせていたというのに、うつむきかげんでマンションまで歩いていくこととなった。

再びマンションにもどると、最後に一度だけインターフォンを鳴らし、だれも出ないことを確認してから、走り書きしたメモをポストに入れてその場をはなれた。メモには刑務所を出所する際に作った新しいメールアドレスを書いておいた。

そのメールアドレスは、おれのことを塀の外まで見送りしてくれた馴染みの刑務官が、「今の時代はこっちの方が便利だもんで、何かの時のために、一応作っていきやぁ」と言いながら、好意で登録してくれたものだった。「こんなことしとったら、クビだで」と口にする年かさの刑務官の横顔を、おれは生涯忘れることがないだろう。その横顔には、何もかもが決められたルールによってがんじがらめにされている塀の内側の世界を、何十年にも渡ってつかさどってきた生身の人間のやさしさがにじみ出ていた。

翌日は午前中から携帯電話を手に入れて、思い当たることがらを片っぱしからしらべてみることにした。

家電量販店の窓口で契約をする際に、自動車の運転免許証の提示をもとめられたので、おれは刑務所の中で更新したゴールド免許証を黙って差し出した。記載されている住所は刑務所の所在地のままで、坊主頭で撮影された写真は、薄汚い刑務所の工場の階段で庶務課の刑務官がシャッターをきった不自然な免許証だった。だからおれは審査がとおるか解るまでの時間、どうなることかと内心ヒヤヒヤしていた。

手に入れたばかりの携帯電話の保護フィルムを剥がしたおれは、ためしに自分の名前を入力して検索してみた。刑務所の中にいる時に、新しく入ってきた入所者から、「今のご時世、犯罪者の名前なんて、検索すればすぐに解ってしまいますよ」という話をきかされていたからだ。

しかし予想に反して、おれの名前から情報らしい情報は一つも表示されなかった。犯罪履歴はおろか、事件についても何一つ検索結果が表示されることはなかった。

グーグルは逮捕される前にも使ったことがあったから、使い勝手に困ることはなかった。十六年くらい塀の中にいたところで、テクノロジーの進化におくれをとったりはしないものなのかと、何やら不思議な気分になった。世の中にはびこる派手に見えることがらなんていうのは、たいていは空疎なものに過ぎない。コンビニで売っているボールペンの値段や機能が変わらないのとおなじように、目に見えるものの本質は簡単には変化することがない。

おれは次に、フューチャー・ショックということばを検索してみることにした。刑務所の中で観たテレビのCMみたいに、マイクのマークをタップして音声入力してみた。

「オッケーグーグル、フューチャー・ショックをしらべて」

CMで見たとおりに、滑舌に気をつけながら発声してみると、近くにいた二人組の女子高校生が、おれの方を見ながらクスクスと笑う声が聞こえてきた。

刑務所ではインターネットを使うことは出来なかったものの、本を読む自由はあたえられていた。そんな状況の中、時給に換算して数十円に満たない刑務作業報奨金を使って年に一、二回ヒップホップの雑誌を購入することは、無聊《ぶりょう》のなぐさみの一つだった。

出獄する数年前に手に入れた雑誌で、ZEEBRAが新しいレーベルをたちあげた記事を目にしていたから、その後のフューチャー・ショックのいきさつについては、ある程度の予測はたてていた。フューチャー・ショックという固有名詞が、長いあいだヒップホップの雑誌に出ていないことにも気が付いていた。

それでもおれは、自分が刑務所に入っているあいだにフューチャー・ショックがどうなったのかを、この目で確かめたいと思った。巷間でCDが売れないとさわがれはじめてからストリーミング配信が主流となるまでのあいだに、何が起こったのか。

ZEEBRAやオジロザウルスの活動は、雑誌をとおして字面で追うことが出来た。しかしながらブルックリン・ヤスやフューチャー・ショックにいたA&Rの仲間など、普段はメディアに露出する機会が少ない裏方の連中が何をしているのかは、塀の中にいるかぎり解らなかった。だからおれは出所してすぐに、その長年の疑問の答えを知りたくて動きはじめた。

検索をはじめると、拍子ぬけするほどすぐにその答えに辿り着くことが出来た。

「フューチャー・ショック・レーベル、自然消滅」

二〇〇八年に出版されたZEEBRAの自伝『HIP HOP LOVE』に関するウェブサイトに、それは記されていた。

「オジロザウルスをはじめとするアーティスト側とレコード会社とのあいだで確執が生じてしまった」

「もともと、オジロザウルスに声をかけたのはオレだったし、彼らがやめるなら、オレもやめるのが筋だなと判断した」

あらかじめ想像はしていたものの、おれは少なからぬ痛みを感じた。

FUTURE SHOCK.

未来の衝撃。

それは時間の流れに感情がおしつぶされるような、精神的な圧迫をともなう衝撃だった。

## Morality

さんざん使い古された言い回しだが、ときどき考えることがある。自分は生かされているのだと。

もしも検察側の求刑どおり無期懲役の判決を言い渡されていたとしたら、おれは一生塀の中だったかもしれない。それは死んだも同然のことがらに思える。

しかし検察側が求刑した無期懲役こそまぬがれたものの、十五年という実刑判決は想像が出来ない長さだった。十五年後の自分がどうなっているのか、生きているのか、死んでいるのかすら解らない。それは一筋の光も入りこまない、本物の暗闇だった。そんな中にいると、足がすくんでしまい、一歩も前に進めなかった。

どんなに目をこらしても、自分の手の平さえ見えない。そのくらいの暗黒の世界を目にしたのは、はじめてのことだった。そんなところで出来ることといったら、その場にしゃがみこむことくらいしか思いつかなかった。他には何も思いつかない。絶望することすら出来ない。

刑が確定して、岐阜にある〝LB級〟の刑務所に堕とされた時、まわりにいた受刑者はみんな口をそろえて言った。無期にならなくてよかったなあ、って。検察側の求刑が無期懲役で、尚且つ否認したのにもかかわらず有期刑になるなんて話はきいたことないといっておどろいていた。

LB刑務所のLは執行刑期が八年以上のロング、Bは再犯という意味で、要するに救いようのない連中のはきだめということだ。おれが行った当時で、八百人くらいの収容者のうち、無期囚は二百人くらいだった。

その時にはじめて知ったのが、LB級の刑務所にいる無期の受刑者は、何か余程の条件がそろわないかぎり、仮釈放を受けられないという現実だった。

有期刑の人間は、中で何をやっていても時間が経てばやがて娑婆に出られる。どんな悪事も、時間を代償にすれば赦される。けれども無期の連中は、仮釈放を貰う以外に出獄する手だてはない。世の中は、決して甘くない。

無期の連中は、ガラス玉のような目をしていた。三十年とか四十年クラスになると、若い新入りの刑務官が生まれる前から塀の中にいる訳だから、それもしかたがないかもしれない。工場で一番の古株だった昭和二年生まれのじいさんは、学徒動員で太平洋戦争にかり出されたなんて話もしていた。三十年とか四十年も塀の中にいる人生なんて、娑婆で普通に暮らしていたら絶対に想像がつかない。

ようやく出られるのは棺桶に入れられてからかもしれない。おれは死刑になった人間と会って話したことはないが、死刑と無期のどちらがきついかときかれても、即答は出来ない。それなりのことをした報いといえばそれまでだが、人が人を裁くとは、一体なんなのだろうかと考えさせられる。

釈放される望みが完全なるゼロではない以上、無期囚は生きることに背をむけられない。彼らにとって、時間とは敵なのか、味方なのか。早く過ぎ去って貰いたいものなのか、それともゆっくりと流れてくれなければ困るものなのか。あるいは時間の存在こそが、自分そのものなのか。答えは本人にしか解らない。

人間というのは浅ましい。おれはそういう、「自分よりも不幸」な人達を横目に、かろうじて自分をたもっていた訳だから。

塀の中にいてもいい報せなんて一つもなかった。父親がくたばったとか、女とガキがどうなったとか、耳をふさぎたくなるようなことばっかり起こっていた。もう何をよりどころに生きていけばいいのか、解らなくなっていた。

だけどそんな状況の中でも、おれの頭の片隅にはいつもブルヤスのことばがこびりついてはなれなかった。二十七歳でパクられたおれの頭の中は、二十七歳の時のままだった。

ブルヤス本人はもうとっくのむかしに忘れちまったに違いないだろうが、あのころ、おれはブルヤスに、映画を作りたいという話をしたことがあった。いつどこでそんな話になったのかは忘れたし、どっちから言いだしたのかもさだかじゃない。だけどその時ブルヤスはおれに「書きなよ」と言ってくれた。

当時のおれは、フューチャー・ショックにいるのに、自分は一体、何をやってるんだろうといつも思っていた。ラップができる訳でもなければ、レコードを回したり、おどったり、絵を描いたりしている訳でもなかった。吸って、食って、寝ていただけだった。だからブルヤスから映画になる話を書きなって言われた時は、書こうと思った。まわりにいるアーティスト達のように、おれも何か作りたいという思いが、熱を帯びて湧きあがってきた。だけどおれには、すぐに書くことが出来なかった。

今になって思えば、紙とペンがあれば、どこにいたって文章を書くことが出来る。書くなんてことは、原始的で簡単なことなのに、あのころのおれにはそれすらも出来なかった。

脳みそはたしかに溶けかかっていた。人の心を打つようなことばも持ちあわせていなかった。けれども何より自分にいい訳をしていたんだと思う。やらなくてもいい、書かなくてもいいといういい訳を。

そんなものは、都合の良い自己肯定に過ぎない。十年間は何も出来なかった。頭の中がスミソニアン博物館みたいに、未整理のまま散らかった状態だった。荒縄が落ちているのを見て、ヘビがいるものだと勘違いしてしまうくらいに、全てのことにおびえていた。

けれどもおれは、あるものがたりに出会って「書かなければ」と心の底から思うようになった。過去も未来も何もかもむしりとられて、ようやくおれは気付くことが出来た。

昔、祇園精舎のあるインドのコーサラ国に、一人の青年がいた。彼は五百人の弟子を持つバラモンの師のもとで修行をしていた。

ある日のこと、師の若い妻は夫の弟子の青年を誘惑しようとした。しかし彼は師匠の妻とそのような関係に堕ちるのはいけないことと思い、女の誘惑を退けた。

己の欲望が叶えられなかった若い妻は逆上した。女は着ていた衣服を自分で破り、夫が帰ると、青年に陵辱されたという創り話を並べたてた。

妻の訴えを真に受けた師は平常心を喪い、恐ろしい復讐を計画することとなった。

青年を呼び出した師は、妻からきいた話をおくびにも出さずに言った。

「おぬしの修行はいよいよ最終段階に到達した。あとは最後の関門をくぐりぬけるだけじゃ。明日から毎朝まちに出て、百人の人間を殺してこい。そして殺した人間から指を切りとって、その指を繋げて首飾りを作るのだ。百人の死体の指で作られた首飾りが完成した時、おぬしの修行は終了する」

師のことばを耳にした青年はおどろき、そして葛藤した。人を殺すことが修行とはなんということだろう。そんなに恐ろしいことが修行であるはずがない。しかし目の前にいる師匠に冗談を言っているような節は見られなかった。だから青年は師のことばどおり、修行という名の殺人をくりかえす道を選ぶこととなった。青年は自分の師匠を心の底から信頼していたからだ。

まちの人々は死体から指を切りとる残忍な連続無差別殺人犯のことを、〝アングリマーラ〟と呼んで恐れるようになった。アングリは指、マーラは首飾りを意味することばだった。

その日もアングリマーラは殺人を犯すために、早朝からまちに出ていた。師に命令されて作りはじめた首飾りは、残り一本の指で完成するところだった。

百人目の犠牲者を見つけた彼は、師から渡された刀を振りかざしながら、歩いてくる相手にむかって言った。

「おい、動くな」

しかし相手は立ち止まることなく、アングリマーラに近づきながら答えた。

「私は動いてなどいない。動きを止めなければならないのはお前の方だ」

そうやって男は動いていないと言いながら、アングリマーラにむかってどんどん近づいてきた。

男のことばの真意を測りかねたアングリマーラはきき返した。

「どうしてあなたは自分が歩き続けているのにもかかわらず動いていないなどと言い、逆に道端で動かずに立ち止まったまま待っている私に対して、動きを止めろなどというのです?」

すると男は答えた。

「私は一切の生きとし生けるものにむける敵対心を完全に棄て去っているから、動いていないことになる。対してお前は必要のない殺意に突き動かされ続けているから、立ち止まらなければならないのだ」

男の言葉を耳にした途端、アングリマーラには悟るところがあり、刀を投げ捨てて地面にひれ伏した。アングリマーラが対峙した百人目の男は、仏陀だった。

アングリマーラは仏陀に弟子として迎え入れられ、修行をすることとなった。今度の修行は毎日まちまで刀を持って人殺しをしに行くのではなく、托鉢をすることだった。

托鉢とは、仏門をたたいた僧が修行のために、鉢を持って人々の家の前に立って食べ物や金銭の施しを受ける行為である。しかしまちには愛する家族の命をアングリマーラに奪われた人々も多くいたことから、彼は托鉢に行く度にまちの人々から石を投げられたり棒で殴られるなどして迫害された。

仏陀はまちから帰る度に血まみれになっている彼を目にすると、

「これは過去の自分のおこないの報いだから、耐えなさい」と言い続けた。

やがてアングリマーラは夜空にうかぶ月のように、人々の足元を照らす存在となった──。

おれは深い闇の中でこのものがたりと出会い、ようやく救われた気がした。表現者には、プロもアマもない。必要なのは、ペンと衿持だけだ。

## Shock to the future

ZEEBRAが自分の本の中でフューチャー・ショックが自然消滅した話をとりあげているのだから、それはまちがいのないことなのだろう。あの時おれが、新大阪のホームでMACCHOからきかされた話の延長線上に一連の騒動があったのだとすれば、すぐにでもブルヤスにそのことを伝えるべきだったのかもしれない。

おれはなんともやるせない気持ちになった。早めに手を打っておけば違った結果を生みだしたのかもしれないという、後悔の念がふつふつと湧いてきた。

おれはフューチャー・ショックについて、もっとくわしいことをしらべられないものかと思い、さらに検索を続けてみた。すると今度は、ブルヤスのブログらしきサイトに辿り着くことが出来た。


僕の通うオフィスはマンハッタンのど真ん中。グランド・セントラルという、日本でいうところの東京駅というか上野駅とでもいいますか。歴史のあるマンハッタンのなかでももっとも大きな駅の25階になります。

さんざん日本で自由気ままにやってきた自分が、ネクタイを締めてヤッピーどもにまぎれて通勤するということが新鮮すぎてはまっています。

僕の仕事の内容については、長くなってしまうのでこれからブログでブレイクダウンしていきたいと思います。なので今日のところはこのままいきます。

まずアシスタントを務めてくれている鈴木君、イン・ダ・ハウス！　日本の大学を卒業したのち、こちらの大学院でメディアを専攻した彼は、アメリカに残ってばりばり仕事をこなす、食欲と○○欲がやたらと強い頼もしい仲間です。

続いて、ジャーメイン！　彼はアメリカの黒人大学ハワード（ディディもこの学校！）卒で、いろんな映画に脇役で出演する役者志望の黒人青年（『アメリカン・ギャングスター』では大勢いるドラッグ・ディーラーのなかのひとりとして登場！）。

そして会社の相談役、MR.アベ！　っていうか、この人がとにかくヤバいのです。さまざまな輝かしい経歴をお持ちの方なのですが、何がヤバいって70歳をすぎてなお現役ばりばりのビジネスマン！　白人のお偉いさんのいじり方や、政府筋の人との接し方を教えてくれたり、僕にとってはまさしく生き字引のような存在なのです。

もちろん数々の伝説があるのですが、その一部をざっくりと説明すると、40年以上前からハーレムに居住して、黒人コミュニティの意識や文化の向上に尽力なさってきた方で、市長から黒人人権活動家まで、ネットワークが半端じゃありません。

広告ビジネスの世界において、すべてのモデルが白人だった70年代に、黒人やアジア人のモデルを起用してマイノリティに向けたマーケティングを行なった人でもあります。のちに天皇陛下がハーレムに行幸啓あそばされる際の準備をしたり、日本の駅前に放置された5万台の自転車を南アフリカに寄付したと思ったら、キング牧師の団体と国連でぶちかましたりと、要するに僕の尊敬する師匠であります。

さくっと説明させてもらいましたが、現在の僕はこんな愉快な仲間たちとニューヨークでがんばっております!

ただいまブログへの写真アップなど学習中です。もろもろピッチを上げていくので、温かい目で見ていただけたら幸いです。

日づけを見ると、二〇〇九年になっていた。ブルヤスはもうかれこれ十年も前に日本をはなれてアメリカに行ってしまったのかと、おれは胸が切りきざまれるような思いにかられた。ZEEBRAの説明によれば、二〇〇五年くらいにはフューチャー・ショックは自然消滅していたそうだから、ブログはその数年後に書かれたことになる。おれは落胆しながら、尚もブログをさかのぼって目を通すことにした。

初めまして&ご無沙汰しております。

自分はヤス、ブルックリン・ヤスまたはブルヤスと呼ばれております。

簡単に自己紹介させていただくと、高校、大学とアメリカの学校に進学し、時代が90年代初頭、そして場所はアメリカ東海岸ということもあり、がっつりとニューヨークでヒップホップにはまり倒したひとりであります（この辺の話は長くなるので、そのうちにあらためて）。

ヒップホップとひとことでいっても、ダンス、ラップ、DJ、グラフィティとさまざまな要素がありますが、自分はその環境というか、黒人文化全体に狂わされたというか、ともあれ日本でも米国でもヒップホップに携わる生涯を送りたいと思っているわけです。

のちに日本で雷というグループの「証言」の音源を聴き、さらに人生が急展開するのですが、さまざまな巡り合わせを経て、ZEEBRA & UBG、ソウル・スクリーム、オジロザウルスといった、純粋なジャパニーズ・ヒップホップ・アーティストが所属していたレーベル、FUTURE SHOCKを1997年にメジャー配給のもと立ち上げさせていただきました。

おかげさまで日本全国さまざまな場所でのツアーをはじめ、韓国、ベトナム、タイなどのアジア諸国、渋谷のクラブからMTVアワードの会場までいろいろなところでパーティー、ヒップホップを体現させてもらってきました。

本当に語りだしたらきりがない、宝物庫のような半生でした。すべての出会いと経験が自分の財産であります。

そして2001年。世界を震撼させたあの事件をニュースで見ていた時には、自分の人生を変えることになるとは夢にも思いませんでしたが、僕はこの年の暮れにマイアミの空港でちょっとした誤解からテロリスト容疑をかけられ、FBIに身柄を拘束されてしまいました。またその既成事実をAP、ロイター、共同通信が世界中に配信し、ニューヨーク・タイムズからロサンゼルス・タイムズ、日本経済新聞から東スポ、さらにはテレビ朝日の『ニュースステーション』からCBSやNBC、FOXなどアメリカの主要ネットワークにも顔写真付きで登場してしまいまして。その結果、僕はアメリカに入れなくなりました。

さて、ではそのような状況からどのようにして再びアメリカに入国したのかと申しますと、そこには大変なドラマがございました。

日米のさまざまな弁護士に相談しても、難しいだの無理だのと言われ続け、あっという間に5年が過ぎ去りました。しかし、その当時親しくさせていただいた友人の紹介により、政治家の秘書の方と知り合うことができたのです。

その方の懇意にされている先生の主催する、日本とベトナムの交流イベントをベトナムで開催する際、スタッフとして参加しないかとお誘いいただきました。もちろん自分の答えは「YES」というふたつ返事しかありませんでした。

ベトナムの地で行われたイベントは大盛況のうちに終了し、終いにはベトナム政府から感謝状をいただいたうえに、貢献した功績を讃え、困ったことがあったらなんでも言いたまえとまで言っていただきました。そこで僕は答えました。アメリカに行きたいです、と。どれだけ働きかけても入国できなかったのに、願いが叶うのは一瞬でした。

7年間を留学生として過ごし、その後数年を挟んだ後に7年間アメリカに入れずにいた自分が、オバマ大統領候補が破竹の快進撃を見せながらアメリカ大統領選に挑むなか、満を持してニューヨークに来てみると新たな世界が待ち受けていました。

日本企業の会長の方とリンクし、ハーレム商工会議所、キング牧師財団の方々にご紹介いただき、またしても自分の人生は急展開を迎えたのです。ビザ、オフィス、住む部屋まで用意していただき、自分を育ててくれたヒップホップ・カルチャーや黒人文化を通してコンテンツビジネス、社会貢献をやってみないかとお声をかけていただきました。そして今ニューヨークにいる次第です。

僕はアーティストではありません。自分の作品は残りません。でも自分の人生が作品だと思っております。

長くなりましたが、これから起こりうることをご報告するうえでのガイドラインとさせていただきたく、書きました。これから起こりうること、そしてそれらをドキュメンタリー感覚で追っていくことを考えるだけで、感に堪えないものを感じます。

ブルヤスがモニターにむかいながら、したり顔でキーボードをたたいていたであろうことが想像出来るブログを読み終えると、おれはなんとなく寂しい気分になっていた。

今のブルヤスからしてみれば、刑務所あがりの人間から連絡を貰うなんてことは、迷惑以外のなにものでもないだろう。むかしの仲間が自分の手の届かない所に行ってしまうのは、置き去りにされた気分にさせられる。

ブログは二〇〇九年に数回更新されているだけだった。ブルヤスが十年以上も前からアメリカに住んでいることを思ったら、おれはそれから後のことを掘りさげる気持ちにはなれなかった。

## Mortality

「もしもし」

おれの声はふるえていた。自分でもはっきりとそのことが解るくらいに。

娑婆に出てからはじめてかける電話だった。おれはメモ用紙に書かれた番号を入力した後、画面に表示されているアイコンをタップするのをためらわなければならなかった。深いため息を交えながら、何度も何度も。

「もしもし」

女の声を電話越しにきくのは何年ぶりのことだろう。最後に会ってからどれだけの歳月が過ぎ去ったのか。

おれはしばらくのあいだ、ことばを発することが出来なかった。深く息を吸ってはため息をつくことだけをくりかえしていた。

それは女もおなじことだった。最初の一言を発した後、むこうも静まりかえったままだった。

おれは重くるしい空気に耐えられそうもなかった。吐き気をもよおすくらいに冷えきった時間だった。

「あの子が会いたがってるの」

先に沈黙をやぶったのは女の方だった。

むかしからそうだった。二人のあいだに横たわっている問題を打開しようと試みるのは、女の方だった。

「そうか」

それがおれに発することが出来た、精一杯のセリフだった。

「私には会いたくないだろうけど、あの子には会ってあげて」

女がドライな声を発したので、おれは少しばかり話しやすくなった。

「どうしてここにいることが解ったんだ？」

我ながらろくでもないことしか口に出来ないものだと、話の途中で嫌になった。

「附票を取ったの、区役所に行ってね。前妻なんだけどって言ったら、そこの住所をすぐに教えてくれた。個人情報なんて簡単に漏洩されちゃうものなのね。今日の午後、住民票を移したでしょ。本籍地を知ってたから手続きはすぐに終わった。それで検索したのよ。検索はわかるでしょ。逮捕される前にもあったものね。出てきた住所を見て、おおよその経緯が想像できたわ。更生保護施設って、刑務所から出所した後に、身寄りがなかったり、住む場所がない人が生活するところでしょ。あなたらしいわね。私には絶対に会いたくないっていう腹積もり？　区役所の職員もそうだったけれど、そこの施設の人も随分と脇が甘いのね。私が別れた女房で、子どもが会いたがってるっていう説明をしたら、いろいろと教えてくれたわ。あなたが娑婆に出た日に献血に行ったことから、今日、駅前の家電量販店に携帯電話を買いに行ったことまで」

附票か。そこでようやくおれは納得することが出来た。闇金で債務者を追いかける時に、最初に試すやりくちだ。

女の話していたとおり、おれは駅前のビックカメラで携帯電話を手に入れてフューチャー・ショックのことをしらべた後、昼過ぎに役所で住民票を移した。そしてしばらくまちを歩いてから、夜になって施設に帰った際に、担当の職員から女の連絡先を渡された。

「解ったよ、あいつにはおれから連絡する」

おれの声は少しかすれていて、ききとりにくかったのかもしれない。女はしばらくのあいだ何も言わなかった。

「ありがとう。喜ぶと思う」

そこでようやく気が付いた。電話越しに女は泣いていた。

「私には会いたくないでしょ？」

おれはことばを発することが出来なかった。胸がしめつけられて、息ぐるしかった。

「昔からずっと待たされてばかりね」

とめどなく溢れ出てくる涙で、おれの視界はみるみるうちに霞んでいった。

息子の携帯電話の番号を書き殴ったメモを見つめながら、ただひたすら心を波立たせないことだけに腐心していた。それはためらいとは違う種類の時間の使いかただった。

電話をかけなければならないことは十分に理解していた。だが埋めあわせることの出来ない空白の月日を前に、気持ちを落ち着かせるための時間が必要だった。

「もしもし」

おれは自分の声がうわずらないように注意して発声したつもりだった。

「はい」

電話のむこう側の息子の声色には、かすかに警戒の色がふくまれているように感じられた。はたして彼は、おれから電話がかかってくることを母親から知らされていたのだろうか。あるいは見知らぬ番号から電話がかかってきたから、自然とそのような応対となったのだろうか。

「もしもし」

おれは同じことばをくりかえすことしか出来なかった。

「誰？」

想像していたよりも息子の声の調子は高かった。それが彼の印象を幼くさせていた。

「おれだよ、解らないのかよ」

おれの口調は普段とくらべて、若干くぐもっていたかもしれない。ひるがえせば、それだけ冷静さを欠いていたともいえる。

「えっ、誰？　誰ですか？」

おれのガキは、父親との会話に敬語を交えてきた。

とっさにおれは、あと数ヶ月で十九歳になろうとしている息子の交友関係を思いうかべることとなった。彼のつきあう相手の中には、敬語を使わなければならない目上の人間もいるということだ。

どのようなことばをつむいでいくべきなのか全く解らなかった。頭の中は真っ白に近かった。おれはお前の父親だ、とか、そんなことばはすぐには出てこなかった。

電話をかける前に、何を話すかなんてことは一つも考えなかった。そこまでの見通しは立てていなかった。声がききたかった、というのでもない。繋がりたい、という本能がそうさせただけだ。家族との会話というのは、どんなことを話せばいいのか、おれには解らなかった。

最後に息子に会ったのは、十六年近く前のことだった。むろん彼には父親の記憶などないはずだった。物心がついたころには、おれはすでに塀の中にいたのだから。

「解んないのかよ」

問いつめても、気付いて貰えなかった。おれの声をききながら、息子は電話をかけてきた相手がだれなのか、必死に思い出そうとしているに違いない。

忘れちゃったのか？　どうしておれがお前の父親だってことが解らないんだよ。むかしは毎日話しかけてただろ。なんでだよ。ちくしょう、なんで解らないんだよ。そうやっておれは心の中で叫び続けた。

「え、だから誰?」

おれが逮捕されたことによって全ては崩壊していた。壊れた女は精神病院の入退院をくりかえし、息子は児童相談所にあずけられたまま長い歳月が流れていた。

「生物学的にいうところの、父親ってやつだよ」

それを言葉にするだけで精一杯だった。息がつまって、他には何も言えなかった。

「生物学的? どういうこと? 嘘でしょ」

「嘘じゃないよ。おれは、お前の父親だ」

息子のことは、刑務所にいるあいだも女が手紙を書いて知らせてくれていた。時おり同封してある写真をながめて、おれの心は何度もおしつぶされそうになった。

女はまだ息子が幼かったころ、父親は仕事で外国に行っていると言い続けていたらしいが、小学校の五年生になった時に、本当のことを伝えたらしい。手紙でそのことを知らされた時、おれは息子の気持ちを想像してみた。もしも自分が小学生のころに、それまで仕事で外国に行っているものとばかり思っていた父親が、実は刑務所にいるなんてことをきかされたら、どんな風に感じただろうかと。

同時におれは、そのことを息子に伝えようと決意した女の心の中も想像してみた。でも、いくら考えたところで、二人の気持ちを想像することは出来なかった。家族といえども、おれには二人の心の中をのぞきこむことが出来なかった。だれもおれの心の中をのぞけないように、おれにはだれの心ものぞきこむことが出来なかった。

待ちあわせの場所にむかう電車の中で、登録したばかりのSNSで女と連絡をとった。息子がどんなことに興味を持っているのか、好きな食べ物は何かといった、娑婆でいっしょに暮らしている普通の親子ならば知っていて当たり前のことを一から教えて貰う必要があるような気がしたからだ。

待ちあわせをしたのは、息子が十年以上前から暮らしている都下のまちだった。そこは刑務所を出たおれが収容されている川崎の更生保護施設から、バスと電車を使って一時間半ほどかかる場所だった。

おれは五時の起床時間に起きて施設の食堂で朝食をとると、部屋の掃除と洗濯を済ませた。産業道路を渡った所にある公園を散歩してから、約束の時間におくれないように出発した。

前日の夜、おれは息子と二人で会うことを約束した。はじめおれは、パンダを見るために上野動物園に行くことを提案したが、もう子供じゃないからパンダには興味がないと言って断られてしまった。彼の中では、自分は既に大人になっているという意識があるのかもしれないが、おれからしてみれば息子はいつまで経っても、ほっぺたのやわらかいガキのままだった。

息子が小さかったころに、一度だけいっしょに動物園に行ったことがあった。おれは刑務所の中で、その時の夢を何度も見た。夢の中の息子は何年経っても小さな体のままだった。おれはかけよってくる息子を抱きしめようと毎回手をのばした。けれども彼の体にはふれることが出来なかった。

約束の時間まで三十分をきったというのに、息子とは全く連絡がつかなかった。女にそのことを伝えると、寝ているんでしょ、というあっけない返事がきただけだった。困った奴だなと、おれはあきれかえってしまった。

「じゃあ、あの子が起きるまでのあいだ、私が相手をしてあげようか?」

女はそのような文面を送ってきた。おれはその字面をながめながら、しばらくのあいだ考えこむこととなってしまった。刑務所を出所する前のおれは、ガキにも女にも二度と会わずに暮らしていくつもりだったからだ。

彼女が新しい男と暮らしはじめたという報せは、刑期が満了する一年前に届いた。黄緑色の囚人服の袖を濡らしながら手紙を読み終えたおれは、全てのことを受け入れるつもりで、検閲の印の入った便せんを封筒にもどした。

「ピアスは中三の時に私が開けてあげたの」

女がそんな説明をすると、息子は煙草をくわえたまま左手で耳たぶのあたりを照れくさそうにさわりはじめた。

「ほかの誰かがこの子の身体に傷を付けるなんて耐えられなかったからね。だけど、こいつも自分から開けたいって言ったくせに、いざ開けるって段階になったらビビりまくっててマジでうけた」

不思議な気分だった。まるで現実ではない、別の世界にいるみたいに、ふわふわした気分だった。おれが逮捕された時、二歳の息子はまだオムツをしていた。それがいきなり、親の前で煙草を吸うくらいの年齢になっていた。

「とりあえず、出ようか」

駅の構内にあるベックスコーヒーは、空席が見あたらないほどに混みあっていたので、場所を変えることにした。予定ではおれと息子の二人で会うつもりだったのに、女も加わって三人で会うことになった。

「お前、はいはいできるようになったころ、夜中に目を覚まして、部屋の中を徘徊してたことを覚えてるか？　なんかガサゴソ変な音がすると思って起きてみたら、チョコフレークを見つけだしたお前が、口のまわりをベタベタによごしながら一人でムシャムシャほおばってたんだぜ」

「え、まったく記憶にない」

長い時間会っていなかったこともあって、息子と上手く会話が出来るのか不安だったものの、実際に会ってみると、特に距離感が掴みにくいという訳でもなく、普通に話せた。

けれども、じっと視線をむけられると、なんだか少し照れくさいような気がして、思わず目をそらしたくなった。

「チョコフレークなんて最近は全然食ってないや」

息子はおれの心の中をのぞきこむように話した。

「毎晩寝る前に、きかんしゃトーマスの絵本を読んでたのは覚えてるか？」

「わかんないや。チャギントンの絵本なら、あったのを覚えてるけど」

「チャギントン？　トーマスのかたきか？」

「ちがうよ。まったくの別物。ウルトラマンと仮面ライダーみたいな関係」

女のむこう側を歩く息子は、あきれ顔で答えた。

「じゃあ、オジロザウルスのライブに行ったのは覚えてるか？」

「覚えてないけど、その時の写真はアルバムを開いて何回も見たことがあるよ。あと、ZEEBRAに抱きかかえられて、どこかのクラブのステージに上がってる写真もね」

話をききながら、おれは胸が痛くなった。

「来週から始める仕事って、どんな感じのやつなの？」

今度は息子がおれに質問をしてきた。定時制の高校に通っている息子は、昼間は福祉関係の会社で働いているという話だった。

「ある意味では、ドブさらいみたいな仕事だよ。本当はだれもそんなことはやりたくないんだけれど、それでいて、必ずだれかがやらなければならない仕事。刑務所から出てきた犯罪者がやるにはもってこいだろ」

「何それ、もしかして、世のため人のためとか言うつもり？」

どこかの店に三人で入って、テーブルを囲みながら話をするという選択肢もあったが、おれ達は歩いて一駅ほどの所にあるイケアにむかうことにした。提案したのは息子だった。それはなかなかのアイデアだった。座って話すのでもなく、駅中のルミネで洋服を見ながらというのとも違った、最高の折衷案に思えた。地元のキッズは、目の前にあるスケートパークで滑った後、仲間といっしょに五十円のホットドッグを食べながらチルするのにイケアを利用しているという話だった。

「うわー、このソファ、ダメ人間になっちゃう」

ディスプレイされている三人がけのソファーに腰かけた女がそんなことを口にすると、息子は母親のことばを確かめるように並んで座ってみせた。

「ホントだ。寝ちゃいそう」

イケアの店内には、販売されている家具が実際の家のリビングのようにディスプレイされていた。ソファとテーブルがあって、テレビやカーテンまで、暖かい普通の家庭のようにそろっていた。

「みんな息がつまらないのかな。家族ってのはこんなにせまくるしいリビングで、四六時中顔をあわせてなきゃならない訳だろ」

おれはそう言って息子のとなりに腰かけ、天井からぶらさがっている照明をぼんやりとながめた。

「わかんないな、実際にそうなってみないと」

両親のあいだにはさまれるようにして座る息子がつぶやくと、おれは何もことばを発することが出来なくなってしまった。

「まだこの子が保育園に通っていた頃にね――」

息子のむこうで天井を見あげていた女が口を開いた。

「共働きの家庭なんだと思うんだけど、夕方になると、父親が保育園に迎えに来る友だちがいたの。この子は、その友だちが迎えに来た父親に向かって駆け寄っていく様子を、ものすごく羨ましそうな顔で眺めていたのよ。わかる？　母親っていうのは子どもに駆け寄られても抱きしめるくらいしかしてあげられないけど、父親ならば抱きあげたり、肩車をしたり、男親にしかできない特別なことがたくさんあるのよ」

おれはソファに体をあずけながら、まぶたを閉じた。

するとまだ幼かったころの息子の姿がありありとうかんできた。

「ごめんな」

おれがかすれた声でそんなセリフを放つと、息子は、うん、と一言だけ返事をした。

イケアの一階でホットドッグを食べていると、オジロを観に行こうと女が言いだした。SNSでライブの告知があったらしい。

SNSっていうのはリアルタイムで情報が伝わってくるものなのだなとおれがつぶやくと、息子にあわれむような顔をされてしまった。

「ダイレクトメッセージを使えば、直接アーティストに連絡を取ることだってできるよ」

「えっ？　相手の電話番号を知らなくても、連絡がとれるのか？」

「当たり前じゃん」

自分では時代の流れにとり残されていないつもりでいても、はたから見たら浦島太郎みたいなものなのだろう。まだろくにことばを発することも出来なかった息子が、娑婆に出てきたら自分よりも体が大きくなっているくらいに時間が流れてしまった訳なのだから。

おれ達は電車に乗って自由が丘に向かうことにした。自由が丘はおれと女がいっしょに暮らした最初のまちだった。

目黒通り沿いにあった古びたマンションの北側の部屋は二重サッシだったせいか、冬場になると結露がひどかった。今はユニクロになってしまった環状八号線沿いの電気屋で家電をそろえて、家具は青山のベルコモンズの地下で手に入れた。

買いものは近くの紀ノ国屋かシェルガーデンで済ませていたが、物価がべらぼうに高くてあまりいい思い出がない。普通のスーパーなら、レジ袋一つ分の買いものならば、せいぜい三千円くらいで済みそうなところが、自由が丘やとなりの駅の田園調布界隈だと、平気で一万円を越えていた。リンゴ一個五百円、塩鮭ひときれ七百円なんて話は、刑務所で話したところで与太話にすらならなくて、みんなから嘘をつくなと、つっこみを入れられる始末だった。

女神まつりの影響で、自由が丘のまちは見たこともないくらいに混みあっていた。多摩川の花火大会の時でさえ、これほどごったがえしたことはなかったはずだ。

ライブ会場となっている三井住友銀行の駐車場まで行ってタイムテーブルを確認すると、少し時間があったので三人で近くをふらっと歩いてみることにした。ABCマートや白山眼鏡店はむかしの記憶のまま残されていたものの、丸井は跡形もなくなっていた。

自由が丘というまちは、実際に住んでみると中途半端な所だということに気付かされる。一通りの買いものを済ませられるくらいにたくさんの店が立ち並んでいるのに、いざ欲しいものを探そうと思ってまちを歩いたところで、気に入ったものなど見つけられず、結局都心の方まで足をはこばなければならなくなってしまう。

会場にもどると、ステージがはじまる十分前の時点で、道路まで人が溢れるくらいに混みあっていた。タダで生のオジロが観られるのだから、ヒップホップヘッズがだまっているはずもないなと思った。若い女が友達同士で観に来ている姿も散見されたが、城南エリアという土地がらもあって、親子で会場に足をはこんでいるBボーイも少なくなかった。

十六年ぶりに観たMACCHOのステージは、とぎすまされていた。超高速で完璧に韻を踏み続けながら旋律的にラップする姿は、神がかっていた。

となりでステージを見あげている二人に、何か気のきいたことばでも伝えられればと思って考えてみたものの、オジロザウルスの秀逸なライブを形容できることばは、すぐに見つけることが出来なかった。

そのうちにおれは、体をゆらしながら音楽に聴き入っている二人に話しかける必要など一つもないことに気が付いた。現場でしか味わえないグルーヴを堪能して、ことばというものは、意外にも薄っぺらな表現手段に過ぎないものだと気付かされた。

ステージを見あげるおれは、今さらながらに思った。ラップっていうのは、ただことばを並べただけではなくて、言語以上の気持ちを相手に以心伝心させられる特別な手段、ヴァイブスなのだという風に。

会場にいる観客は、ことごとくステージの上のMACCHOと一体になっていた。それは、MACCHOが放つ波動に、個々の観客が振動して同期現象を起こす物理実験の場のようだった。

ただひたすらラップすることだけに人生をささげれば、だれもがMACCHOのようになれるのだろうか。いや、おそらくそうではないだろう。もちろん、才能やひらめきだけで辿り着ける境地でもないはずだ。MACCHOにとってラップとは、湧きあがってくる、やむにやまれぬ感情の発露。言い換えることが許されるのであれば、それは生きざまを示すこと以外の、何ものでもないはずだった。

時には迷いも生じていたに違いない。そして本人の中では、何度もたおれそうになっては立ちあがるということをくりかえしてきたはずだ。決してだれにも知られることのない、本人の心の中だけで。

「十人のうち九人から、『無理だ』って言われたよ」

曲の合間にひたいの汗をタオルでぬぐいながら、MACCHOは話しはじめた。

「今年でデビュー何周年ですね、とかみんなは言ってくれるけど、そんなもん全然関係ないんだよ。オレは最近になって、ラップっていうのはこんな感じなのかなってことが、やっと掴めてきたんだから」

ステージから観客にむけて放たれたMACCHOのことばに、おれの心は射ぬかれた。

となりでステージを見上げている二人に目をやると、はじめて家族三人でオジロのライブを観に行ったベイホールの記憶がよみがえってきた。あんなにチビだったくせに、今ではおれよりでかくなったガキ。

女の肩に彫られたガキの名前の刺青は色が飛び、左腕の内側は手首からひじのあたりまで、むかしはなかったためらい傷がびっしりとミミズ腫れのように残っていた。

一通りの曲が終わったところで、DJ PMXが作ったイントロが流れはじめた。あれから何年が経ったんだろうと思うと、おれはやるせない気持ちでいっぱいになった。オジロザウルスの代表曲「AREA AREA」が披露されると、観客はいっせいに歌いはじめた。

ステージが終わり、おれは会場を後にしようとした。すると女は、MACCHOに会っていかないのかとたずねてきた。母親の横にいる息子も、どうするのかといった視線を送ってきた。おれは少し考えたものの、そのまま帰ることにした。

刑務所帰りの人間にとっては十六年前の記憶が昨日のことのように思えても、ずっと娑婆で過ごしてきた人間からしたら、それは遠いむかしの出来事かもしれないと思ったからだ。

自分はまねかれざる客に違いない。ブルヤスと連絡がつかなかったこともふくめて、運命の歯車はもう二度とかみあわないものと、おれは諦念した。

過去から見たものと
未来から見たものが違って
見えることはままある

三月最後の月曜の昼さがり、おれはかれこれ一時間近くバスタブにつかっていた。窓から見える裏の公園の地面は、音もなく舞い落ちた桜の花びらで白く埋め尽くされていた。

外から聞こえてくるのは、猫が何かをうったえる声と、カラスの鳴き声だけだった。晴れているのに、公園であそぶ子供の声も、工事現場のうるさい音も聞こえてこなかった。

やくざになった幼馴染みが、新型のウイルスに感染して人工呼吸器をつけられているという報《しら》せを耳にしてから一週間が過ぎた。話をきいたおれは、いよいよ新型ウイルスも対岸の火事では済まされないところまできたかと感じながら、あれこれとガキのころのことを思い出すことになった。

報せをきいた晩、おれは人通りが少なくなった道路で大声を張りあげた。何か意味のある言葉を放った訳ではなく、大きな声で「うわー」と叫んだだけだった。四十五年生きてきて、そんなことをしたのははじめてのことだったし、したいと思ったのもはじめてだった。でもその時のおれは、大声で叫びたいと感じたからそのようにした。

夜中に道路で叫んだからといって、それをする前とした後で世界の何かが変わった訳でもなかった。思いのほか大きな声が出なくて、のどがカサついただけだった。

翌朝、おれはその話を知らせてくれた知人に、生命ってなんだろうかときいてみた。単三電池みたいなものさ、とそいつは答えた。

やくざが人間あつかいされなくなってから、それなりに時間が経過した。銀行口座も使えなくなったし、保険も使えなくなった。幼馴染みにはもう意識がないという話だったが、やくざになったそいつがまともな治療を受けられているのかどうかは解《わか》らないままだった。人の命に優先順位があるのかどうかも、おれにはさっぱり解らない。

警察は相変わらずやくざを目の敵にしている。少し前に、兵庫県警の警官同士が勤務中に交番で性行為をしていたことが発覚した。でも県警はそいつらをクビにしないし、名前すら公表しない。

公務員の給料は税金から支払われている。だからそいつらは国民から搾りとった血税を貰っている時間にファックしていたということになる。禄盗人《ろくぬすびと》という犯罪行為が許されるだなんて、そんなにうらやましい話はきいたことがない。どおりでこの国から公務員になりたがる人間が減らない訳だ。

バスタブにつかっていると、ひたいから汗がとめどなく流れ落ちてくる。時折のどのかわきを感じた時には干からびたヤモリのミイラみたいなかっこうになって、サビのういた水道の蛇口から、わずかばかり鉄の味がする水を直接口にふくむことをくりかえしていた。

ゆったりと足をのばしてくつろげる特別あつらえのバスタブで、泡風呂にうかんでいる花びらを両手ですくいながらみやびやかな表情をのぞかせてみたり、冷えたドンペリがつがれたシャンパングラスを片手に葉巻をくゆらすようなリッチな暮らしとはほど遠い。しかし毎回十五分間しか入浴時間をあたえられていなかった塀の中の生活とくらべたら、よっぽどぜいたくな暮らしかもしれない。自由か自由でないかの違いは、肉体的に拘束されているという意味あいではなく、心を解き放てているかどうかだ。

立って半畳寝て一畳といわれているように、人間なんて目をつむったらどこにいようと同じこと。どうせまぶたを閉じれば暗闇の中にもどるだけ。ブルジュ・ハリファのベッドルームも、寄せ場のしま模様のせんべい布団も、差しこんでくる光さえさえぎることが出来れば、本質的には何も変わらない。

何かにとらわれなければ、人は自由でいられる。もちろんそれは肉体的にとらわれるという意味ではなく、自分の心がエゴという牢獄に閉じ込められなければという意味において。

更生保護施設でほどこしを受ける生活からかろうじて自立したおれは、安い家賃の古い公営住宅に転がりこんで風雪をしのぐようになった。

ひざを抱えるようにしながら長い時間バスタブにつかっていると、お湯にひたっている所の感覚がだんだんと失われていく。白くふやけてシワだらけになっている足の親指をさわったところで、自分の体ではないような気がしてくる。ひたいからたれた汗が目に入る度にしみるのは、塩分がふくまれているからだ。こうしておれの中身はバスタブにはられたお湯の中に溶け出していき、下水管から海に出た後、自然に還る。

おれの意思に反して、長い時間水面からうかびあがったままの、ところどころに毛の生えた二つのひざがしらと、携帯電話をにぎっている指先はすっかり冷えきっていた。だからおれは、時々バスタブの中で母親の腹の中にいる胎児のような姿勢になって、頭のてっぺんまでつかる必要にせまられる。

潜水をしてからユーボートのようにブクブクと泡をはき出しながらゆっくりと浮上したおれは、携帯電話の小さなディスプレイに表示されているSafariのアイコンをタップして、リーディングリストに貼り付けてあった闘鶏を育てる名人の話をＳｉｒｉに読みあげさせた。


闘鶏を育てる名人がいた。

ある時、王様が名人に自分の闘鶏をあずけて育てさせることになった。

十日経つと、王様は名人のもとをたずねた。しかし名人は、まだ鶏は虚勢をはって、自分が自分がという具合に空威張りをするからだめだと言って、鶏を返さなかった。

それから十日が経って王様は再び名人のもとをたずねた。しかし名人は、まだ鶏は敵の姿や鳴き声に反応して、心をゆさぶられるからだめだと言った。

さらに十日が経って王様が名人をたずねた。しかし名人は、まだ鶏は敵を目にするとにらみつけて威圧するからだめだと言った。

十日後に王様がたずねると名人は言った。もう大丈夫でしょう。他の鶏の鳴き声がしたり、姿が視界に入っても、まるで木彫りの鶏のように微動だにしません。他の鶏は、その姿を目にしただけで逃げ出してしまいます。

Ｓｉｒｉの読みあげをきいていたおれの脳裏には、反射的にある考えが思いうかんだ。

「ハイブランドを身につけて、高級外車を所有していることをインスタグラムにアップしたり、他人が自慢している様子に嫉妬してツイッターで吠えている連中は、一流の闘鶏には程遠いな」

それは自ら思考したものでなく、鐘を鳴らすと音が響くように、自然と心にうかんだ考えだった。

ブラウザを閉じたおれは、つぎにメールのアイコンをタップした。そして保存されている一通のメールに目をとおすことにした。

保存されたメールは一年以上前に届いたものだった。その一年のあいだ、おれは何回もそのメールに目をとおしては、やっぱり読まなきゃよかったなあなどと思いながら、ため息をついたり、つかなかったりをくりかえしてきた。

メールの内容を最後まで読み終えることもあれば、途中でやめてしまうこともあった。途中で断念する時には、もう二度と読むものか、これで最後、もう絶対に読まない、なんなら今すぐ削除しようか、という気分になることもあった。けれども、削除はしていない。

おれがそんな風に思うのは、そのメールが、物理的にとてつもなく長かったし、文学と呼ぶには散漫で、尚且つ読んでいるとこちらの気分がまいってしまうくらいのぐったりするようなメールだったからだ。

おれにとってそのメールは〝かさぶた〟みたいな感じだった。放っておいた方がいいのに、ついつい、いじってしまう。剥がし過ぎると、血が出て、とても痛い思いをする。やめときゃよかった、と思いながら後悔する。でも痛みを忘れたころになると、また読みたくなってしまう。いや、痛みを感じたくて、そうしている可能性すらある。

おれはメールに目をとおす前に、音楽アプリをたちあげた。タダで音楽が聴けるだなんてやば過ぎる。だれがだれから集金して、どうやってアーティストに金を渡しているのだろうか。

「おすすめのプレイリスト」は、どんな理由ですすめてくるのか一度きいてみたい。全然そんな気分じゃない曲をすすめないでほしいと感じることが、少なからずあるからだ。グッチを買っただの、ビッチに中出ししたなんていう曲を、おれはいつも聴きたい訳ではないのだから。結局、アジアのヒップホップを聴くことにした。深く考えたというより、指先が勝手にタップしていたという感じだった。

曲が再生されたことを確認したおれは、ブルヤスからのメールを開くことにした。そしてまばたきをして目の中に入った汗を流してから、それを読みはじめた。

２０１８年11月３日

差出人：brooklyn-yas
宛先：takahirokumon@gmail.com
件名：What's up?

やあ、久しぶりだね。元気にしているかい？

15年以上も会っていない友人に向かって、久しぶりだとか、元気かどうかだなんて、まったく救いようのない挨拶だけれども、どうか気分を悪くしないでくれたまえ。目下のところ僕には、こんなに長いあいだご無沙汰している相手なんて、ほかに思い当たらないのだから。

人生なんて、目の前に立ちはだかっている壁を目にした時には絶望的な気分になったりするものだけれども、過ぎ去ってしまえば、あっという間の出来事の連続だ。キミと顔を合わせていた頃のことだって、嘘でもへちまでもなく、まるで昨日のことのように思い出せる。

ポストのなかのメモ用紙に書き記されたメールアドレスを目にした時、それがまぎれもなくキミが記した、正真正銘の直筆だということが僕にはすぐにわかったよ。英語圏で学生時代を過ごした僕でさえ、キミが書くくらいにぐんにゃりと曲がりくねったアルファベットの「g」の字は、いまだかつて見たことがない。あんなふうにgを書ける人間は、世界広しといえども、おそらくキミしかいないだろう。

さて、挨拶はこのくらいにして、そろそろ経過報告といこう。

僕にはキミに対し、その後のあらましを伝える義務があるからね。そしてキミにはそれを知る権利がある。もちろん僕の話に、キミが傾聴するに値するだけの内容が含まれているかどうかは、こちらとしても甚だ疑問なところでもある。あくまでも僕の話に意味を見いだすのはキミであって、それを教訓ととらえようが、あるいは奇譚と感じようが、そこのところは自由にしてくれたまえ。

偶然にも、僕には十分な時間がある。ひょっとしたらそれは偶然ではなく、必然と思える節すら感じられる。

僕は今、飛行機の機内にいる。肩の力を抜いてシートに腰かけたまま、ネックピローをはめて、この文章を入力している。今朝がた韓国から自宅に帰って、おっとり刀で今度はタイに向かっているところだ。なんのためにそんなことをしているのかと思うかもしれないが、それは順を追って説明していきたい。

そういえば韓国に行った際、〝チャーシュー〟がキミのことを話題に挙げていたな。ほら、MACCHOと一緒に曲を作った、韓国のラッパーのジューソックがいただろう。彼と一緒に日本に来ていた、あのガタイのいいチャーシューのことだよ。

こういうことを虫の知らせっていうんだろうね。チャーシューと打ち合わせをしていたら、いきなり向こうから、「そういえば、あの人は何してるんです？」みたいな感じで切り出してきたんだ。先月、大阪に行った時には、ＤＪのコウ君もキミのことを話題にしていたっけ。だから僕のなかでは、キミが出てくるのも、そろそろなんじゃないかなという予感があった。

いけない、話が脱線してしまったね。人生は予定調和で終わらない。だからこそ、そこから工夫が生まれるのだけれども。

いずれにせよ、僕がまたしても海外でわさわさとやり始めたということは、ヒップホップの神が描いてくれたベクトルに沿って前進しているということなんだ。ソーシャルメディアの発達によって、ここに来てようやくあの頃描いていた構想をかたちにできるところまで漕ぎ着けたって感じだ。

これから向かうタイのヒップホップシーンは、やばいことになっている。タイのラッパーのジョイ・ボーイには会っていなかったよね？　僕とタイのヒップホップシーンとの絡みは彼との出会いから始まった。まずはジョイの話から始めるとしようか。

２０００年代の初め頃の出来事だったと思う。あれは誰かの、もしかしたら自分自身の誕生日パーティーだったかもしれない。催しの名目を思い出すことができないくらいに、頽廃した日々の記憶の断片と思ってもらっても一向に差しつかえない。

代官山のモンスーン・カフェは、タイやインドネシアにあるリゾートホテルのような雰囲気のエスニック・レストランで、何かと理由をつけては夜な夜なパーティーを繰り広げていたあの頃の僕らにとって、格好の社交場となっていた。

店の前でタクシーを拾えば渋谷や六本木まですぐに出られるし、都心にしては珍しく、すぐそばに路上駐車をすることができたから、ちょっとモンスーンに顔を出してから、次のパーティーに向かうなんていうこともしやすかった。

そんなこともあって、店がある旧山手通り沿いには、ウィークデイでも深夜になれば毎晩のように、山の頂の方向にある公園の入り口の信号辺りから、業界ふうの人間が乗り回していそうなラグジュアリーSUVやユーロセダンが並んでいるのが日常だった。

土壁を塗りたくったような、東南アジア調の店内から、キャンバス地のパラソルが並んだウッドデッキのオープンテラスを抜けて、貸し切りになっている階上のフロアに足を運ぶと、モデルや格闘家といった時代を象徴する顔ぶれが、洗練された仕草でグラスを傾けているきらびやかな光景が広がっていた。

ヒップホップ界隈のパーティーだったり、いけてるブランドのオープニングなんかに群がる連中の行動原理は、いつの時代も変わらない。SNS映えしそうな場所で、あたかもそれっぽい行動をしたような錯覚を抱きながら、セルフで仕上げた素材をアップして承認欲求を満たす忌々しい風習も、大量消費社会で調教された我々家畜の脊髄反射にほかならない。もちろん資本主義という傘の下で暮らしている以上は、同調圧力の強さゆえ、誰もその呪縛から逃れられないのだけれども。

そんなパーティーの席だったり、あるいは真夜中のクラブなんかで饗宴を眺めていると、時として虚無感を覚えたりする。周りからどのように見られるかを意識しながら着飾り、実際の自分よりも大きく、よりリッチに見せるために見栄えだけを重視する現代社会の風習は、20世紀初頭のアメリカ合衆国の社交場を描いたスコット・フィッツジェラルドの世界観となんら変わるところがない。

それはまた、ボブ・マーリーが歌う「ピンパーズ・パラダイス」の歌詞のなかに出てくるパーティー漬けの女の子だったり、オジロザウルスの「Bay Blues」に残されている「富も夢も食べ尽くした後の虚しさなど知りますか」なんていうリリックにも通ずるところがある。

その晩のジョイは、パーティーの空気を静かに楽しんでいる感じだった。いろいろな人に積極的に絡んでいくというのではなく、一緒に来ている仲間から話しかけられた際に時々あいづちを打つくらいで、リラックスした様子だった。

タイのジョイ・ボーイという、何年か後になってからさまざまな景色を僕に見せてくれた男を紹介してくれたのは、ZEEBRAが所属するアイ・アンド・アイ・プロダクションのユウジ君だった。

初対面のジョイ・ボーイは、「俺も音楽をやっているんだ、タイには来たことがあるか？　なければ是非とも一度来てくれ」なんていうふうに話していた。

以前から僕の視線は海外に向けられていたが、それは主に日本よりも東側に向けられていた。ヒップホップを遺伝子レベルにまで叩き込んでくれた聖地ニューヨークだったり、その先にあるヨーロッパだったり。

だから初対面のジョイからタイに誘われたところで、「タイ？　ワーオ、いいね。そのうちにバケイションで行けたらね」といった程度にしか考えていなかった。

それ以降、ジョイ・ボーイは日本に来るたびに連絡をくれるようになった。その際、僕はフューチャー・ショックのアーティストがリリースしたCDのイベントに彼を招待したり、渋谷のクラブを一緒にはしごするなどして関係を築いていった。

業を煮やしたジョイが、「今までにも散々言ってきたけど、いつも俺のほうから日本に来てばっかりだから、ヤスもそろそろタイに来てくれ」なんてことを言い出したのは、モンスーンで出逢ってから2、3年経過した頃だった。

「まあ、ヤスのことだから、こんな話をいつまで続けたところで、重い腰をあげようとはしないだろうな。

だったらフューチャー・ショックのアーティストを連れて、こっちのイベントに参加してくれよ。もちろんホテルも飛行機のチケットも手配するから」

ジョイの提案に応じた僕は、オジロザウルスのスケジュールを調整して現地に向かうことにした。僕はもちろん、オジロザウルスのMACCHOとTOMOもバンコク行きの飛行機に乗るのは初めてのことだった。当時東京の世田谷に住んでいた僕は、第三京浜で横浜を経由してオジロザウルスのふたりと合流したのちに成田空港を目指した。

スワンナプーム国際空港までのフライトは、およそ7時間だった。キャビンの2階部分にあるビジネスシートに座ると、僕は座席に備え付けられたタイ・エアウェイズ・インターナショナルのロゴがあしらわれた観光パンフレットに手を伸ばした。ワット・アルンの前で仏教的な合掌のポーズをとる美女は、オリエンタル特有のうっすらとした笑みを浮かべているのが印象的だった。これから自分たちが向かう先にはこんなに美しい女性がいるのかと夢想しながら視線を這わすと、窓際の席に座るMACCHOはヘッドフォンを耳に当てながら何やら物思いに耽っている様子で、後ろのシートのTOMOはアイマスクをつけて休息を取り始めているところだった。僕を含めた3人とも、いつもの地方営業の延長くらいの感覚で過ごしていて、その先に待っている出来事など露ほども予期していなかったというのが本当のところだった。

飛行機を降りて、生暖い空気に包まれながら入国審査のカウンターを通り抜けたものの、迎えの人間は誰ひとりとして来ていなかった。

「まぁ、南国だから、こんなものだよな」

MACCHOとTOMOに向かってそんなふうにうそぶいてみたけれども、ちょっと期待はずれな気分にさせられたのも事実だった。

日本国内だと、地方に営業に行った際には、空港に必ず呼び屋が迎えに来ていた。普段は洋服屋だったりクラブの店員なんかをしている彼らにとって、憧れのアーティストとの対面は待ち焦がれた瞬間にちがいない。だから大抵の呼び屋は空港のゲートを抜けた僕らの姿を発見するや否や、瞳を輝かせながら駆け寄ってくるのが通例だった。しかしながら、タイにはそのように瞳を輝かせながら僕たちの到着を歓迎してくれる人はひとりとして見あたらなかった。

入国審査場《イミグレーション》から少し離れたところに人だかりができているのに気がついたのは、初めて足を踏み入れた異国の地で自由に動き回るわけにもいかず、半ばうんざりしながら外国人観光客丸出しの仕草で周囲を見回している時だった。

もちろん僕は反射的に、MACCHOとTOMOのふたりを誘って人混みに近づいて行くことにした。野次馬根性全開で人だかりをかき分けて中心へ近づいてみると、驚いたことに人々の輪のなかでもみくちゃにされながら矢継ぎ早にサインをねだられているのはジョイ・ボーイだった。

僕がやっとのことでジョイに話しかけられる距離まで近づくと、彼はとても紳士的な態度で周囲のファンに説明をし始めた。ジョイを囲んでいたのがヒップホップっぽい若者ばかりでなくて普通の見た目の人たちだったという点も、彼が広い層に受け入れられていることの証明のように感じられた。

「皆さん、申しわけない。客人が来ているから今日のところはそろそろ勘弁願いたい」

ジョイはタイの公用語を理解できない僕にもはっきりと伝わるくらいに丁寧な物腰で、周囲からのサイン攻めを綺麗に切り上げてみせた。

「到着時間に遅れたらいけないと思って先に来たら、ファンの子たちに見つかっちゃってさ」

それまでの様子を呆然としながら眺めていた僕に対し、ジョイはさらに続けた。

「そういえば、ヤスにはまだ言ってなかったよね。最近リリースしたシングルが100万枚くらい売れちゃってさ。なんだかすごいことになってるんだ」

100万枚という言葉に、僕はしばらくのあいだ言葉を失ってしまった。ヒップホップで名実ともにスーパースターに駆け上がるという、いつか自分たちが日本で成し遂げたいと願っていた夢を体現しているアジア人を目にしたのは、その瞬間が初めてだった。

僕がジョイとやり取りするようになった経緯は、おおよそのところこんな感じかな。アジアのヒップ

バンコクの音楽フェスにて、ジョイ・ボーイのクルーと著者。2007年

ホップを先々のことまで考えた時、彼と彼から紹介されたペチの存在はとても重要になってくる。

なぜならこれから僕は、アジアの国々や地域をまたいでヒップホップしていくからだ。これは僕が例の一件でアメリカに入国できなくなっていたからこその成り行きともいえるし、ユーチューブに代表されるような、オンラインで誰もが無料で世界とつながることのできる時代が到来した結果とも受けとめられる。あの事件がなければ僕はアジアに目を向けることがないまま、ずっとアメリカを追いかけ続けていた可能性が否めない。

そうだ、マイアミで起こった〝あの事件〟についても、まだキミには詳しく話せていなかったよね。

忘れもしない、あれは2001年の暮れの話だ。シェラトンで一緒に時を過ごした妄走族のメンバーを残してひと足先に帰路についた僕とRINOは、ジャマイカから日本まで飛ぶ直行便がなかったことから一旦マイアミを経由することになったんだ。

到着したマイアミの空港からホテルに向かうキャブのなかで、ハンドルを握るヒスパニック系のタクシードライバーに僕は訊いた。

「この辺りでホットなスポットはどこにあるんだい?」

すると運転手は、普段から観光客相手に言い慣れているようなぞんざいな口調で、「サウスビーチさ」という返事をしてきた。

トランジットの関係で翌日にはマイアミを離れて日本に帰らなければならなかった僕らは、空港からわりと近くにあるホリデー・インに到着すると、荷ほどきもせずにすぐに部屋を出てサウスビーチへと向かった。

映画『スカーフェイス』にも出てくる海岸線には、カリブ特有の哀愁に満ちた景観が広がっていて、日本でもおなじみのロゴがあしらわれている大小さまざまなホテルが建ち並んでいた。以前に訪れたことのあるハワイのそれとはちがった夕暮れの景色は情緒的で、旅の最終夜を過ごそうとする僕の気分を高揚させるに十分だった。

橙色の夕陽が長い影を映し出すビーチ沿いの道を歩き始めると、砂糖菓子に群がるアリの編隊のようにローカルのハスラーどもが寄ってきた。近づいて来たのは黒人にラテン系と人種もさまざまで、そのうちにロシアっぽいのが話しかけてきたのを機に、ちょっとからかってみるかという気分になってＲＩＮＯと目配せを交わした。

そいつは「ジョー」と名乗っていた。彼は近くのアパートまで一緒に来いと言って僕らを促した。もしも物盗りだったり、あるいは力任せに事を進めようとするゲイだったりしたらかなわないなと思った僕は、様子見をかねて、すぐ近くにあったバーに入ることを提案した。

店に入ると、僕はカウンターの向こうにいるバーテンダーにショットグラスを３つとカットしたライム、それからこの店で一番上等なテキーラをボトルごと出すように注文した。カチンッという音を立ててグラスを合わせてから最初の一杯を空けると、ジョーには続け様に数回ボトルを傾けてやることにした。

テキーラをショットで4、5杯あおらせてから話してみると、ジョーは冷淡な面構えのロシア野郎のくせに冗舌な男であることが判明し、案外悪いやつではなさそうに思えてきた。

「お前、いい飲みっぷりをするやつだな」と言っておだててみせると、ジョーは空になったショットグラスをさらに突き出し、ヤニで黄ばんだ乱杭歯を見せながらニタリと笑った。外はまだ陽が残っている夕方の早い時刻ということもあって、店のなかには僕たちのように乱暴な飲み方をしている行儀の悪い客は、ほかにいなかった。

ジョーのビーパーが鳴ったのは、ボトルのなかの液体がおおかた彼の胃袋のなかにおさまった頃だった。アンテナの曲がりかけた黒いノキアのフリップを閉じたジョーは「オーダーが入っちまったぜ」と言ってタバコをくわえ始め、「モノを取りに部屋まで戻らにゃならんから、お前らはここで待っていろ」と、呂律の回らない口調で言ってのけた。

しばらくしてジョーが戻ってくると、僕とRINOは行きがかり上、彼の商売に同行することとなった。向かった先は、歩いてほんの数分のところにある安普請のモーテルだった。ジョーは以前にもそこを訪れたことがある様子で、カウンターの向こうで新聞を広げている白髪混じりの男に軽く目配せをして入り口の奥へと足を進めていった。眼鏡をかけた初老の男は、ジョーに気がつくと上目遣いに手元の新聞から視線を上げたが、すぐにまた何事もなかったかのように元の姿勢に戻った。どうやらジョーは、建物の作りも知り尽くしているようで、迷うことなくエレベーターに乗り込んだ後、アラビア数字の「4」という印字が薄れかけた、丸いプラスチックのボタンをせわしなく連打してみせた。

チンという音のする古いエレベーターの扉が開くと、廊下にはそれぞれの部屋のなかの様子が聞き取れるくらいの音が響き渡っていた。テレビの音や音楽だったり、あるいは女の笑い声なんかが入り混じる廊下を進み、目的の部屋の前までたどり着くと、ジョーは真鍮の取っ手のついた扉を数回ノックした。片手にビールを持ちながら千鳥足で入り口まで出てきたのは、顎の先が割れた陽気な白人の大男だった。男に促されてジョーと一緒に部屋に入ると、なかにはふたりの女と白人の男がもうひとりいた。音の割れかけたスピーカーから流れていたのはドアーズの「ストレンジ・デイズ」だった。

僕とRINOのふたりは、部屋に入ってからひとことも言葉を発することなく沈黙を貫いていた。それはホテルに向かう途中で、ジョーから言われた通りの行動だった。その際ジョーに理由をただすと、東洋人は口を聞かないでいるだけで不気味に見えるから、言う通りにしろという説明だった。

「こちらとしても、ディールする客に、はったりをかますだけかましておきたいから、単なるトラベラーとしてではなく、あくまでも組織の人間に見えるように振る舞ってくれ。沈黙はなんとかって言うだろ」というのが、彼なりのロジックだった。

部屋にいたオランウータンのように腕毛の長い白人の男が、あからさまにそわそわしながら席を立った。スピードやチャーリーの禁断症状と見て間違いない行動だった。ドラッグを前にわくわくしすぎて、もよおしてきたものだから、たまらずトイレに駆け込んだのだろう。

ジョーはトイレの扉が閉まる「バタンッ」という音が聞こえた後に、ハーフパンツのベルトループの裏の辺りをゴソゴソやりながらコカイン入りのパケを取り出した。

コカインを受け取った客の男は、パケの中身の欠片をガラスのテーブルの上に出し、剃刀の刃を使ってパウダー状にした後、鉛筆くらいの太さのラインを引き始めた。

ジョーは客の男がストロー状に丸めた1ドル紙幣を手にするのとほとんど同時に、「金が先だ」と言った。

すると男は充血した目で、「金を渡すよりも、ネタを確かめるほうが先決だ」と言ってのけた。

ジョーは男のセリフが気に入らなかったらしく、「だったら今すぐ返せ、俺がさばいてる『モノ』は確かに決まってるんだから」とテーブルの脚を蹴りながら声を張り上げた。

丸めたドル紙幣を手にしたままの客の男と、ジョーの口論はしばらく続いた。僕とＲＩＮＯは、窓際に設置された通風口のひん曲がった空調機の前で、腕組みをしながら辟易した表情でそれを眺めていた。トイレから出てきたもうひとりの男は、日光浴をしているアザラシみたいな姿勢でソファに座っていたふたり組の女のうち、シミだらけの胸元をさらけ出した大年増のほうから話のいきさつを聞いていた。

「何もめてんだよ。お前は喧嘩するためじゃなくてビジネスするために来てるんだろ。いちいちつまらないことでキレてんじゃねえよ」

いい加減うんざりしてきたので、僕はあらかじめジョーと交わしていた口約束を破って仲介することにした。

「てめえもガタガタ抜かしてねえで早く金を払えよ。俺は気が長くねえんだ。とっとと払わねえと、この部屋が血の海であふれることになるからな。こんなに薄っぺらい壁の建物でチャカをぶっ放したら、跳弾が3つ隣まで飛んでいって面倒なことになるじゃねえか」

僕が落ち着いた声で諭し始めると、客の男もようやく観念したらしく、ソファの女に言いつけて20ドル紙幣を何枚かジョーに渡すことになった。金を受け取ったジョーはテキーラがだいぶ回っている様子で随分と威勢の良い啖呵を切っていたが、僕は腕を引っ張って外に連れ出すことにした。部屋を出ても騒ぎ続けるジョーを落ち着かせるために、エレベーターではなくて階段で地上まで降りることにした。

ヒートアップしていたジョーもそのうちに我にかえったようで、「お前、やるなあ。助かったぜ」と言ってバーに戻り、再びテキーラをショットでやることになった。ジョーが是非ともお礼をしたいと言い出して店の外に出た時には、夕暮れ刻《どき》の長いことで知られるマイマミの海岸線もすっかり暗くなっていた。

ジョーの部屋はテキーラを飲んでいたバーから2ブロックほど内陸のほうへ行った裏路地にある、貧相な建物の2階部分にあった。あの辺りの風土にもかかわらず、少し黴臭くて湿り気を帯びた空気が漂うリビングに通されると、僕とRINOは脱ぎ散らかした洋服をどかしながら、おそるおそる青いファブリックのソファに腰を下ろした。

「お前最高だな。なんだったら、マイアミに住んで俺と一緒に商売でもしないか？」

ジョーはソファで横になったかと思ったら、そんなろくでもない提案を持ちかけてきた。

「ただの観光だからな。明日の今頃には空の上さ」

翌日のフライトのスケジュールを話すと、ジョーは少し寂しそうな横顔を見せた。

「じゃあ、今夜はさっきのお礼に、マイアミで最高にいけてるクラブに連れて行ってやるから、その前に、街に出て女でもナンパしに行くか」

ジョーはそう言って、ソファからのっそりと起き上がった。

「だったら、少しはおめかしをしなきゃだな。お前ら、俺の服を貸してやるよ」と言って、ジャマイカ帰りの身なりのままでろくに洗濯もしていない服に袖を通していた僕らに向かい、ジョーはシャドーボクシングのような仕草をしながら続けた。

「それにしたってさっきの客は、生意気な態度をしていてむかついたよな。あれ以上舐めた口をきいてたら、こんなふうにボッコボコにしてやったんだけどな」

千鳥足のロシア人のステップを眺めながら、酔いの回った僕もつい調子のいいセリフを吐いてしまった。

「ジョー、お前、いいパンチをしてるなあ。日本にはK-1ていう格闘技があるから出てみたらどうだ？なんだったら凄腕のプロモーターを紹介してやるぜ」

僕の与太話を真に受けたジョーは舞い上がってしまったのか、お世辞にも引き締まっているとは言い難い上半身をさらけ出した。そして、トントンッとその場で数回ジャンプをした後に、しばらくのあいだ足元もおぼつかないまま猫パンチでシャドーボクシングを続けた。

ジョーはぜえぜえと息を弾ませながら「シャワーを浴びてくる」と言って部屋の奥へと消えていった。その際、「ウィードは冷蔵庫のなかにしまってあるから、好きなだけ吸って待っていてくれ」と言い残していた。

シャワーの流れる音が聞こえてくると、僕はＲＩＮＯと示し合わせて立ち上がり、あちこちにステッカーの貼られた冷蔵庫の扉を開けてみることにした。ガロンの牛乳やらバケツくらいのサイズがある容器に入ったバターなんかが乱雑に並んだ薄汚い冷蔵庫のなかで、3オンスほどのウィードがパンパンに入ったジップロックをすぐに見つけることができた。

僕はすぐ横に置いてあったシックスパックのミラービールと一緒にそれを取り出し、リビングに戻ってパーティーを決め込むことにした。マイアミの気候のせいなのか、あるいはテキーラを飲みすぎたためなのか、無性に喉が渇いて仕方がなかった。

いつまで経ってもシャワールームから出てこないジョーのことが気になって見に行ったのは、冷蔵庫から出してきたビールもおおかた飲み干した頃だった。

シャワーのお湯を出したままタイル張りの床で大の字になっているジョーを見た僕は、せっかくのマイアミの夜を酔っ払いの介抱に費やすだなんて馬鹿らしく思い、リビングのテーブルに広げたウィードを手土産に部屋を後にすることにした。

記憶だと予約確認《リコンファーム》は、ホリデー・インの部屋に備え付けられた電話で前日のうちに済ませていたように思う。その際、いつもだったら国際線のチェックインはフライトの2時間前までに空港のカウンターで済ませておくようにと言われるところが、この時は3時間前というふうに念を押された。911のテロの影響でセキュリティが厳しくなっているのと、クリスマスからニューイヤーにかけての休暇が重なっていることが理由だった。そんなこともあって、僕とＲＩＮＯは早めにホテルをチェックアウトすることにした。

空港に向かうタクシーの窓の向こう側を流れていくフロリダの景色は、目を細めるほどに輝いて見えた。移動距離が長いわりに、それぞれの国に滞在する時間は短い旅だったけれども、初めて訪れたカリブの感触は決して悪くなかった。そんなことを思いながら、手動式のハンドルを回して10センチほど窓を開けてみると、心地良い風が洗い晒しの髪を撫でまわしていった。

マイアミ国際空港に到着してみると、そこはまるで通勤ラッシュ時間の新宿駅のように混み合っていた。

それぞれの航空会社の受付カウンターには長蛇の列ができていて、目的のアメリカン・エアラインズのカウンターがどこにあるのかを探し出すまでのあいだ、ほかの旅行者たちと肩だったり肘なんかをぶつけあったりしながら、文字通り人混みをかき分け続けなければ前に進めないないほどだった。

ようやく搭乗する航空会社のカウンターを探し出したものの、今度はそこに並んでいる人の列の最尾を見て、うんざりすることになった。ＲＩＮＯと顔を合わせながら、「こんな羽目に陥るのならば、プライベートジェットをチャーターするべきだったよな」なんてことをうそぶいたところで後の祭りだった。

並んだ列は牛歩の如く、ほとんど動くことがなかった。すぐ前に並んでいる、象のような尻をした女の安っぽい香水のツンとくる匂いを嗅いでいるうちに、初詣で明治神宮を訪れる参拝客の列に並んだほうがよっぽどましだったなと思った。

空港に足を踏み入れてからの最初の1時間は、あっという間に過ぎていった。僕は痺れを切らして、たまたま近くを通りかかったアメリカン・エアラインズの制服を着たスタッフに声をかけてみることにした。

「このまま並んでいて本当に間に合うの？」

おそらく彼女はあちこちで同じことを訊かれ続けていたために、一時的に自分の職分を見失っていたのかもしれない。「みんな並んでいるんだから、貴方たちも黙って並んでいなさい」と、ぞんざいなセリフだけを残して、その場から離れていった。

ようやくカウンターにたどり着いた頃には、出発予定時刻まで30分しか残されていなかった。

RINOと並んで搭乗券を差し出すと、鼻にしわを寄せた受付のスタッフから、

「貴方たち、今まで一体どこにいたのよ？　こんなに遅いんじゃあ、もう荷物は預かれないわよ。スーツケースは自分で持ったまま、今すぐゲートに向かって」

と言われてしまった。

流石に閉口するしかない状況だったものの、僕たちふたりはステッカーだらけのスーツケースをゴロゴロいわせながら素直に搭乗ゲートへ足を運んだ。すると案の定、手荷物検査を行うセキュリティにも長々とした列ができていた。

今度ばかりは時間的にも精神的にも並ぶ気には到底なれなかったので、

「すみません。申し訳ないが、時間がないので先に行かせてください」

と申し出ることにした。

列の先頭に並んでいた老夫婦は渋々ながらも申し入れに応じてくれた。日本式に頭を下げながらお礼を言った後、無事にセキュリティを通過することができた時、離陸の時間まで残りわずか数分というところまで迫っていた。

ところが紆余曲折を経て搭乗ゲートにたどり着くことができたものの、なぜかそこには「TO MEXICO」という表示があった。

僕もRINOも、その真っ黒に日焼けした風貌から、今回の旅では幾度となくメキシコ人と間違えられることがあったのだが、もはやそんな冗談を言って笑っていられる状況ではなかった。取り急ぎ係員に事情を説明すると、

「お前さんたちの行き先はここではなく、あっちの方角だ」

と言って人混みの方向を指さされた。

初めて訪れる空港というのは実際よりも広く感じてしまいがちで、その場所に繰り返し訪れていくうちに、「こんなものか」という印象を抱くことが多い。だからこの時の僕は、旅行日数のわりに随分と大袈裟な荷物を引きずりながら、東京ドームのライトスタンドから三塁側のベンチまでの距離を進むくらいのつもりで、脇目もふらずにぜえぜえいいながら一心不乱に歩いていくこととなった。

飛行機に乗り込んでみると、搭乗員の様子から、あきらかに僕たちが最後の乗客であることがわかった。搭乗券を手にしたまま狭い通路に立っていた僕が座席を確認するために添乗員の女性に話しかけると、

「一体なんだっていうの？　その荷物は。そんな大きなものを機内に持ち込めるはずがないでしょ」

と、あからさまな態度をとられてしまった。

「いや、ちょっと待って。ちゃんと説明を聞いてよ」

僕があくまでも紳士的に事の顛末を話し始めたところで、彼女の態度は一方的だった。

「あんたたち、私が言ってる英語の意味、本当にわかってるの？」

どうやら僕が話しかけた添乗員は、自分で放った言葉に次から次へとヒートアップしてしまう、お決まりのタイプのようだった。彼女は目の前にいる僕に向かって、まるで自分の子どもを叱るような口調のまま、人差し指で鼻先を指差しながらこう言い放った。

「いい？　荷物を下ろすか、あんたたちが降りるか、ふたつにひとつよ！」

そこまで言われてしまっては立つ瀬がなかった。

飛行機に搭乗する前に接したアメリカン・エアラインズのスタッフから、あっちに行けだのこっちに行けだの言われてその通りにしたあげく、今さら荷物を下ろして日本に帰れだなんてあまりにも横暴すぎると思った。ましてやせっかくフライトの時間に間に合ったというのに、荷物だけ機内に残して自分たちが飛行機から降りなければならないだなんてことはあり得なかった。

「ざけんなよ、このクソババア。そんな態度してっからテロリストにやられるんだよ。何がふたつにひとつだ。そんな態度をとられたら、テロリストじゃなくたって飛行機を爆破したくなっちまうぜ」

僕がそうやってねじ込んで見せると、彼女は顔を真っ赤にしながら何ごとかをつぶやいた。そしてプイッと背を向けると、その場から足早に去っていった。

添乗員がいなくなった後、頭上の荷物入れにスーツケースを入れようと試みたが、どうにも収まりが悪かった。だからといって、そのままスーツケースを通路に置きっ放しにしたままシアトルに到着するまでの数時間を過ごすわけにもいかなかった。考えあぐねた末に思い浮かんだ折衷案は、一番後ろの座席を陣取って、スーツケースはシートの背もたれの後ろに忍ばせておくというものだった。

やっとの思いで座席に着くと、僕は日本から持ってきたCDウォークマンで、クレイグ・デイヴィッドを聴き始めた。目が覚めてからまだ数時間しか経っていないはずなのに、徹夜でカジノに入り浸っていた時のように、ヨレヨレに疲れ果てていた。ひとつあいだを開けた隣に座っているＲＩＮＯは、すでに目を瞑《つむ》って寝る態勢に入っていた。

僕は出発する前に成田で手に入れた、『金持ち父さん 貧乏父さん』を開きながら、日本に帰ってからのことをあれこれと考え始めた。

すると、ついさっきまで声高に叫んでいた添乗員がオレンジ色のウインドブレーカーを着た数人の男たちを引き連れて、僕たちが座っている最後部の座席に近づいてきた。

「飛行機から降りてもらえますか？」

オレンジ色のウインドブレーカーを羽織った物々しい態度の男が言い終わるのを待たずに、僕は言い返した。

「なんだって？　そんなこと急に言われたって、ここから日本まで帰るにはシアトルでもう１回乗り継ぎがあるんだぜ。『はい、わかりました』なんて言って、素直に降りれるわけないだろ。この飛行機に乗るのだって、どれだけ苦労したと思ってるんだよ」

シートに深々と腰かけた僕はテコでも動かないといった感じで答えた。すると今度はウインドブレーカーの男が毅然とした、強い口調で言った。

「規則により、君たちふたりが降りるまで、この飛行機は飛び立つことができない」

マジでいい加減にしてくれよ、と思いつつも、こうなってしまうとアメリカ人がいかに面倒な人種かということを学生時代に教師とのやり取りで散々経験していた僕は、不承不承立ち上がることにした。

機内の狭い通路に立ち上がると、僕たちはウインドブレーカーを着た数人の男たちに囲まれるかたちとなった。最初に話しかけてきた男に促されて出口のほうへ向かっていく際に、彼らが羽織っているオレンジ色のウインドブレーカーの背中の部分にプリントされた「F」と「B」と「I」のアルファベット3文字が目に入り、僕はようやく事態が飲み込めてきた。

「てめえら毛唐は肉ばっかり食ってるからこうなんだよ。もっと野菜を食えバカたれ」

後ろを歩くRINOはそんな勝手なことを言いながら、

「ブルヤス、俺が言ったことを訳してこいつらに伝えてくれ」と無理難題を押し付けてきた。

もちろん僕は、RINOの言うことなど聞こえないフリをして出口に向かって歩いていった。しかし今度は通路にいた機長と思しき激昂気味の男から、

「我々はこのあいだの事件によって、仲間を失っているんだ」というセリフを浴びせられた。

「そんな話はニュースで観てるから知ってるよ」そうやって言い返した頃だろうか、今度は防弾チョッキにヘルメットを被った特殊部隊のような連中が、ライフルを構えながら押し寄せてきた。

人間というのは、それだけの数の銃口を突きつけられたら、何も言われなくても自分から両手を上げるようにできているということを、僕はこの時、身をもって経験することとなった。

「ヘーイ、穏やかじゃないなあ。これから『ブルース・ブラザーズ』の撮影でも始めるつもりかい？」

本当は口のなかから脈打った心臓が飛び出てきそうなくらいだったけれども、僕はそれを表に出さないで精一杯の虚勢を張ってみせた。ところが相手のことを従わせるために銃口を向けている男にとっては、そんな態度が大そう気に喰わなかったらしい。一番近くでスコープ越しにこちらを睨みつけていた男は、銃口を下げるどころか僕の眉間の辺りに赤いレーザーポインターを照射したまま、「口数の減らねえ野郎だな」と言って引き金に指を添え始めた。

「待ってくれ、アルパチーノにでも見えるのかよ」

両手を上げたままの僕が大袈裟な溜め息をつきながらそう言うと、今度は後方から獰猛そうな犬の息遣いが聞こえてきた。

振り返ると、宇宙服のような格好をして大型犬を連れている男が、「とりあえず、まあ、落ち着いて話そうや」と、武装した特殊部隊がわんさかいる場所にはそぐわない素っ頓狂な調子で話しかけてきた。

「FBIの次は、NASAから来たスペースシャトルの乗組員のご登場かよ」

宇宙服の男は英語でつぶやいている僕に近寄ると、「この状況で君が興奮するのは良くわかるよ。でも今はとにかく黙って相手の言うことを聞き入れるべき時だ」と諭すような口調で言った。

この時僕には直感で、目の前にいる宇宙服の男は、銃を構えたほかの連中よりも話が通じそうな相手のように思えた。

「ひょっとして、あんたはアメリカ人じゃないのか？」

僕が訊ねると、K-1ファイターのマイク・ベルナルドに似た宇宙服姿の男は、「南アフリカの出身だ」と答えた。

「後ろで銃口を向けている連中も仕事でやっているんだ。申しわけないがこの場は事を荒立てないでくれ」

男の言葉に観念して、僕は大人しくすることにした。

それから後もしばらくのあいだ、僕とRINOは両手を上げたままの状態で銃口を突きつけられ続けていた。周りを囲んでいる武装した男たちのうちの何人かは時折無線を使って、別の場所から監視カメラを通じて事態を窺《うかが》っているであろう司令官の指示をあおいでいる様子だった。

そのうちに上げていた腕が痺れてきたので、僕は「もう、終わりでいいだろ」と一応の断りを告げて腕を下げようとした。

すると一番近くでスコープを覗きながら引き金に指を添えていた男から、「終わりなのはお前のほうだ」

と言い返されてしまった。

「どういう意味だよ？」と問い返すのとほぼ同時に、いつの間にか近づいてきた別の男が僕の痺れた両手首を後ろ手に取るなり、何も言わないまま手錠をはめた。

「え？　嘘だろ」と思ってＲＩＮＯのほうを確認してみると、ワッパをはめられているのは自分ひとりだった。日本語で悪態をついていたＲＩＮＯはお咎めなしだなんて、口は災いの元とはよく言ったものだと、この時ばかりは痛感させられた。

いつの間にか遠巻きに人の輪ができていた。一番近くにいた野次馬は、しかめっ面をしながら孫の手を握る白人の老婦人だった。祖母に手を握られている、フィラデルフィア76ersのニット帽を被った黒人の子どもは、僕に向かって中指をおっ立てていた。

「行くぞっ」と言われて背中をドスンと押されると、後ろ手にワッパをはめられた僕は一瞬だけ態勢を崩すこととなった。

僕がたたらを踏みながら、“Look at me, I am the bad guy.”と叫ぶと、中指を立てていた黒人の子どもは腹を抱えて爆笑し始めた。

「さっきまで飛行機のシートに座っていたはずなのに、どうして今はこんなに座り心地の悪いパトカーの後部座席に座っているんだろう?」

滑走路の横を走るパトカーのなかで、そんなことが僕の脳裏に浮かび上がった。

連行されていったのは空港の敷地の外れにある、くたびれた建物だった。建物のなかに入ると待ち構えていた職員が開口一番、

「お前、アメリカの高校を出ているそうだな。どおりで口が達者なわけだ」と言ってきた。

「さすがにFBIは仕事が早いな。日本じゃあ、お前らみたいなやつのことを『出歯亀《voyeur》』って言うんだぜ」

僕がそうやって言い返すと、相手の男はつまらなそうな顔をしながら「さっさと行け」と、取調室に促した。

取調室に入るとワッパをはめられたままパイプ椅子に座らされ、それからしばらくのあいだひとりで待たされることになった。ところどころメッキが剥げてサビの浮き上がったパイプ椅子は床にビス留めされていて、ほかには事務机と丸椅子があるきりの、時計も窓もない、撮影のセットみたいな部屋だった。

口にドーナツをくわえたまま部屋に入ってきたのは、典型的なアメリカ式の肥満漢だった。肥満漢はダンキンドーナツのマグカップを持っているのとは反対側の手でドアノブを締めると、「ハウ・ユー・ドゥーイン?」と訊いてきた。

「ハウもへったくれもねーよ。この状況で調子が良いわけねえだろ」

僕がそうやってうなだれると、肥満漢は適当なあいづちを打ち、机の引き出しからペンと用紙を取り出して調書を巻き始めた。

「どうしてこんなことになったんだ?」

肥満漢の碧《あお》い瞳は、白みがかっていた。まつ毛も金髪というよりは白に近く、豚のようなピンク色の肌をしていた。

「それはこっちのセリフだよ」

ワッパをはめられたままビス留めされたパイプ椅子に座らされた僕は、事の顛末をつらつらと説明した。するとドーナツのカスを机の上にボロボロこぼしながら聞いていた肥満漢は、筆圧の強い筆記体でそれを調書に書き写し始めた。

「よし、事情は良くわかった」

肥満漢は机に膝をぶつけながら立ち上がって言った。

「俺の調べはここまでだ。だが、今からお前を地元の警察に引き渡さなければならない。この辺りの警察は血の気が多いうえに口の悪いのがわんさといるから、お前も口のきき方だけはくれぐれも気をつけろや」

すると、そこへちょうどドアをノックする音が聞こえてきた。開いたドアのほうへ視線をやると、僕に赤いレーザーポインターを照射していた武装警官が立っていた。

僕に赤いレーザーポインターを照射していた武装警官は、肥満漢と入れ替わりに部屋に入る格好になった。

「空港のセキュリティじゃなかったのかよ」

僕が武装警官に言うと、男は懐から警察手帳を取り出し、「見たことあるだろ」と得意げに言い放った。

朝から何も口にしていないうえ、喉がカラカラに乾いていた僕は、平常心とは言い難い精神状態にあった。そんなこともあってなのか、男の芝居がかった態度が大そう気に喰わなかった。

「『マイアミ・ヴァイス』で見たことあるよ」

武装警官は勝ち誇った顔を見せると、ＢＩＣのボールペンでゴリゴリと音を立てて調書を巻き始めた。

「お前、仕事は何をしているんだ？」

男の質問は、ドーナツの肥満漢に訊かれたものとほとんど同じ内容だった。

「エンターテインメントだよ」

僕が答えると武装警官は、「どおりでペラが回るわけだ」と言った。

「コメディアンか？」と訊かれたタイミングで、空腹のため僕の腹が鳴った。それを聞いた武装警官は、書きかけの調書から視線を上げて、蔑んだ視線を投げかけてきた。

「ばーか、コメディアンじゃねえよ」僕は目一杯の虚勢を張りながら言い返した。

ひと通りの取り調べが終わると、「さっさと帰らせろよ」と僕は言った。

すると男は下卑た笑いを隠そうともしないまま、「帰れるわけないだろ」と答えた。「今からお前を勾留する」

パイプ椅子から立たされた僕は腰縄を打たれた。

部屋を出てから猿回しの格好のまま向かった先は、連行されてきた時よりも少しばかり間口の狭い出口だった。制服を着た職員が出入りする物々しい建物において、表玄関と裏口が判然と分けられているところは万国共通らしい。逃走を防ぐためなのか、押し込まれたパトカーは扉のすぐ近くに横付けされていた。

パトカーが空港のゲートを潜り抜け、数マイル離れたところにある建物に着いた頃には、くたくたに疲れ果てていた。連れて行かれたのは、いかにも座り心地の悪そうな硬い長椅子のほかには、壁の上のほうにある小さな小窓だけしかない、殺風景というほかに形容のしようのない部屋だった。

僕にとってその光景は、簡単に受け入れられる現実とは言い難かった。朝、旅先のホテルで目を覚ましてから空港に行き、飛行機に乗っただけで誰ひとり傷つけたわけではなかったのだから。

シミの浮かんだ床を見つめながらそんなことを考えていると、外側から厳重に鍵をかけられた扉の向こうから、何やら騒々しい様子が伝わってきた。その騒々しい音を立てる一団が部屋の前で停止すると、分厚い扉の鍵穴に乱暴な手つきで鍵を押し込む音が辺り一帯に響き渡った。

血塗れの男が部屋に入ってきた時、僕は不覚にも長椅子から飛び上がってしまった。

血塗れの男を連行してきた警官たちは、僕に座るように目配せをしただけで、すぐに扉を閉めて立ち去っていった。

「一体何があったら、そんな事態になるってんだ？」

僕が話しかけると、血塗れのヒスパニック系の男は片言の英語で、「自分の息子に会いに行ったら、チャカで撃たれた」と答えた。

「なんで銃で撃たれた人間が病院じゃなくて警察の留置所にいるんだ？」と訊ねると、「別れた女房の家に行ったら、再婚した男に弾かれて通報された」と、太ももからだらだらと血を流しながら男は答えた。

それを聞いた僕は堪らず分厚い鉄の扉を叩きながら、

「おーい、誰か来てくれ！」と叫んだ。

すると扉の向こうからゆっくりと廊下を歩く音が聞こえてきた後、「どうした？」という面倒くさそうな返事がきた。

「こいつ、血だらけだから手当てしてやらないと死んじまうぜ」

僕がそう叫ぶと、眠たそうな顔をした看守は、「だったら、お前が医務室まで担いで行け。そこの突き当たりを曲がったところだから」と言って扉を開けた。

血塗れの男に肩を貸し、やっとのことで医務室までたどり着くと、「グラシアス・アミーゴ」と男は言った。

「ノー・プロブレマスト」

スペイン語で僕が答えると、男は目を潤ませながらうなずいてみせた。

医務室から元の部屋に戻ってしばらくすると、鉄の扉が開き、眠たそうな顔をした牢番が再び現れた。「行くぞ」牢番はそれだけ言うと、前手にワッパをはめて腰縄を打ち、僕を猿回しの格好にした。

建物の勝手口のようなところから外に出ると、今度はパトカーではなく、大型の護送車に乗せられた。

バスに乗ると手錠をはめられた10人ほどの男が先に座っていて、僕は一番後ろの席にいた酸っぱい匂いのする背の高い白人の男のすぐ横に座らされた。座るとすぐにワッパの鎖にロープを通され、護送車のなかにいる囚人全員と数珠つなぎにされる格好になった。

僕のことを連行してきた職員が降りると、運転手はオートマチック・トランスミッションのシフターをドライブレンジに入れてから、護送車のラジオのボリュームを一杯に上げた。

スピーカーから流れてきたのは、アウトキャストの曲だった。

お前が余計なことさえ言わなければ、世界はお前のことを愛していたのにサビの部分の歌詞は、まるで自分に向けられているかのように思えた。

「お前、初めてか?」

目を瞑ったままスピーカーから流れる曲に聴き入っていると、横の男が話しかけてきた。男の吐く息はC4の虫歯1ダース分くらいの匂いがした。

「そうだよ。これからどこに連れて行かれるんだ?」

僕が訊き返すと男は答えた。

「拘置所だよ。あそこは大人数で生活する雑居房に入れられるから気をつけたほうがいいぜ。お前みたいな可愛いやつは大変だからな」

日本でもアメリカでも、こういう場所では下卑たことを言うやつばかりなんだなと思いながら、僕は男の話をスルーした。

「お前は何をやったんだ?」僕がそう訊くと、男は少しも悪びれずに答えた。「マリファナの栽培だよ」

そんな感じで愚にもつかないやり取りをしていると、いつの間にか護送車は目的地に到着していた。

高い塀に囲まれた建物の入り口で護送車が停止すると、それまで騒いでいたほかの連中も一瞬だけ静まり返った。観音開きに開いた鉄の扉の先には、機関銃を手にした刑務官が睨みをきかせていた。

護送車を降りた数珠つなぎの囚人たちは、建物のなかに入ると順番に入所手続きを行うのがしきたりだった。荷物の領置手続きを終えると、囚人たちはいくつかのグループに分けられ、それぞれの鉄格子のなかに案内された。警察の留置場とはちがい、そこの施設の牢獄は壁で仕切られていなかった。

檻のなかに入ると、自分が無数の獣たちの視線に晒されていることに気がついた。最初に近づいてきたのは、スキンヘッドのてっぺんまで墨を突いたプエルトリカンだった。

「お前は何をやって、ここに連れてこられたんだ?」

獄舎に入った途端に新入りから調書を巻くのは、牢名主というふうに相場が決まっている。僕は男のカラス彫りをまじまじと見つめながら、「空港で騒ぎを起こしちゃってさ」と答えた。

すると男は両眼をパチクリさせながら、

「えっ! あんたが例のテロリストかい? さっき、看守長から話を聞かせてもらったよ。これからジャパニーズ・ヤクザの貸元が来るから絶対に怒らせるなってさ。短いあいだだけど、よろしく頼むぜ。ここにいるのはションベン刑の連中ばかりだから、何かあったら気兼ねなく言ってくれ」

と言い出した。

「そうそう、オレがそのテロリスト」

あからさまな男の態度の変わりようが大そうおかしくて、僕は笑いを堪えるのに必死だった。男は近くにいたデブの黒人に目で合図をすると、「ここを使ってください」と言って、部屋の一番奥にあるベッドの上段を明け渡してくれた。

こうやって文字に起こしてみると、とても平べったくて立体感を感じない話に思えてくる。けれども〝ボム・スレッズ〟なんていう物々しい罪名で、実際に飛行機の機内から警察に連れて行かれた本人からしてみると、とてつもなく受け入れ難い出来事だった。タイに向かう飛行機に乗っている今でも、乗務員が近づいてくるたびに、どうか話しかけてくれるなよと、ついつい念じてしまう自分が悲しい。あんな思いは二度としたくないし、罰金も払いたくない。善良な市民でいることを約束するから、そっとしておいてくれたまえアメリカン・エアラインズ殿と声を大にしたくなってしまうんだ。

前置きが長くなってしまった。そろそろ肝心な話に移りたい。このメールは、過去と現在というふたつの座標を最短で結ぶ直線であるべきことを、うっかり失念していたようだ。では、その後のフューチャー・ショックについて語ることにするよ。

1997年にポリスターと契約したリリースタームは、2001年頃にはひと通り熟し終える目処が立っていた。レーベルとしてある程度結果を出せていたので、ポリスターとのあいだに結ばれていた金銭的な条件を釣り上げたうえで契約を更新するか、あるいはさらに好条件を提示している別のレコード会社に移籍するかの岐路に立たされた。考え抜いた末に選んだのは、ポリスターからポニーキャニオンへの移籍だった。

レーベルを発足させた当初は、とにかく素晴らしい作品を制作しようというマインドだけでなんとか結果を残せていた。しかしここから先、ビジネスとしてどこまでいけるかということを考えた際には、契約先のレコード会社から求められることよりも、所属するアーティストに対して明確にしておかなければいけない事柄が多くなっていった。

本を読んで体系的にきちんと勉強したのではなく、いわばヒップホップに対する情熱だけで、見様見真似で経験しながら覚えてきたやり方では、2周目はどうにも上手くいきそうもなかった。

作品を売るからには、それを完成させるまでにかかった費用をリクープ（回収）しなければビジネスとして成立しない（赤字になるのではやる意味がない）という概念が、レーベルを発足させた当初から常につきまとっていた。

一流の野球選手だって、バッターボックスに入って全部の球を打ち返せるわけではないように、CDもリリースするもの全部が売れるわけではない。日本のヒップホップの市場規模は、たくさん経費をかけたとしても、Jポップのように何百万枚ものCDが売れるまでには成長していなかった。

売れるCDの枚数に上限があるのなら、売り上げから得られるパーセンテージ（印税）をそれまで以上に増やしたい。もしくは、作品をリリースするまでのコストをなるべくおさえたい。この問題を打開すべく、メジャーのレコード会社の資本でブランド化したフューチャー・ショックを移籍させるとともなって、インディーズ・レーベルとしての流通ラインを機能させる案が浮上した。

発足から4年間で築き上げたフューチャー・ショックというレーベルの知名度があれば、メジャーの配給ではなくても、自分たちでCDを作って、自分たちの流通ラインでCDが売れるのではないかと踏んだわけだ。1枚3000円のCDを自分たちで作って、それをレコード屋に6掛けで卸せば1800円が入ってくる。

それまでは制作にかかる経費をレコード会社に立て替えてもらっていたが、それをレーベルが負担するようにすれば、レコード会社に印税を取られなくて済む。アーティストが手にする印税も、レーベルに入ってくる印税も増える。

徒手空拳で始めたレーベル稼業だったが、インディーズで作ったCDの売り上げが立つまでの先行投資ができるくらいの体力はついていた。

新しいセクションの名称は「フューチャー・ショック・ファウンデーション」と決まった。

それまではレコーディングの際に、スタジオをロックして制作を進めるのが主流だった。当時使っていたスタジオは、ひと晩もしくは日中1日の使用で、最低でも5万円から10万円くらいはかかっていた。この場合、単純計算で仮に1日につき1曲ずつ録音ができたとしても、アルバム単位の予算になると、おおよそ150万円から200万円かかってしまうことになる。つまり3組のアーティストを抱えていたとすると、年間で500万円くらいの支出となってしまう計算だ。

そこで、ポリスターからポニーキャニオンに移る際にレーベルに支払われた移籍金の3000万円を資本に、事務所を兼ねたレコーディングスタジオを構えることにした。今では各アーティストがホームスタジオで制作するというスタイルが当たり前になっているけれども、当時はインディペンデントでプロトゥールスを導入してボーカルブースまで入れているホームスタジオというのは珍しかった。

渋谷区内のマンションの一室にあった事務所は、見栄を張って目黒区の一等地にある高級住宅街に移転させた。移った先というのは、江戸時代から武家屋敷が並んでいた港区辺りの屋敷町には及ばないものの、それでも向かいの家には読売巨人軍の原監督が住んでいるような豪邸の立ち並ぶ、東京のなかでもそれなりの場所だった。

東京の一等地に事務所を構えている、アジアで一番いけてるヒップホップレーベルの社長という肩書を持ち、アパレルラインのフューチャー・ショック・ギアの売り上げも絶好調とくれば、この世の春を謳歌しているような感覚だった。2002年に日韓合同開催された、サッカーのワールドカップの試合は、ほとんど見に行った。横浜で行われた決勝戦は、ラッパーの565と観戦し、帰りにセンチュリーで箱乗りしながら喧騒の渦のなかを漂っていた。

目黒のスタジオでは、手始めに妄走族の般若の作品を制作する運びとなった。般若は2002年の夏に行われたBボーイパークのMCバトル決勝戦で、漢 a.k.a. GAMIに負けていた。そこで1年かけてリベンジに備えると同時に、ソロとしての制作に打ち込もうというのがレコーディングまでの経緯だった。

プライベートスタジオがあると、メジャーでのバジェット（予算）がついてないアーティストのレコーディングができるというメリットがある。そして完成させた音源に関しては、インディーズで流通させれば、イニシャルで見込める枚数の金額をアーティストのギャラに当てがうことが可能だ。さらにそれ以降は、売り上げをざっくりとアーティストと折半というかたちが取れる。インディーズだから利率は良い。いってみればそれは、メジャー展開の小判鮫スタイルとでも表すべきだろうか。インターネットが全盛になる前の、すべてがトライ&エラーの時代の歩みだった。

そしてその頃、サブゼロと細田君という、アメリカで経験を積んできたふたりのプロデューサーと出会う機会があった。彼らとの出会いによって、高いクオリティのビートが常にあるうえで、その気になりさえすれば24時間稼働させられるスタジオも整った。それはアーティストさえいれば、いつでもドー

クラブチッタで開催された「神輿」。2003年

プなヒップホップを作れる環境が完成した瞬間だった。

こうして、フューチャー・ショック・ファウンデーションは、般若、ROMERO SP、RUDEBWOY FACE、TOKONA-X、ROWSHI、ANARCHYといった新たなアーティストの作品をリリースしていくこととなった。

インディーズ展開は全国規模となっていたこともあって、TOKONA-Xには予算を投げて名古屋で制作を進めてもらうかたちになった。ANARCHYとROWSHIに関しては、前川が持ち込んだ話だった。前川はニトロのファースト・プロジェクトに携わり、その後ベビー・マリオ・プロダクションにてDABOのマネジメントを経験してからフューチャー・ショックにA&Rとして合流していた。

すべてが、それまで何年もかけてフューチャー・ショックで培ってきたブランディングを活かした、DIYスタイルのプロジェクトだった。今でこそ主流となっているこのようなビジネスモデルは、会社もアーティストも、みんなの懐が潤うマスタープランだと思い込んでいた。

しかし、そんな安易なかたちで始めた新しい試みが、まさか終焉への始まりになるとは知る由もなかった。

チームの運営をする人間も、そのチームで実際に活動するプレイヤーも、当然ながらそれぞれに生活がある。家族や背負うものがあるがゆえに、みんなの思惑は十人十色だ。したがって、全員がいつまでも同じ方向を見続けるということは非常に難しい。

確かに、フューチャー・ショックを立ち上げた初めの何年間かは、みんなのエネルギーが一方向に向かう瞬間が存在していた。それまでの人生では経験したことのなかった、にわかには信じられないような奇跡を共有する瞬間もあった。けれども、それは奇跡というだけあって、いつまでも続くことはなかった。

フューチャー・ショックは当時、日本国内では大所帯のレーベルだった。しかし、レコード会社の規模としては、まだまだ小さいほうだった。足元を固めながら事業を広げていく。ここのところの転換期は、どんな経営者がやるにしても難しい部分だと思う。

「ファイン・ナイト」をきっかけに始めた外国人アーティストの呼び屋から、雷のマネージャーへ。そして雷のマネジメント業務から持ち上がった、メジャー・レーベルの立ち上げへのステップ。そこまでたどり着いた先に見えるのは、大手のレコード会社と同じレベルまでレーベルの存在価値を高めることだった。株式市場に上場させることができれば、資金調達だって容易になる。

それまで自分の情熱と愛を共有してくれていたはずだったアーティストとのあいだに隙間が生じてしまったのは、そんなビジョンがおぼろげながらも見え始めた頃だった。

そんなに簡単にインディーズで売り上げが立つのならばと、各々のアーティストが自分たちのペースで動き始めてしまい、レーベルの事業として収集がつかなくなってしまったのだ。

大手レコード会社の看板がなくても、レーベルの名前さえあればインディーズで売り上げが立つにちがいないという理屈は、レーベルがなくてもアーティスト個人の名前で売り上げが立つにちがいないという理屈とイコールで結ばれる、簡単な方程式に過ぎなかった。そもそもレーベルの名前が売れたのは、ビジネスとしての戦略的要素を抜きにしたら、アーティスト個人の活動あっての結果だった。

もともと僕は、裏方志向というよりは、アーティストと対等に、同じ目線でレーベルオーナーをやっていた。そんな僕がやっていたことといえば、おもしろいと思うアーティストだったり、シーンで話題になっている連中を自分の感性で選んで連れてきて、ああでもない、こうでもないと言いながら少しのバジェットで話をまとめるぐらいのものだった。宣伝には大した予算をかけていたわけでもなく、アーティストのライブ活動や媒体の取材を軸にしていただけだった。

そのことをアーティスト側からひもといてみると、やりようによってはレーベルに大きな取り分を持っていかれることなく、全部セルフでやれるのではないかという答えに帰着する。どんなアーティストだって、本を正せば、みんな初めは自分で自分を売り込むところから始めていたのだから、彼らからしてみればそれは至極単純な原点回帰だった。だからこそ、実力があって名前が売れているアーティストであればなおさら、レコード会社やレーベルから離れていくことになる。

いつの間にか僕は、アーティストから搾取する人間として見られるようになっていた。僕自身、所属するアーティストと苦楽をともにすることによって成長できていたというのに、セルフでレコーディングできる環境が整った時点になってアーティストとのあいだに狭間が生じてしまうだなんて、皮肉に思えた。

メジャーをバックに持った、スタッフを抱えるレーベルオーナーというスタンスと、インディーズでアーティストに近い存在としてやっていくスタンスは、似て非なるものだった。その微妙なスタンスを、僕は未熟さのために演じきれなくなってしまった。メジャー配給でなく、インディーズでも同じだけの収益を上げられるという概念を作った瞬間に、自分という人間の必要性すらなくなってしまったのだから、僕は何年もかけて自分で自分の墓の穴を掘っていたようなものだった。

アーティストの、アーティストによる、アーティストのためのレーベル運営という理想のかたちを自ら作ると同時に、自分の居場所をなくしてしまった。所属アーティストとはプライベートから何もかもを共有する関係だったがゆえに、そのプラスとマイナスの弊害に直面する事態に陥ったともいえる。

アーティストと近い関係になっていたからこそそのバランスで得たポジショニングは、決してレコード会社で働いているサラリーマンが真似できることではなかったと思う。

さまざまな矛盾と葛藤が生まれ、自分自身がファンだと思える、すごく仲の良かったはずのアーティストとのあいだにも大きな溝が生まれていくのを感じた。

やがて僕は完全にバランスを喪《うしな》っていった。自分自身、青かったし、若かった。マイアミの一件以来、自分のヒップホップにおける故郷のニューヨークに行けなくなってしまったことも大きかったように思う。

作りかけだったエンパイアのビジョンは、根こそぎ崩れ去ってしまった。そんな状態のまま必死にあがいたところで、なかなか前には進めなかった。

フューチャー・ショックに所属するアーティストとは、一番初めは純粋なファンというかたちから付き合い始めた。それがいつ、どの瞬間からおかしくなってしまったのかは定かではない。でも、一般的にこの世界の人間がそのような関係に陥っていくのは、当然のことなのかもしれない。

売れたミュージシャンがどうなったかなんて話はいくらでも聞いたことがある。子どもの時から長いあいだずっと仲間同士だったっていうのに、皆でともに夢を叶えた途端に、メンバー同士がギクシャクして、ステージ以外では目も合わせず、口もきかなくなってしまったとかいう、目も当てられない話だ。まさか自分がそんな経験をするなんて考えたことすらなかった。

僕には経験も覚悟もなかった。すったもんだのあげく、ありとあらゆるネガティヴな感情に取り憑かれてしまった。

良く言えば、時代の先を行きすぎていた。悪く言えば、それを維持する経済力も根気もなかった。とにかく、何から何まで空回りするようになってしまっていた。

メジャーで予算が付くアーティスト。メジャー向けではないが、間違いなくカッコいいヒップホップ・アーティストへのインディーズの予算付け。洋服のライン。マネジメント事務所。その当時できたであろうことはすべてやっているつもりなのに、みんなが期待するほどの結果はついてこなかった。

アーティストの期待値も高まりすぎていた。するとそこに追い討ちをかけるように、今度は数字として結果が出ないことに対して、アーティストからの不平不満が僕に向けられるようになっていった。そこが自分の器量の臨界点だった気がする。

昔、G.K.MARYANが言っていた。「アーティスト活動は潮干狩りと同じだ」と。月の満ち欠けと共鳴しているから干潮の時には誰がやっても、どこを掘っても貝はとれる。しかし一度満潮になってしまうと、誰がどうやっても全然とれなくなる。だから潮が引いているあいだ、スポットライトが当たっている瞬間にできる限りのことをやるのが大事だって。

会社の方向性をどちらに持っていくかは、非常に悩ましいところだった。マネジメントするアーティストを少なくして、じっくりとやっていくのか。あるいは、多くのアーティストに投資をしていくのか。そこの結論を出せずにいるうちに、いよいよ日本のヒップホップが飽和状態になっていった。

黄金時代のオランダでチューリップの球根が投機の対象となっていた時のように、バブルははじけるからこそバブルと呼ばれる。CDバブルは、はじけてしまった。もちろんフューチャー・ショックだって、高みの見物をきめこむわけにはいかなくなっていた。しかしながらCDが売れなくなってきたにもかかわらず、レコード会社はまだデビューしていないアーティストと次々に契約を結んで、リリースラッシュを続けていた。

その頃、あるアーティストに問われたことがある。あなたはなんのためにレーベルをやっているのかと。アーティストのため？ 自分のため？ 答えに窮した僕は、黙り込んでしまった。その場で答えを導き出せなかったことは、後々までしこりになっていた。

しばらく経ってから気づいたのは、レーベルをやっているのは、アーティストのためでもあり、自分のためでもあるが、そのどちらか一方のためではない、という答えだった。そう、僕はヒップホップ・カルチャーという、「文化」のために、その「文化」に突き動かされるようにしてレーベルをやってきたのだ。

その想いを強く持ちながら自分のすべてを賭け、ミッションに挑み続けることができていれば、周りから何を言われたとしても乗り越えられるような気がした。

なおも僕は自問し続けた。ヒップホップとは何かと。

いつの時代も、それぞれのアーティストのファーストアルバムには、そこに至るまでの人生と情熱、そしてその先に描く未来とがすべて詰まっている。

当時はアルバムを発表する前に、先行シングルを1枚か2枚発売するのが通例だった。アルバムのためのレコーディングを開始してから3ヶ月後くらいにシングルを発表すると、ちょうど制作開始から半年から9ヶ月後にツアーが始まる塩梅となる。そんなルーティンを、契約している各アーティストのリリースのタイミングが被らないよう調整していく。

アルバムのリリースが年に1枚になってしまうと消費されてしまうし、アーティストも作品のクオリティを維持できなくなってしまうという理由から、当時のアルバムのリリースタームは2年に1枚というのが主流だった。そのようにして所属アーティストのプロジェクトをパズルのようにはめていくのがレーベルの役割だった。

もともとZEEBRAにはキングギドラをやっていた時代からの経験が備わっていた。口を出したくても自分よりも明確なビジョンを持っているうえ、ヒップホップに対する造詣も深かった彼には、僕から言えることは何もなかった。

さらにZEEBRAのマネジメントに関しては、アイ・アンド・アイ・プロダクションというチームがすでにでき上がっていたこともあって、彼はレーベル業務に関する良き相談役という感じだった。そして、その彼の成功の庇護のもとに自分の価値も評価されていくというジレンマにかられるようになっていった。

ソウル・スクリームに関しては年齢も近かったということもあって、まさに同期の仲間的な付き合いができていた。

しかしオジロザウルスに関しては、少しばかり事情がちがっていた。彼らの作品はすでに他社からリリースされていたものの、ヒップホップシーンにおいては前掲した2組のアーティストほど認知されていなかった。

オジロザウルスという名前を初めて耳にしたのは、恵比寿のポリスターで打ち合わせをしている時だった。「フレイバー・レコードからリリースされているんだけど、フューチャー・ショックのカラーにもマッチしていると思う」と水を向けられた僕は、その足で渋谷のタワーレコードに向かった。

彼らのマキシシングルを手に入れた僕は、丸井の並びに駐車していた三菱のパジェロに乗り込み、すぐに包装されているセロファンをむしりとって、カーステレオで聴いてみることにした。マイルド・セブンに火を点けてからパワーウインドーのスイッチに手を伸ばして車を走らせると、まだティーンネイジャーだったMACCHOの若々しい声が聞こえてきた。マンハッタンレコードがある交差点からNHKの撮影所の脇を抜けて井の頭通りを左折する信号で、僕はカーステレオを操作してもう一度曲を頭から聴き直すことにした。渋谷の渋滞を抜けて世田谷に入った頃には、荒削りながらもダイヤの原石のように輝くMACCHOの才能に嫉妬し始めている自分に気がついた。

MACCHOとTOMOのふたり組を渋谷に呼んで、レコ村の喫茶店で顔を合わせたのは翌週のことだった。簡単な自己紹介をしてからフューチャー・ショックの構想を伝えた僕は、単刀直入に用件を切り出した。是非とも一緒にやっていきたいと。MACCHOは僕の話をくりくりした瞳をしばたたかせながら聞いていて、1歳年上のTOMOはもう少し落ち着いた様子で聞いていた。

MACCHOは、店を出る頃にはおおよそのところで同意してくれていた。たった1回のミーティングで契約の話がまとまったことなんて、後にも先にもこの時以外にはなかった。ZEEBRAやソウル・スクリームの契約の際には、何度も条件をすり合わせながらポリスターと数ヶ月かけて調整していった。

後日、今度は僕が世田谷から横浜に向かうことになった。用賀から環状八号線を経由して異国情緒たっぷりな横浜に向かう第三京浜は、夜走るとオレンジ色の街灯が眩しいくらいに光っていた。それはまるで異次元の世界へとつながるワープゾーンみたいに感じられた。

僕たちはそれぞれの車に乗って、桜木町の海側の路上で待ち合わせをすることにした。僕が自分の車を駐車場に入れてMACCHOが乗っていた車に乗り込むと、〝ローリン〟することになった。

MACCHOは僕に、横浜の街を順番に案内してくれた。観覧車のあるみなとみらいの景色を眺めた後に、

1キロ以上続く高架下のグラフィティの前の道を、人が歩くくらいの速度で流してくれた。下手くそなピースはどんどん塗り替えられていき、上等なピースは誰にも上塗りされることなく残されていくことを説明しながら、南北に伸びる高架下の通りを何回も往復してくれた。

角海老やらハングルの看板が立ち並ぶ福富町から伊勢佐木長者町を通って西に向かい、大岡川にかかる小さな橋を渡ると黄金町に着いた。そこは戦後の爪痕が残る、もうひとつの横浜だった。川沿いには公衆便所がところどころに設置されていて、たくさんのホームレスがいにしえの哲学者のように思索する姿が見られた。

赤い京急の車両が通るたびに轟音が鳴り響く赤線地帯では、飾り窓の灯りが煌々と灯るなかで、さまざまな国籍の売春婦が道行く人々に声をかけていた。それは日本がアメリカに戦争で負けて占領されていたことを、嫌でも思い出させる光景だった。

スタジアムの脇を通った先にある元町から曲がりくねった坂を登っていく途中、古い造りの大きな洋館が目についた。港の見える丘公園から眺める東京湾の夜景はどうしてだかわからないが、僕の目にはとても物悲しく見えた。左手に立ち並ぶ川崎にある工業地帯の煙突は、夜なのにいく筋もの煙を吐き出していた。

再び車に乗った僕たちは、坂を下って公園に隣接する山下埠頭に向かった。MACCHOは入り口のゲー

著者自宅前にて、MACCHOと飼い犬のピットブルたち。2002年頃

トで門番をしている警備員に手をかざすと、何食わぬ顔で敷地のなかに車を乗り入れ、巨大な倉庫群を東に向かって進んでいった。

MACCHOはベイブリッジを一望することができる海っぺりに車を停めた。窓を開けると潮の匂いがして、埠頭の岸壁に波の当たる音が聞こえてきた。僕たちはそこで、長い時間をかけてお互いの未来について語り合った。

MACCHOと話しているうちに、僕は不思議な感覚を覚えていった。それはまるで、長いあいだ探し続けていた自分の片割れをようやく探し当てたような気分だった。オジロザウルスとの作品は、そのようなヴァイブスから生まれていった。

僕の役割はレコード会社から予算を引き出して、スタジオをロックすること。MACCHOはそこにリリックを持ち込み、TOMOはトラックを持ってくる。ファーストアルバムの制作は、月に一度、大体2日か3日連続でスタジオにこもる感じで進められていった。

レコーディングに立ち会っていると、ラッパーが覚醒する瞬間を目の当たりにすることがある。MACCHOのそれも、突然現れた。

その日、僕は先にスタジオに入って、エンジニアの野沢さんと世間話をしていた。MACCHOはスタジオの扉を開けると同時に、「たった今、第三京浜の上でやばいのが浮かんだんです」と言いながらボーカルブースに駆け込んでいった。一緒に来たTOMOが野沢さんとトラックの同期を進めるなか、MACCHOはボーカルブースでラップを口ずさみながら、短くなった鉛筆でリリックを紙切れに書き殴っていた。

トラックの準備が整うと、スタジオに設置された巨大なスピーカーからイントロが鳴り響いた。僕は目を瞑りながら耳をすましていた。

WHOOO Vibes は満タン

フックを聴いた瞬間、まだ制作途中だったアルバムに対する僕の自信が確信に変わった。

ボーカルを録音し終えて、TOMOが野沢さんと音の作り込みに入るのがいつもの作業ペースだった。そのあいだ僕とMACCHOはスタジオから出て、隣の部屋の革張りのソファでヒップホップ談義に花を咲かせていた。僕はニューヨークで流行りの曲の歌詞をMACCHOに説明し、MACCHOは東京のレコード屋では滅多にお目にかかることができない、ウエストコーストのスパイス・ワンなんかの作品について語ってくれた。

そのようなセッションを重ねながら、アルバムに収録する曲のビートが次々と決められていった。雷のマネージャーやフューチャー・ショックの立ち上げを介して同志となったDJ YASやINOVADERといった当時の日本のトッププロデューサーを皮切りに、孤高のラッパー、TWIGYなどにもビートをオファーした。彼らが作ったビートを東京で受け取ると、僕はその足で横浜のMACCHOに届けに行った。それは僕にとっても心躍らされる至福の時間だった。いってみれば、空っぽの箱に光り輝く宝石を詰め込んでいくような感覚だった。

もちろん横浜の〝045スタイル〟を築き上げていったMACCHOの地元の仲間の存在も心強かった。サウンドクラッシュで世界チャンピオンとなって、日本のレゲエシーンを世界中に知らしめたマイティー・クラウンのSAMI-T、ファイヤー・ボールのJUN 4 SHOTにYOYO-Cなど、横浜の先人たちの存在なくしてオジロザウルスのファーストアルバムが世に出ることはなかっただろう。そしてMACCHOのメンターともいえるDJ PMXが手がけた「AREA AREA」のレコーディングの際には、その完成度の高さからいつも以上に胸を膨らませたのを覚えている。

半年以上かけて録音した17曲は、みんなに愛される名盤となった。天才ラッパーのMACCHOとトータルプロデューサーとして組むことができた僕は、憧れ倒したビギーとパフ・ダディのような、最強のタッグを組めた気分に浸った。

僕自身、オジロザウルスと出会うまでは、東京のヒップホップを中心にシーンをとらえていた。だが彼らのファーストアルバムがリリースされると同時に、その考え方ががらりと変わってしまった。

都内のクラブではニューヨークのチューンが全盛のなか、ウエストコースト調の雰囲気を前面に押し出す彼らの存在には可能性が秘められていた。

横浜のローライダー文化を背景に、ラッパーとしての絶対的なスキルを持つMACCHOを王子のようにしたい。僕の思いは純粋だった。

アルバムのリリースに際して撮影されたPVには、横浜のローライダーやブレイクダンサーのフロアーマスターズにも参加してもらった。横浜のシーンを強く打ち出した構成は、世間の高評価を得ることができた。

MACCHOに対しては英語のリリックの引用をアドバイスしていた。また僕のほうが少しだけ年長者だったということもあって、理想的なパートナーシップを保っていたつもりだった。

でも、ラップするという技術的なことにおいては、誰にも引けを取らないずば抜けた才能を持つ彼に対して、僕なんかがアドバイスできることはひとつもなかった。せいぜいコンセプトとか、はめる言葉であったり、あるいは英語の言葉を提示してみせることくらいしかできなかった。

そのようなフューチャー・ショックのコアともいえる存在であり、文字通りの未来でもあったMACCHOとの関係が崩れてしまったあげく、彼がレーベルを離れていくこととなってしまった。

僕はヒップホップのコミュニティで育った。ヒップホップの世界はどちらかというと、敬語をあまり使わなかったり言葉遣いも緩くて、体育会系のガチガチの上下関係というのではない。それにもかかわらず、自分はアジアでナンバーワンのレーベルのオーナーなんだから、後輩からは縦社会の年長者のように扱われるべきだという矛盾した思いが募っていった。また、プロップスを確認するかのように、異性にモテるかどうかを過度に気にしたりと、とにかく見当違いな悪循環にはまっていった。レーベルが成功していくのと同時に、自意識の大暴走が始まってしまったわけだ。

合わせて、経済力という、決して人間の器量を可視化する数字ではない、不確実な存在に振り回されるようになっていった。やがて、それまで確立してきた自己基盤が足元から崩れてしまい、ぬかるみにはまっていく感覚が起こり始めた。

自分が、どういうふうに見られたいとか、他人にどんなふうに評価されているのかなど、本質的な部分からどんどん横道に逸れていき、最後にはその悪循環から抜け出せなくなってしまった。

レーベルオーナーという立ち位置から自分を見失い、本来ならサポートするはずのアーティストに対して、ジェラシーや猜疑心を覚え始めていった。もはやそうなってきてしまうと、上手くいくはずのものも上手くいかない。サポーターだったはずが、逆に彼らの足を引っ張る存在にすらなってしまうわけだから。

頭の中は常に泥沼状態。そのぬかるみから抜け出せそうもない日々が続いた。それまでは、同世代だからゆえ、ともに成功に向かい、成功をともに手にすることができた。しかし、せっかく願って得た成

OZROSAURUS『ROLLIN'045』2001.4.25

功を手にしてからは、同世代がゆえの過剰なるライバル心によって、自分で自分をダメにしてしまった気がする。

自分たちを成功に導いてくれた要因と同じ要因によって破滅へと向かう。光と陰が同一の源泉から生じるとは、このことなのかと思った。感覚が近い分、距離が近い分、余計に垣間見える部分と、垣間見てはいけない部分。それらすべてが表裏一体であることに気がついた。

上手くいく時はなんでも上手くいく。けれども、上手くいかなくなってくると何をやってもダメになる。そんな感覚だった。

レーベル代表として、「多く」のアーティストを率いる自分を演じたい自分。マネージャーとして、「個」のアーティストそれぞれと向き合わなければならない自分。メジャーとインディーズ。それらの対比のなかで自分自身を苦しめ、その結果、周りに対しても迷惑をかけるという負のラビリンス。

自分がやりたいと思っていたこと。自分が掴みたいと思っていた未来。それらがすべて自分のレーベルに所属するアーティストによって実現されていく過程は、正直に言ってかなり苦しかった。

まるで自分が透明人間になったかの如く、あらゆる成功が僕の身体をすり抜けていき、すべてが周りの人間のもとに吸い寄せられていってしまうような不思議な感覚。そんな感覚が常につきまとっていた。

それで良いんだ、これが裏方の仕事なんだと自分に言い聞かせながらも、ついには自分に嘘をつききれなくなって、精神がどんどんいびつになり、闇のなかに引きずり込まれていく感じだった。

あれから10年以上経過した今でも、そこから抜け出したくて、もがき続けているような気がする。もしかしたら、僕は一生この泥沼から抜け出すことができないのかもしれない。

人の一生というのは、たぶんそんなものだって思う時もある。だって、そもそもの話、泥沼なんてものはどこにもないんだから。泥沼は自分で作った幻想であって、誰も自分の心の外側には出られない。あるいはひょっとすると、それは赤道や日付変更線のように目には見えないものだから、自分でも気がつかないうちに通り過ぎている可能性もあるのだけれども。


気が滅入る話はこのくらいにしておこう。

どうやら僕が搭乗している飛行機も、まもなく着陸の準備に入るみたいだ。たった今、そのようなアナウンスがスピーカーから流れ、シートベルトを着用するようにという例のランプが点灯した。したがって、そろそろこの手紙も結末にさしかからなければならない。けれども最後に、あとほんの少しだけ付き合ってもらいたい。僕なりに思うところを伝えてから、このメールを締めくくりたいんだ。

ヒップホップとはなんだろうって僕なりに考えた時、それはいつの時代であろうとも、世界のどこに行っても変わることのない、〝不変の人間力の証明〟ではないかという答えにたどり着くことができた。

またそれは決められたルールのもと、クリエイティビティを発揮して、アートフォームに生き様を描いていくことなんじゃないかなと思えてきた。

ヒップホップは世界中のコアな層から一般層、ひいては知識層までをも巻き込んで審判を問うもので、テレビの向こう側に自身の生き様を投影できない者が表現し、決して語られることのなかった無数の人々の爪痕、無名のまま死んでいった者のドラマを表現していく。

圧迫されて偏狭に追いやられたマイノリティが、専制と隷従から解放されるための、資本主義というシステムのなかで生きる発想であり、持たざる者が持つ者と平等に闘うためのツール。

確かに音楽の世界でスーパースターになれるのは、極めてわずかな人間だけだ。そこにたどり着けない人々のほうが遥かに多い。だからといって夜空の星のように輝いているやつだけが幸せで、それ以外が不幸せというわけでもない。

ヒップホップはだれのものか？

光り輝きたいという夢を抱き続けるみんなのもの。

始めるのは簡単。

やめるのも簡単。

続けることが一番難しい。

いずれにせよ、僕はキミと近い将来また会えることを楽しみにしている。それがいつになるのか、具体的な日取りについてはわからないが、その日までどうか今という時間を大切に生きていただきたい。

そして僕の新しいアートをキミに披露しつつ、もっとたくさんのことを共有したいと思っている。ここではまだまだ伝えきれなかったこともあれば、夢の続きをともに見なければならないわけだし。

B.YAS

P.S.

結局僕という人間は、どこにいてもGringo（外国人）であることに変わりはないようだ。

日本にいる時は、日本の常識から外れた人間。アメリカに行けば、アメリカの常識から外れた外国人。当然ヨーロッパやアジアに行っても、同じように外国の人間として見られてしまう。でも、ヒップホップはその枠の外側に存在している。

世界中どこに行っても、ヒップホップというカルチャーのもとには、共通の価値観を持つ仲間たちが存在している。同じ国籍や同じ言語じゃなくても、肌の色や目の色がちがっていても、いつも一緒にいなくてもつながっていられる仲間がいる。ヒップホップは宇宙だ。

ともすれば我々人間は、自分の知覚できることしか認知しようとしない傾向がある。よく注意しないと、その先に横たわっている景色を見渡すことができない。木を見て森を見ずというのは上手いたとえだ。かの偉大なるラッパーも、こんなことを言っていた。


**大空の下に広がる可能性を生きよ（Live the phrase sky is the limit）**

長いメールを読み終えたころには、バスタブに張られたお湯の温度は下がり、体はすっかり冷えきっていた。照明を点けていないバスルームは薄暗く、開け放った窓の外には夕闇がせまっていた。

おれは身ぶるいをしながら、壁に設置されたコントロールパネルに手をのばして、追い焚きのボタンを押そうかと、一瞬だけ考えた。しかしそのタイミングで、手にしていた携帯電話の画面にバッテリーの残量が少なくなっていることを知らせる表示が出て、低電力モードにするかどうかの選択にせまられた。

低電力モードにしてまで、携帯電話の寿命をのばす理由を見いだせなかったおれは、厭世的《えんせいてき》な気分のままに、いいえの方をタップした。

小さな穴の並んだ携帯電話のスピーカーから、あいかわらずアジアのヒップホップが鳴り響いていた。

**未来は現在の積み重ね（El futuro es ahora）**

どこかなつかしい感じのフックだった。まるでむかしの日本語のラップを、アジアのゲトーに暮らすラッパーが歌い直しているかのような印象の曲だった。

しかし、未来とは本当に現在が積み重なったものなのか？　そもそも現在とは持続した過去ではなかったのか？

過去から見たものと未来から見たものが違って見えることはままある。過去は現在において過ぎ去ったものでありながら、いまだに過ぎ去らないもの。未来はいまだに来ていないものでありながら、現在において既に現れているもの。時は過去から未来へ、作られたものから作るものへと動いていく。

獄中の２パックは、ノートに書き記していた。

「人生は、あっという間に過ぎ去っていく。だから一秒たりとも無駄にしたくない」

彼は刑務所の窓から見える夕暮れが好きだった。日が落ちてから星がまたたくまでの、ほんの少しの時間を愛していた。

それはとても共感できることだと思った。みんなが感じることをことばにできる才能のある奴こそが詩人であり、哲学者なのだ。

おれは携帯電話をにぎりしめていた左手を見た。左手の爪は、漂白したみたいに白くなっていた。

長いことバスタブにつかっていたせいか、とても眠くなっていた。それは海底に沈んでいくもくずのように、ふわふわとして心地の良い気分だった。

おれは何度も読み返したことのある、ブルヤスから届いたメールを削除して、目をつむることにした。

目をつむってそこに見えたのは、過去でもなく、未来でもなく、ましてや現在でもない、ただの暗闇だけだった。


〈了〉

# あとがき

「ブルックリン物語」のもとになったメモを最初に目にしたのは、クリスマス・イルミネーションに彩られたタイムズスクエアを歩いている時だった。街にはショッピングバッグを手にする幸せそうな家族が溢れていた。

「本にしたいと思って知り合いのライターに見てもらったんだ。でも、知名度のあるラッパーの自伝ならともかく、裏方の話じゃあ売り上げが見込めないから、出版するのは難しいっていう返事だった。一冊の本にするためにはボリュームが足りないことも指摘していたな」

口振りから無念さが伝わってきた。話し終えた彼はフレームまで曲がったiPhoneを茶色のカーハートのポケットから取り出し、こちらに差し出した。駐車場に向かって歩いていたおれは、死後膠着した雀の死骸を渡された時みたいにそれをおそるおそる受けとった。タッチした拍子に指先が切れるんじゃないかとヒヤヒヤしなければならないくらいダメージが広がっている5・5インチのディスプレイには、デフォルトでインストールされているメモアプリが表示されていた。ヒビ割れた画面にびっしりと埋めつくされていたのは、句読点のほとんどない、「です・ます」調の日本語の文章だった。横書きされた文字はケーキの上のイチゴの種くらい小さく、雑踏の中で読める代物ではなかった。

案の定、画面をスクロールさせる度にガラスの引っかかる感触が指先に伝わってきた。

「全部で二万五千文字くらい？　書き終えるのに何日くらいかかった？」

「二日くらいだったかな」

両手をポケットの中に入れたブルヤスはこともなげに答えた。

「ジャック・ケルアックよりも速いな」

おれはそれだけ言ってiPhoneを返した。ブルヤスはジャック・ケルアックという名前のラッパーを必死に思い出そうとしている様子だった。改行された形跡のないメモの内容は、その場ではほとんど読むことができなかった。


「フューチャー・ショック物語を作りたい」といって水を向けられたのは、それから数日後のことだった。

「ブルックリンの話だけじゃあ尺が足りないから、東京の話を書き足せないかな」

電話口のヤスは直截に話を切り出した。

「過去の栄光とか自慢話っていう退屈な内容で終わらせたくないんだ。無常な世の中だったり光と影を表現したい」

　出版の目処は立っていなかった。それは作品を完成させたところで日の目を見るのかどうかすらわからないことを意味していた。しかしおれはブルヤスに一宿一飯の恩義を感じていたから諸肌を脱ぐことにした。

　まずは渡されたデータをリライトすることから始めた。なにげなくブルヤスが用いていた「自分」という一人称は「僕」に書き換えることにした。英語では一人称といったら「I」しかないが、日本語だと印象が変わってくる。足りない部分はブルヤスが口述したものを文字に起こしたり、走り書きしたものを送ってもらったりした。他三篇は見えざる力に導かれるまま象っていった。


　およそこのような経緯で綴った本作の内容については、この場で触れるつもりはない。著者の気まぐれな蛇足によって読者の想像力を妨げることが無粋であることを理解しているからだ。もちろん自身についても一切語るつもりはない。

　ただし責任の所在だけは明確にしておきたい。作品に対するクレームは筆を執ったこちら側に、全ての称賛は発起人であるブルックリン・ヤスならびに編集者の小澤俊亮氏までという風に。

この度は縁あって株式会社ディスクユニオンの出版部門DU BOOKSより書籍化の話をいただいた。この場を借りて心よりお礼を申し上げたい。拙著が少しでも読者の心を揺り動かしたのであれば著者としてこれ以上のよろこびはない。

令和二年　秋　市井にて　　公文貴廣

BROOKLYN
AFTER

## 著者略歴

### 市村康朗　Yasuaki Ichimura

1973年生まれ。幼少期を横浜と東京で過ごし、カリフォルニアの小学校に編入。中学を日本で卒業後、アメリカ東海岸の高校・大学に進学する。90年代の“ヒップホップ黄金時代”をブルックリンで体験し、帰国後イベント興行やラジオ番組のプロデュース、アーティストのマネージメントを経て、Zeebraなどを擁する日本初のメジャー・ヒップホップレーベル「Future Shock」を立ち上げる。

現在は、ベトナムでストリートアーティストや多岐に渡るクリエイターを擁するクリエイティブエージェンシー「MAU」を立ち上げ、アジア各国のトップアーティストのコラボ作品制作をはじめ、アジアのストリートカルチャーシーンをつなぐ活動を展開中。

### 公文貴廣　Takahiro Kumon

# スカイ・イズ・ザ・リミット

ラッパーでもDJ《ディージェイ》でもダンサーでもない僕《ぼく》の生《い》きたヒップホップ


初版発行　2020年10月30日

著　市村康朗《いちむらやすあき》　公文貴廣《くもんたかひろ》
デザイン　森田一洋
編集　小澤俊亮（DU BOOKS）

発行者　広畑雅彦
発行元　DU BOOKS
発売元　株式会社ディスクユニオン
東京都千代田区九段南3-9-14
［編集］TEL.03.3511.9970　FAX.03.3511.9938
［営業］TEL.03.3511.2722　FAX.03.3511.9941
http://diskunion.net/dubooks/

印刷・製本　大日本印刷

ISBN978-4-86647-130-3
Printed in Japan



カバー・本文中の写真はすべて著者私物


本書の感想をメールにてお聞かせください。
dubooks@diskunion.co.jp

DU BOOKS

## RUFF, RUGGED-N-RAW
## -The Japanese Hip Hop Photographs-
ジャパニーズ・ヒップホップ写真集
cherry chill will. 著

21世紀のジャパニーズ・ヒップホップシーン、初の写真集。
"B-BOYのみが発しB-BOYのみが感じることのできる特殊な『何か』を写真に収めることができるリアル・ヒップホップ・フォトグラファー"
——Zeebra (GRAND MASTER)

本体3000円+税　B5変型　240ページ　好評3刷!

## ラップ・イヤー・ブック
## イラスト図解 ヒップホップの歴史を変えたこの年この曲
シェイ・セラーノ 著　小林雅明 訳

この一冊でラップ40年の発展史を完全網羅!　イラスト&インフォグラムによる歌詞解説付きでわかりやすい。新しいラップを聴いてみたいけど、今どこからどう聴いたらよいかわからない方、「昔はラップを聴いていた」リスナーの再入門書としてもおすすめ。登場ラッパーはランDMC、トゥパックから、カニエ・ウェスト、ドレイク、ケンドリック・ラマー……and more!

本体2500円+税　B5変型　240ページ(オールカラー)　好評4刷!

## ギャングスター・ラップの歴史
## スクーリー・Dからケンドリック・ラマーまで
ソーレン・ベイカー 著　塚田桂子 訳

過酷な社会環境に屈しないハングリー精神、リアルな言葉、優れたビジネス感覚でアメリカを制した"ストリートの詩人"の歴史をたどる一大音楽絵巻が邦訳刊。18年に史上初のピュリッツァー賞受賞ラッパー、ケンドリック・ラマーを輩出したギャングスター・ラップの誕生から現在までを、豊富な図版とコラム付きで紹介。LA在住の訳者による解説も収録。

本体2500円+税　B5　280ページ

## ピンプ
## アイスバーグ・スリムのストリート売春稼業
アイスバーグ・スリム 著　浅尾敦則 訳

ケンドリックラマー、アイスTやその後のラップ・スタイルに絶大な影響を与えた黒人ストリート文学の最高傑作。

漢 a.k.a. GAMIの巻末スペシャル・インタヴューを収録。

"もしこの男に憧れるなら、おれも生き方を変えなきゃいけない……

そしておれはラッパーになったんだ" ——アイスT

本体2000円+税　四六　368ページ